시여, 침을 뱉어라

세계문학전집 400

시여, 침을 뱉어라

김수영

이영준 엮음

민음사

일러두기

1 이 책은 『김수영 전집 2』(산문편)에 수록된 글 중 문학론에 해당하는 작품을 선별해 수록한 선집이다.

2 각 글의 끝에는 발표 연도를 표기했다. 발표일과 발표 지면을 확인할 수 있는 글은 해당 정보를 모두 기재했다.

3 독자의 편의를 위해 현행 맞춤법 규정에 따라 표기하였으나 방언 및 음역인 경우를 비롯해 어감이 현저하게 달라질 경우에는 당시의 표기를 그대로 살렸다.

차례

1부 시론

시여, 침을 뱉어라   9

시의 뉴 프런티어   18

시인의 정신은 미지(未知)   22

생활 현실과 시   27

대중의 시와 국민가요   42

히프레스 문학론   45

예술 작품에서의 한국인의 애수   56

가장 아름다운 우리말 열 개   70

참여시의 정리   77

반시론   91

2부 일상 단상

무제   109

생활의 극복   113

책형대에 걸린 시   119

독자의 불신임   124

창작 자유의 조건   129

저 하늘 열릴 때   133

요즈음 느끼는 일   138

마리서사   145

멋   153

나의 연애시   159

와선   163

3부 시작 노트

시작 노트 1 167

시작 노트 2 169

시작 노트 3 176

시작 노트 4 180

시작 노트 5 186

시작 노트 6 192

시작 노트 7 202

시작 노트 8 212

4부 월평

모더니티의 문제 225

'현대성'에의 도피 233

요동하는 포즈들 240

'낭독반(朗讀盤)'의 성패 247

'죽음과 사랑'의 대극은 시의 본수(本髓) 250

해설 253

추천의 글 270

작가 연보 280

1부

시론

시여, 침을 뱉어라[1]

── 힘으로서의 시의 존재

　나의 시에 대한 사유는 아직도 그것을 공개할 만한 명확한 것이 못 된다. 그리고 그것을 조금도 부끄럽게 생각하고 있지 않다. 이러한 나의 모호성은 시작(詩作)을 위한 나의 정신 구조의 상부 중에서도 가장 첨단의 부분을 차지하고 있는 것이고, 이것이 없이는 무한대의 혼돈에의 접근을 위한 유일한 도구를 상실하는 것이 되기 때문이다. 가령 교회당의 뾰족탑을 생각해 볼 때, 시의 탐침은 그 끝에 달린 십자가의 십자의 상반부의 창끝이고, 십자가의 하반부에서부터 까마아득한 주춧돌 밑까지의 건축의 실체의 부분이 우리들의 의식에서 아무리 정연하게 정비되어 있다 하더라도, 시작상(詩作上)으로

---

[1] 1968년 4월 부산, 펜클럽 주최로 행한 문학 세미나에서 발표한 원고.

는 그러한 명석의 개진은 아무런 보탬이 못 되고 오히려 방해가 되는 것이다. 시인은 시를 쓰는 사람이지 시를 논하는 사람이 아니며, 막상 시를 논하게 되는 때에도 그는 시를 쓰듯이 논해야 할 것이다.

그러면 시를 쓴다는 것은 무엇인가. 그리고 시를 논한다는 것은 무엇인가. 그러나 이에 대한 답변을 하기 전에 이 물음이 포괄하고 있는 원주가 바로 우리들의 오늘의 세미나의 논제인, 시에 있어서의 형식과 내용의 문제와 동심원을 이루고 있다는 것을 우리들은 쉽사리 짐작할 수 있는 것이다. 따라서 시를 쓴다는 것 — 즉, 노래 — 이 시의 형식으로서의 예술성과 동의어가 되고, 시를 논한다는 것이 시의 내용으로서의 현실성과 동의어가 된다는 것도 쉽사리 짐작할 수 있는 것이다.

사실은 나는 20여 년의 시작 생활을 경험하고 나서도 아직도 시를 쓴다는 것이 무엇인지를 잘 모른다. 똑같은 말을 되풀이하는 것이 되지만, 시를 쓴다는 것이 무엇인지를 알면 다음 시를 못 쓰게 된다. 다음 시를 쓰기 위해서는 여태까지의 시에 대한 사변을 모조리 파산을 시켜야 한다. 혹은 파산을 시켰다고 생각해야 한다. 말을 바꾸어 하자면, 시작(詩作)은 '머리'로 하는 것이 아니고 '심장'으로 하는 것도 아니고 '몸'으로 하는 것이다. '온몸'으로 밀고 나가는 것이다. 정확하게 말하자면, 온몸으로 동시에 밀고 나가는 것이다.

그러면 온몸으로 동시에 무엇을 밀고 나가는가. 그러나 — 나의 모호성을 용서해 준다면 — '무엇을'의 대답은 '동시에'의 안에 이미 포함되어 있다고 생각된다. 즉, 온몸으로 동시에 온몸을 밀고 나가는 것이 되고, 이 말은 곧 온몸으로 바로 온몸을 밀고 나가는 것이 된다. 그런데 시의 사변에서 볼 때, 이러한 온몸에 의한 온몸의 이행이 사랑이라는 것을 알게 되고, 그것이 바로 시의 형식이라는 것을 알게 된다.

그러면 이번에는 시를 논한다는 것이 무엇인가를 생각해 보자. 나는 이미 '시를 쓴다'는 것이 시의 형식을 대표한다고 시사한 것만큼, '시를 논한다'는 것이 시의 내용을 가리키는 것이라는 전제를 한 폭이 된다. 내가 시를 논하게 된 것은 ── 속칭 '시평'이나 '시론'을 쓰게 된 것은 ── 극히 최근에 속하는 일이고, 이런 의미의 '시를 논한다'는 것이 시의 내용으로서 '시를 논한다'는 본질적인 의미에 속할 수 없다는 것을 알면서도, 구태여 그것을 제1의적인 본질적인 의미 속에 포함시켜 생각해 보려고 하는 것은 논지의 진행상의 편의 이상의 어떤 의미가 있을 것 같기 때문이다. 구태여 말하자면 그것은 산문의 의미이고 모험의 의미이다.

시에 있어서의 모험이란 말은 세계의 개진, 하이데거가 말한 '대지의 은폐'의 반대되는 말이다. 엘리엇의 문맥 속에서는 그것은 의미 대 음악으로 되어 있다. 그리고 엘리엇도 그의 온건하고 주밀한 논문 「시의 음악」의 끝머리에서 "시는 언제나 끊임없는 모험 앞에 서 있다."라는 말로 '의미'의 토를 달고 있다. 나의 시론이나 시평이 전부가 모험이라는 말은 아니지만, 나는 그것들을 통해서 상당한 부분에서 모험의 의미를 연습을 해 보았다. 이러한 탐구의 결과로 나는 시단의 일부의 사람들로부터 참여시의 옹호자라는 달갑지 않은, 분에 넘치는 호칭을 받고 있다.

산문이란, 세계의 개진이다. 이 말은 사람의 유보로서의 '노래'의 매력만큼 매력적인 말이다. 시에 있어서의 산문의 확대 작업은 '노래'의 유보성에 대해서는 침공(侵攻)적이고 의식적이다. 우리들은 시에 있어서의 내용과 형식의 관계를 생각할 때, 내용과 형식의 동일성을 공간적으로 상상해서, 내용이 반, 형식이 반이라는 식으로 도식화해서 생각해서는 아니 된다. '노래'의 유보성, 즉 예술성이 무의식적이고 은성적(隱性的)이기는 하지만 그것은 반이 아니다. 예술성의 편에서는 하나의 시 작품은 자기의 전부이고, 산문의 편, 즉 현실성의 편에서도 하나의 작품은 자기의 전부이다. 시의 본질은 이러한 개진과 은폐의, 세계와 대지의 양극의 긴장 위에 서 있는 것이다.

그런데 여기에서 중요한 것은 시의 예술성이 무의식적이라는 것이다. 시인은 자기가 시인이라는 것을 모른다. 자기가 시의 기교에 정통하고 있다는 것을 모른다. 그리고 그것은 시의 기교라는 것이 그것을 의식할 때는 진정한 기교가 못 되기 때문에 그렇게 되는 것이다. 시인이 자기의 시인성을 깨닫지 못하는 것은, 거울이 아닌 자기의 육안으로 사람이 자기의 전신을 바라볼 수 없는 거나 마찬가지이다. 그가 보는 것은 남들이고, 소재이고, 현실이고, 신문이다. 그것이 그의 의식이다. 현대시에 있어서는 이 의식이 더욱더 정예화(精銳化) —— 때에 따라서는 신경질적으로까지 —— 되어 있다. 이러한 의식이 없거나 혹은 지극히 우발적이거나 수면(睡眠) 중에 있는 시인이 우리들의 주변에는 허다하게 있지만 이런 사람들을 나는 현대적인 시인이라고 부를 수는 없다.

현대에 있어서는 시뿐만이 아니라 소설까지도 모험의 발견으로서 자기 형성의 차원에서 그의 '새로움'을 제시하는 것이 문학자의 의무로 되어 있다. 지극히 오해를 받을 우려가 있는 말이지만 나는 소설을 쓰는 마음으로 시를 쓰고 있다. 그만큼 많은 산문을 도입하고 있고 내용의 면에서 완전한 자유를 누리고 있다. 그러면서도 자유가 없다. 너무나 많은 자유가 있고, 너무나 많은 자유가 없다. 그런데 여기에서 또 똑같은 말을 되풀이하게 되지만, '내용의 면에서 완전한 자유를 누리고 있다'는 말은 사실은 '내용'이 하는 말이 아니라 '형식'이 하는 혼잣말이다. 이 말은 밖에 대고 해서는 아니 될 말이다. '내용'은 언제나 밖에다 대고 '너무나 많은 자유가 없다'는 말을 해야 한다. 그래야지만 '너무나 많은 자유가 있다'는 '형식'을 정복할 수 있고, 그때에 비로소 하나의 작품이 간신히 성립된다. '내용'은 언제나 밖에다 대고 '너무나 많은 자유가 없다'는 말을 계속해서 지껄여야 한다. 이것을 계속해서 지껄이는 것이 이를테면 38선을 뚫는 길인 것이다. 낙숫물로 바위를 뚫을 수 있듯이, 이런 시인의 헛소리가 헛소리가 아닐 때가 온다. 헛소리다! 헛소리다! 헛소리다! 하고 외우다 보니 헛소리가 참말이 될 때의 경이. 그것이 나무아미타불의 기적이고 시의 기적이다. 이런 기적이 한 편의 시를 이루고, 그러한 시의 축적이 진정한 민족의 역사의 기점이 된다. 나는 그런 의미에서는 참여시의 효용성을 신용하는 사람의 한 사람이다.

나는 아까 서두에서 시에 대한 나의 사유가 아직도 명확한 것이 못 되고, 그러한 모호성은 무한대의 혼돈에의 접근을 위한 도구로서 유용한 것이기 때문에 조금도 부끄러울 것이 없다는 말을 했다. 그리고 이러한 모호성의 탐색이 급기야는 참여시의 효용성의 주장에까지 다다르고 말았다. 그러나 나는 아직도 '여태껏 없었던 세계가 펼쳐지는 충격'을 못 주고 있다. 이 시론은 아직도 시로서의 충격을 못 주고 있는 것이다. 그 이유는 여태까지의 자유의 서술이 자유의 서술로 그치고 자유의 이행을 하지 못한 데에 있다. 모험은 자유의 서술도 자유의 주장도 아닌 자유의 이행이다. 자유의 이행에는 전후좌우의 설명이 필요없다. 그것은 원군(援軍)이다. 원군은 비겁하다. 자유는 고독한 것이다. 그처럼 시는 고독하고 장엄한 것이다. 내가 지금 ─ 바로 지금 이 순간에 해야 할 일은 이 지루한 횡설수설을 그치고, 당신의, 당신의, 당신의 얼굴에 침을 뱉는 일이다. 당신이, 당신이, 당신이 내 얼굴에 침을 뱉기 전에 ─ 자아 보아라, 당신도, 당신도, 당신도, 나도 새로운 문학에의 용기가 없다. 이러고서도 정치적 금기에만 다치지 않는 한 얼마든지 '새로운' 문학을 할 수 있다는 말을 할 수 있겠는가. 정치적 자유를 인정하지 않는 사회에서는 개인의 자유도 인정하지 않는다. '내용'을 인정하지 않는 사회에서는 '형식'도 인정하지 않는 것이다. 이러한 문학의 성립의 사회 조건의 중요성을 로버트 그레이브스는 다음과 같은 평범한 말로 강조하고 있다. "사회생활이 지나치게 주밀하게 조직되어서 시인의 존재를 허용하지 않게 되는 날이 오게 되면, 그때는 이미 중대한 일이 모두 다 종식되는 때다. 개미나 벌이나, 혹은 흰개미들이라도 지구의 지배권을 물려받는 편이 낫다. 국민들이 그들의 '과격파'를 처형하거나 추방하는 것은 나쁜 일이고, 또한 국민들이 그들의 '보수파'를 처형하거나 추방하는 것은 마찬가지로 나쁜 일이다. 하지만 사람이 고립된 단독의 자신이 되는 자유에 도달할 수 있는 간극이나 구멍을 사회 기구 속에 남겨 놓지 않는다는 것은 더욱더 나쁜 일이다. 설사 그 사람이 다만 기인이나 집시나 범죄자나, 바보 얼간이에 지나지 않는다 하더라도." 이 인용문에 나오는 기인이나 집시나 바보 멍텅구리는 '내용'과 '형식'을 논한 나의 문맥 속에서는 물론 후자, 즉 '형식'에 속한다. 그리고 나의 판단으로는, 아무리 너그럽게 보아도 우리의 주변에서는 기인이나 바보 얼간이들이 자유당 때하고만 비교해 보더라도 완전히 소탕되어 있다. 부산은 어떤지 모르지만 서울의 내가 다니는 주점은 문인들이 많이 모이기로 이름난 집인데도 벌써 주정꾼다운 주정꾼 구경을 못한 지가 까마득하게 오래된다. 주정은커녕 막걸리를 먹으러 나오는 글쓰는 친구들의 얼굴이 메콩 강변의 진주를 발견하기보다도 더 힘이 든다. 이러한 '근대화'의 해독은 문학 주점에만 한한 일이 아니다.

그레이브스는 오늘날의 '서방 측의 자유세계'에 진정한 의미의 자유가 없는 것을 개탄하면서, 계속해서 이렇게 말하고 있다. "그(서방 측 자유세계의) 시민들의 대부분은 군거하고, 인습에 사로잡혀 있고, 순종하고, 그 때문에 자기의 장래에 대해 책임을 질 것을 싫어하고, 만약에 노예제도가 아직도 성행한다면 기꺼이 노예가 되는 것도 싫어하지 않을 정도다. 하지만 종교적, 정치적, 혹은 지적 일치를 시민들에게 강요하지 않는 의미에서, 이 세계가 자유를 보유하는 한 거기에 따르는 혼란은 허용되어야 한다." 이 인용문에서 우리들이 명심해야 할 점은 '혼란은 허용되어야 한다'는 것이다. 나는 자유당 때의 무기력과 무능을 누구보다도 저주한 사람 중의 한 사람이지만, 요즘 가만히 생각해 보면 그 당시에도 자유는 없었지만 '혼란'은 지금처럼 이렇게 철저하게 압제를 받지 않은 것이 신통한 것 같다. 그러고 보면 '혼란'이 없는 시멘트 회사나 발전소의 건설은, 시멘트 회사나 발전소가 없는 혼란보다 조금도 나을 게 없는 것 같은 생각이 든다. 이러한 자유와 사랑의 동의어로서의 '혼란'의 향수가 문화의 세계에서 싹트고 있다는 것은, 그것이 아무리 미미한 징조에 불과한 것이라 하더라도 지극히 중대한 일이다. 그리고 이러한 문화의 본질적 근원을 발효시키는 누룩의 역할을 하는 것이 진정한 시의 임무인 것이다.

시는 온몸으로 바로 온몸을 밀고 나가는 것이다. 그것은 그림자를 의식하지 않는다. 그림자에조차도 의지하지 않는다. 시의 형식은 내용에 의지하지 않고 그 내용은 형식에 의지하지 않는다. 시는 그림자에조차도 의지하지 않는다. 시는 문화를 염두에 두지 않고, 민족을 염두에 두지 않고, 인류를 염두에 두지 않는다. 그러면서도 그것은 문화와 민족과 인류에 공헌하고 평화에 공헌한다. 바로 그처럼 형식은 내용이 되고 내용은 형식이 된다. 시는 온몸으로 바로 온몸을 밀고 나가는 것이다.

이 시론도 이제 온몸으로 밀고 나갈 수 있는 순간에 와 있다. '막상 시를 논하게 되는 때에도' 시인은 '시를 쓰듯이 논해야 할 것'이라는 나의 명제의 이행이 여기 있다. 시도 시인도 시작하는 것이다. 나도 여러분도 시작하는 것이다. 자유의 과잉을, 혼돈을 시작하는 것이다. 모깃소리보다도 더 작은 목소리로 시작하는 것이다. 모깃소리보다도 더 작은 목소리로 아무도 하지 못한 말을 시작하는 것이다. 아무도 하지 못한 말을. 그것을 ─ .

1968. 4.

시의 뉴 프런티어

결론부터 말하자. 시의 뉴 프런티어란 시가 필요 없는 곳이다. 이렇게 말하면 벌써 예민한 독자들은 유토피아를 설정하고 나온다고 냉소할지도 모른다. 그러나 시 무용론은 시인의 최고의 혐오인 동시에 최고의 목표이기도 한 것이다. 그리고 진지한 시인은 언제나 이 양극의 마찰 사이에 몸을 놓고 균형을 취하려고 애를 쓴다. 여기에 정치가에게 허용되지 않는 시인만의 모럴과 프라이드가 있다. 그가 사랑하는 것은 '불가능'이다. 연애에 있어서나 정치에 있어서나 마찬가지. 말하자면 진정한 시인이란 선천적인 혁명가인 것이다.

건방진 소리 같지만 우리나라는 지금 시인다운 시인이나 문인다운 문인을 가지고 있지 않다는 것이 나의 지론이다, 아니 세상의 지론이라고 본다. "알맹이는 다 이북 가고 여기 남은 것은 다 찌꺼기뿐이야." 하는 말을 나는 과거에 수많이 들었고 나 자신도 했고 아직까지도 역시 도처에서 그런 인상을 받고 있다. 이 이상의 모욕이 어디 있겠는가 하고 필자는 언제인가 최정희 씨한테 술을 마시고 몹시 주정을 한 일이 있었지만, 실로 우리들은 양심적인 문인들이 6·25 전에 이북으로 넘어간 여건과, 그 후의 10년간 여기에 남은 작가들이 해 놓은 업적과, 4월 이후에 오늘날 우리들이 놓여 있는 상황을 다시 한번 냉정하고 솔직하게 반성해 볼 필요가 있다.

우리들은 과연 그동안에 문학의 권위와 문학자의 존엄을 회수할 수 있었던가? 4월 이후는 어떠한가? 일전에도 또 술이 억병이 되어서 눈 위에 쓰러진 것을 지나가던 학생이 업어 가지고 고반소에 데리고 갔다는데 나중에 여편네 말을 들으니 고반소의 순경을 보고 내가 천연스럽게 절을 하고 "내가 바로 공산주의자올시다." 하고 인사를 하였다고 한다. 나는 이튿날 사지가 떨어져 나갈 듯이 아픈 가운데에도 이 말을 듣고 겁이 났고 그렇게 겁을 내는 자신이 어찌나 화가 났던지 화풀이를 애꿎은 여편네한테다 다 하고 말았었다. 겁을 낸 자신이, 술을 마시고 '언론 자유'를 실천한 나 자신이 한량없이 미웠다.

요즈음 비트닉[2] 이야기가 저널리즘에서 소일거리가 되고 있는 모양이고 비트족을 자처하고 나서는 시인들도 있는 모양인데, 우리나라에서 그들처럼 다방에서 이유 없이 테이블을

---

2) 비트 세대.

치고 찻잔을 부숴 보라지. 큰일 나지. 아니 찻잔을 깨뜨리기는 커녕 무수한 영웅들이 다방 안에서는 절간에 간 색시 모양으로 마담의 눈초리만 살피고 있는 것이 서울의 생태이다. 문화는 다방 마담의 독재에 사멸되어 가고 있다. 젊은 문학 동인지의 매니페스토[3]에 나올 것만 같은 이 말이 아직도 사실은 우리들의 정신 풍토를 대변하는 현실인 것을 어찌하랴. 그래서 서울에서 염증이 나면 시골로 뛰어가지만 시골도 마찬가지. 밤낮 도르래미타불이다, 개똥이다, 좆이다.

내가 생각하는 시의 뉴 프런티어, 그것은 내가 생각하는 무한한 꿈이다. 계급문학을 주장하고 노동조합이나 협동조합의 문화센터 운동을 생경하게 부르짖을 만큼 필자는 유치하지 않다. 그러나 언론 자유의 '넘쳐흐르는' 보장과 사회제도의 어떠한 변화가 있어야 할 것이라는 것은 필자도 바보가 아닌 바에야 '상식적으로' 느끼고 있으며, 계급문학이니 앵그리문학이니 개똥문학이니 하기 전에 우선 작품이 되어야 한다고 나는 천만 번이라도 역설하고 싶다. 뉴 프런티어의 탐구의 전제와 동시에 본질이 될 수 있는 것이 이것이라고 확신한다.

정귀영, 노영수, 김창직 씨의 《시와 시론》 제3집의 선언문을 환영한다. 근자에 필자가 본 유일한 뉴 프런티어 운동의 싹. 사실 우리나라의 문단은 당신들의 말처럼 24시간이 전부 통행금지 시간으로 되어 있다. 그러나 24시간 전부 통행시간이

---

3) 개인이나 단체가 대중을 향해 주로 정치적 의도나 견해를 밝히는 것으로, 연설이나 선언문의 형태를 띤다.

될 필요도 없다. 그중의 단 한 시간이나 단 10분 만이라도 우리들에게 통행이 해제된다면 우리들은 우리들의 적들과 맞설 수 있다. 우리들이 우리들의 적들과 맞선다는 이 사실이 곧 우리들에게는 승리를 의미하는 것이다. 시인의 간략과 영광(소위 25시의 자랑)이 여기에 있다.

그리고 우리들의 적은 한국의 정당과 같은 섹트주의가 아니라 우리들 대 이여(爾餘) 전부이다. 혹은 나 대 전 세상이다.

우리들은 보다 더 유치하고 단순해질 필요가 있다. '시의 무용'을 실감할 수 있을 때까지 우리들은 우리들을 무(無)로 만드는 운동을 해야 한다. 뉴 프런티어는 그 뒤에 온다. 쉽고도 어려운 일이 이것이다. 마치 이북과의 통일이 그러하듯이.

끝으로 나는 이북 작가들의 작품이 한국에서 출판되고 연구되어야 한다고 믿는다. 그리고 이러한 문화 사업이야말로 문교 당국의 적극적인 후원이 없이는 아니 되고, 이러한 문화 활동은 한국 문화의 폭을 넓히는 것 이상의 커다란 성과를 가지고 오리라고 믿는다. 불온서적 운운의 옹졸한 문화 정책을 지양하고 명실공히 리버럴리즘을 실천해야 하며, 이 사업은 남북 서한 교환이나 인사 교류에 선행되어야 할 획기적인 뉴 프런티어 운동인 줄 안다. 아직도 필자가 보기에는 학문도 창작도 고루한 정치인들의 턱 아래서 놀고 있다. 안 된다. 적어도 해방 이후의 남북을 통합한 문학사에 대한 활발한 재구상쯤 있어야 할 것이 아니겠는가.

1961. 3.

시인의 정신은 미지(未知)

── 나의 시의 정신과 방법

시의 정신과 방법? 시 쓰는 사람이 어떻게 자기 시의 정신과 방법을 아는가? 그것은 장님이 코끼리를 만지는 식의 우를 범하는 일이다. 시인은 자기의 시에 대해서 장님이다. 그리고 이 장님이라는 것을 어느 의미에서는 자랑으로 삼고 있다.

도대체가 시인은 자기의 시를 규정하고 정리할 필요가 없다. 그것이 그에게 눈곱자기만한 플러스도 되지 않기 때문이다. 그는 언제나 시의 현 시점을 이탈하고 사는 사람이고 또 이탈하려고 애를 쓰는 사람이다. 어제의 시나 오늘의 시는 그에게는 문제가 안 된다. 그의 모든 관심은 내일의 시에 있다. 그런데 이 내일의 시는 미지(未知)다. 그런 의미에서 시인의 정신은 언제나 미지다. 고기가 물에 들어가야지만 살 수 있듯이 시인의 미지는 시인의 바다다. 그가 속세에서 우인시(愚人視)

되는 이유가 거기 있다. 기정사실은 그의 적이다. 기정사실의 정리도 그의 적이다.

그의 눈에는, 소설가란 생일을 잘 차려 먹기 위해서 이레를 굶는 무서운 금욕주의자다. 무서운 인내가다. 결과로서의 소설의 발언이 시의 발언과 일치되는 점도 있지만 피차의 과정이 너무나 현격하다. 그 결과를 수긍하다가도 그 과정을 생각하면 소름이 끼친다. 파스테르나크는, 현대의 상황을 대변하려면 시만 가지고는 모자란다 해서 소설을 쓰고 희곡까지 썼지만, 그의 희곡이라는 것이 따분하다. 『유리 지바고』도 그의 초기의 단편만 못하다. 그런데 그의 단편은 아시다시피 백일몽이다. "나의 『지바고』는 왕년의 모든 시보다도 나에게 귀중한 것이다."라고 한 노후의 그의 말을 나는 신용하지 않는다. 그보다는 죽는 날까지 시집만 내고 죽은 프로스트가 좀 더 순수하다. 파스테르나크의 초기 단편이나 딜런 토머스의 단편을 읽으면서 부러운 것은, 그들이 그런 잠꼬대를 써도 용납해 주는 사회다. 그런 사회의 문화다. 나는 여기서는 오해를 살까 보아 그런 일을 못하겠다. 여기에는 알지 못하겠는 글이 너무 많고, 그 알지 못하겠는 글이 모두 인치키[4]다. 알지 못하겠는 글이 모두 인치키인 사회에서는 싫어도 아는 글을 써야 한다. 아는 글만을 써야 한다. 진정한 시인은 죽은 후에 나온다? 그것도 그럴싸한 말이다. 그러나 나에게는 그만한 인내가 없다. 나는 시작(詩作)의 출발부터 시인을 포기했다. 나에게서 시인이

---

4) 인치키(いんちき): 사기, 협잡, 가짜를 뜻하는 일본어.

없어졌을 때 나는 시를 쓰기 시작했다. 그러니까 나는 출발부터가 매우 순수하지 않다. 내가 무슨 말을 하고 있는지 모르겠다 ── 나는 고백은 싫다.

그렇지만 "시 1편"이라고 명기한 시 청탁서를 받을 때마다 나는 격노한다. 왜 내가 시밖에 못 쓰는 줄 아는가? 불쌍한 한국 문단아!

요즈음 S 잡지사의 권유로 '시 월평'이라는 걸 써 보았는데, 그 바람에 시는 통 못 썼다. 시인은 심판을 받는 편이 훨씬 행복하다. 시인이 심판을 하게 되면 불필요한 번민을 하게 된다.(남에게 얻어먹은 욕은 즉석에서 철회할 수 있지만, 남에게 한 욕은 철회하기가 매우 힘들다.) 또한 사기를 한다. 심판을 하자면 올가미를 씌워야 하는데 이 올가미에 자신까지 걸려들기는 싫다. 자기가 걸려드는 올가미는 시를 다칠까 보아 싫고 자기가 걸려들지 않는 올가미는 비평이 거짓말이 되니까 싫다. 나의 월평이 게재된 같은 잡지에 소설평을 담당한 H 씨의 글에 이런 말이 나와 있다. "……특히나 요새처럼 작가의 정치색을 가장 날카롭게 작품 속에 구상화시키는 것이 하나의 유행처럼 되어 있을 때 이러한 유행을 의식적으로 회피한다는 것은 어쩌면 성실한 작가의 자세라고 봐야 옳을 것인지도 모른다……"라는 구절이 있다. 이 글을 읽고 나는 '아차!' 했다. 지금 말한 것처럼 H 씨의 소설평이 실린, 같은 잡지에 나의 시 월평이 그분의 글과 나란히 게재되어 있다. 이달뿐이 아니라 지난달 호에도 어깨를 나란히 해서 나는 시 월평을 쓰고 그분은 소설 월평을 썼다. 이달뿐이 아니라 다음 달 호에도 어깨를 나란히 해서 나는 시 월평을 쓰고 그는 소설 월평을 쓸 것이다. 그리고 나는 지난달에도 이달에도 시의 현실 참여를 주장해 왔고 내달에도 그것을 주장할 참이다. 그런데 아까와 같은 그분의 글을, 내가 쓴 글을 읽는 끝에 마을 가는 기분으로 읽던 중에 발견한 것이다. 그러지 않아도 나는 연 3회를 현실 참여의 월평을 써 온 끝이라 또 다음 호에도 똑같은 논지를 내세우는 것이 변화가 너무 없는 것 같아서 좀 의아한 생각을 품고 있던 참이었다. 그런데 그분이 재빨리 내 마음을 알아차린 듯이 그런 말을 암시해 놓았다. "⋯⋯이러한 유행을 회피하는 것은 어쩌면 성실한 작가의 자세⋯⋯." 그렇다. 얼마 전에 에커만[5]의 『괴테와의 대화』를 읽으면서 나는 그런 다짐을 비밀리에 하고 있었다. 그때가 벌써 S 잡지사의 월평을 시작하고 있던 때였다. 나는 그러니까 그 비평을 시작할 때부터 내 비상구는 만들어 놓고 쓴 셈이다. 이번의 H 씨의 글은 나의 사기를 재확인해 준 것이나 다름없다. 나는 이 밀고 앞에 꼼짝할 수 없게 되었다.

시인은 밤낮 달아나고 있어야 하는데 비평가는 필요에 따라서는 적어도 4, 5개월쯤은 제자리걸음을 하고 있어야 한다. 혹은 제자리걸음을 하고 있는 것같이 보여야 한다.

시인은 영원한 배반자다. 촌초(寸秒)의 배반자다. 그 자신을 배반하고, 그 자신을 배반한 그 자신을 배반하고, 그 자신

---

5) Johann Peter Eckermann(1792~1854): 독일의 문필가. 괴테의 비서로 일했으며 이때의 경험을 바탕으로 집필한 『괴테와의 대화』는 괴테 연구의 중요한 문헌이 되고 있다.

을 배반한 그 자신을 배반한 그 자신을 배반하고…… 이렇게 무한히 배반하는 배반자. 배반을 배반하는 배반자…… 이렇게 무한히 배반하는 배반자다.

시인의 정신과 방법? 나는 그대를 속이고 있다. 술을 마실 때도, 산보를 할 때도, 교섭을 할 때도 무엇을 속이고 있는지는 모르지만 하여간 속이고 있다. 이 글을 쓰는 이 순간에도 나는 그대를 속이고 있다. 그대가 영리한 사람인 경우에는 눈치를 챈다. 나를 신용하지 않는다. 그러나 영리한 그대는 내가 속이는 순간만 알고 있고, 내가 속이지 않는 순간이 있다는 것을 모른다. 그대는 내가 시인이라는 것을 모른다. 그러한 그대를 구출하는 길은 그대가 시인이 되는 길밖에는 없다. 시인은 모든 면에서 백치가 될 수 있지만, 단 하나 시인을 발견하는 일에서만은 백치가 아니다. 시인을 발견하는 것은 시인이다. 시인의 자격은 시인을 발견하는 데 있다. 그밖의 모든 책임을 시인으로부터 경감하라!

1964. 9.

생활 현실과 시

최근 이삼 년 동안에 《한양》지를 통해 들어온 젊은 평론가들의 한국 문학에 대한 공격을 나는 퍽 재미있게 읽었다. 그중에도 장일우 씨의 시에 대한 비평은 나로 하여금 시에 대한 많은 반성을 하게 했다. 일본과 문학적 교류를 할 수 있다는 거리에서 오는 매력 이상으로, 국내의 평론가들이 지연상(地緣上)으로 할 수 없는 솔직한 말을 많이 해 준 매력에 대해서 나는 그의 숨은 공적을 높이 평가한다. 그의 '숨은' 공적이라고 말하는 것은 어찌 된 일인지 여기에서는 내가 생각하고 있는 것만큼 그의 공적이 공적으로서 인정되고 있지 않다. 그것은 나의 생각으로는 《한양》지가 일본에서 발행되는 잡지라는 핸디캡 이외에 그가 갖고 있는 비평의 본질에 관계되는 점이 있는 것 같다. 어떻게 보면 그의 메시지의 쇼크가 너무 컸기 때문에 생기는 비겁한 묵살 같은 것이 그간에 가로놓여 있는 게 아닌가 하는 생각이 든다. 그는 기성(旣成), 미성(未成)을 막론하고 그의 평론의 기준에 맞지 않는 것들을 모조리 때려눕혔다. 그와 같은 독설을 농하고 문단의 기성 질서를 뒤흔들어 놓은 평론가로는 환도 후에 이어령, 유종호 같은 사람이 나왔지만, 내가 보기에는 이들은 그에 비하면 헛몽둥이를 휘두른 점이 많고, 그에 비하면 훨씬 계산적인 데가 많았다. 요컨대 그의 매력은 계산을 무시한 매력이었다. 한국 시단은 그의 이러한, 계산을 무시한 매력 앞에 습복(慴伏)했고, 그러면서도 이러한 굴복을 자인하려 들지 않는 이중의 비겁을 범했다. 맞았으면 아프다는 소리라도 해야 할 텐데 아프다는 소리도 없다. 이것은 패배가 아니라 아주 죽어 있는 것인지도 모른다.

계산을 무시한 매력. 이에 대해서 간단히 살펴보자면 우선 그는 공격의 대상을 고르는 눈치 보는 식의 계산이 없었고, 자기의 평단의 출세에 대한 계산이 없었고, 또 하나는 그의 비평의 본질적인 문제로서 우리 시의 방향의 제시에 대해서 계산이 없었다. 이 중에서 지금 가장 내가 생각하고 싶은 것이 맨 끝의 문제다. 그가 말하는 것은 대체로 이렇다. 우리 시는 우리의 생활 현실과 너무 동떨어진 소리를 하고 있다 — 이 엄청나게 난해한 시들은 누구를 위해 쓰는 것이며, 너무나 독자를 무시한 무책임한 소리를 하고 있다 — 한국의 시인들은 현실 도피를 하지 말고 현실을 이기고 일어서라. 이러한 그의 누차의 발언에서 내가 느낀 것은 그가 아무래도 시의 본질보다도 시의 사회적인 공리성에 더 많은 강조를 하고 있다는 점이다. 나는 시를 쓰는 사람으로서 그의 발언에 대해서 실제로 이런 상상을 해 보게 된다. 우리나라의 현실을 가장 잘 대변할 수 있는 시는 어떤 시인가? 가장 밑바닥에서 우러나오는 가장 절박한 시를 쓰려면 어떻게 하면 되는가? 그러나 그의 요청에 따른 나의 상상상(想像上)의 표본은 항상 선명하지 않은 채로 끝나고는 한다. 그렇게 볼 때 내 생각으로서는 그의 발언은 두 가지 면에서 바라볼 수 있다. 하나는 지사적인 발언이며 하나는 기술자적인 발언이다. 그리고 그의 지사적인 면의 방향 제시가 그것을 기술적인 면으로 풀어 보려고 할 때, 잘 맞아떨어지지가 않는 것이다. 내가 위에서 말한, 계산이 없다는 말도 이러한 모순에 연유되는 것이다.

지난 1년 동안의 우리의 시 작품을 반성하면서 느끼게 되는 것은, 이제 장일우는 그가 제시한 방향의 시가 좀처럼 소산되지 않는 이유를 시의 기술 면에서 해명할 시기가 되지 않았나 하는 것이다. 그가 제시한 방향으로 시를 생각해 볼 때 나는 그 표본이 잘 머리에 떠오르지 않는다고 했지만, 좀 더 자유롭게 생각해 보면 독일의 브레히트의 비교적 얌전한 시(이를테면 「독일」 같은 작품) 같은 것이 그가 제시하는 방향의 시가 되지 않나 하는 생각이 든다. 그러나 브레히트 같은 시가 나오려면 지금 한국의 사회 사정하고는 엄청나게 다른 자유로운 사회가 실현되어야 한다. 군대라는 것이 아직도 일본의 천조대신(天照大神)[6]처럼 불가침의 존재로 비평을 초월한

6) 일본 신화에 등장하는 태양신으로 일본의 국조로 알려져 있다. 아마테

위치에 놓여 있는 사회에서는 브레히트의 시란 이름조차 입 밖에 내놓기가 송구스럽다. 그렇지 않은 정도로 사회적인 관심을 표시하거나 사회적 관심의 위치 위에 서 있는 시를 찾아본다면 국내 시단의 경우에 우선, 의도는 충분히 있으나 번번이 실패를 보고 있는 신동문 씨의 경우가 가장 눈에 뜨인다. 나는 그의 경우를 가장 의욕적인 한국의 젊은 시인의 가장 전형적인 실패라고 보고 있다. 이런 경우에 이 실패의 책임의 비율이 시인과 사회의 어느 쪽에 더 많이 있나? 이에 대한 해명이나 변호가 장일우의 경우라면 한 번쯤은 있어도 될 것 같은데 그것이 없다. 내가 미흡하게 생각하는 것은 이 점이다. 그가 한국 시인들에게 좀 더 사회적 관심이 있는 ─ 혹은 사회적 관심의 위치 위에 있는 ─ 시를 쓰라고 하는 말은, 극단적으로 볼 때 이북 시인들에게 형이상학적 시를 쓰라는 말과 같은 난제를 포함하고 있다. 그가 제시하고 있는 올바른 시는(그가 인용한 국내의 시의 모범적인 실례에도 불구하고) 내가 생각하기에는 궁극적으로 볼 때 소셜리스틱 리얼리즘의 시다 ─ 혹은 소셜리스틱 리얼리즘의 시에 유사한 시라고 해도 좋다. 오늘날의 소셜 리얼한 시가, 비근한 예로 일본의 시만 보더라도 프로이트적인 요소를 상당히 도입한 모던한 것으로 되어 있는 것을 볼 때, 그만한 것이라면 한국에서도 어떻게 우물쭈물 흉내를 낼 수 있는 날이 머지않아 올 것도 같은데, 장일우 씨가 제시하는 시의 이상형은 내가 느끼기에는 그런 프로이트적인

라스, 황조신 등으로 불리기도 한다.

요소는 그리 좋아하지 않는 것 같다. 그런 의미에서 그가 바라는 시가 어느 정도 과거적인(간단한 예가 마야콥스키 같은) 것인지 어느 정도 선구적인 것인지 선명치가 않고, 그의 요구 속에는 그가 인용한 국내의 모범적인 시(그중에는 우리가 보기에는 형편없는 시인의 것도 있다.)로서는 도저히 해명될 수 없는 커다란 과제가 담겨 있는 듯하고, 내가 이 글에서 그를 논하고 있는 것도 그러한 커다란 그의 과제의 존재를 전제로 하고 있는데, 그간의 복잡한 기술적인 디테일이 여태까지 그의 비평에서는 선명히 나타나 있지 않다.

일전에 평론을 쓰는 신동엽을 만났는데 그도 역시 내가 부연한 장일우가 제시한 시의 방향과 같은 말을 한다. "우리나라의 시는 지게꾼이 느끼는 절박한 현실을 대변해야 합니다." 그러나 이러한 오늘날의 우리의 시단의 적지않은 진지한 사람들이 느끼고 있는 커다란 갭 — 이, 시를 쓰는 지게꾼이 나오지 않는 여러 가지 사회적 조건의 결여 — 을 인정하면서도 — 그것은 장구한 시간이 필요한 자유로운 사회의 실현과 결부되는 문제이기 때문에 — 나는 우선은 우리 시단이 해야 할 일은 현재의 유파의 한계 내에서라도 좋으니 작품다운 작품을 하나라도 더 많이 내놓는 일이라고 생각한다. 김춘수의 부르주아적인 것도 좋고, 장호의 서민적 경향도 좋고, 김구용의 실험실적 경향도 좋고, 마종기의 경향도 좋고, 유경환의 경향도 좋다. 《한양》지의 평론가가 말하는 것 같은, 반드시 사회참여적인 것이나 민족주의적인 것이 아니라도 좋다. 나의 소원으로는 최소한도 작품다운 작품이라도 많았으면 좋겠는데,

지난 1년의 작품을 훑어보아도 그런 작품이 실로 미미하다. 좀 더 가혹하게 말하자면 시인의 양심이 엿보이는 작품이 거의 없다고 해도 과언이 아니다.

이렇게 말하면 장일우의 요점과 나의 요점이 서로 중복되는 것이 상당히 많은 것을 나도 모르는 것은 아니다. 그가 난해한 시라고 욕하는 것이 사실은 '시가 아니다'라는 말과 같은 뜻의 것이라는 것, 양심 있는 시인이라면 오늘의 한국의 현실이 그의 시에 반영되지 않을 수 없다는 점, 그러한 시가 독자를 갖고 있지 않은 것은 너무나 당연하다는 것 ── 이런 점들을 위시해서 내가 공감할 수 있는 많은 그의 요점이 나의 요점과 더불되고 있다. 그러면서도 내가 아까부터 이의를 느끼는 것은, 다시 말을 바꾸어 하자면 이러한 현실을 이기는 시인의 방법에 대한 견해와 해석의 차이다. 대체로 그는 이 현실을 이기는 시인의 방법을 (시 작품상에 나타난) 언어의 서술에서 보고 있지만 나는 그것이 언어의 서술에서뿐만 아니라 (시 작품 속에 숨어 있는) 언어의 작용에서도 찾아져야 한다고 생각하는 것이다. 이러한 언어의 서술과 언어의 작용은 시의 본질에서 볼 때는 당연히 동일한 비중을 차지해야 할 것이다. 그런데 전자의 가치에 치우친 두둔에서 실패한 프롤레타리아 시가 많이 나오고, 후자의 가치에 치우친 두둔에서 사이비 난해 시가 많이 나온 것을 볼 때, 비평가의 임무는 전자의 경향의 시인에게 후자의 경향을 강매하거나 후자의 경향의 시인에게 전자의 경향을 강매하는 일보다도 오히려, 제각기 가진 경향 속에서 그 시인의 양심이 살려져 있는지 아닌지를 식별하는 일에 있는 것이라고 믿어진다. 그리고 이러한 식별의 눈은 더욱이 우리 시단과 같은 정지(整地) 작업이 되어 있지 않은 곳에서는 아무리 섬세하게 작용되어도 지나치게 섬세하다는 핀잔은 받지 않을 것이다.

이 글의 목적은 장일우 개인의 시론을 비평하기 위한 것이 아니라, 우리 시단의 지난 1년간의 흐름을 돌아보면서 우리의 생활 현실과 시의 관계와, 난해한 시와 독자와의 관계를 훑어 보기 위한 것이다. 그런데 그러한 《한양》지의 청탁을 받고 보니, 장 씨의 평론의 논지와 이 청탁의 의도가 어쩐지 부합되는 점이 있는 것 같아서 좋은 의미의 선입견에서 그의 시론에 대한 평소의 나의 견해를 두서없이 말해 보았을 뿐이다.

내가 보기에는 우리 시단의 시는 시의 언어의 서술 면에서나 시의 언어의 작용 면에서나 다 같이 미숙하다. 쉽게 말하자면 우리의 생활 현실도 제대로 담겨 있지 않고, 난해한 시라고 하지만 제대로 난해한 시도 없다. 이 두 가지 시가 통할 수 있는 최대 공약수가 있다면 그것은 사상인데, 이 사상이 어느 쪽에도 없으니까 그럴 수밖에 없다. 우리의 생활 현실을 담아 보려는 노력의 시가 아까 말한 신동문, 장호 이외에도 박봉우, 박희진, 이설주 등의 작품에서 제법 세차게 엿보이고 있지만, 사상이 새로운 언어의 서술을 통해서 자유를 행사한 성공적인 시가 아직 같아서는 하나도 없다. 신동문의 「비닐 우산」은 지상(誌上)에 발표된 시가 그의 시고(詩稿)와는 다르다니까 말할 것도 없고, 그 밖에 읽을 만한 것은 그저 이설주 씨의 「복권」 정도다.

자하문 고갯길에
아카시아 낙엽이
돗자리를 깔고

의좋은 부부라도 지나가면
좀 쉬었다 가란 듯이 ─

인왕산도
얼룩진 눈물을 닦고
새 치마를 갈아입으니
앳된 얼굴이 참 예쁘고 곱네

일요일은
꼭 잠긴 창을
곧장 열라고 보챈다

여기는 뚝섬
지난여름의 상황들이
벗어 놓은 헌 옷같이
포플러 가지에 걸려 있다
조랑말 꽁무니에 매달려
인생은
낙일(落日)에 기울어지고

'진달래'와 고구마로

한 끼를 때우고

복권을 사 본다

—「복권 — 경마장에서」

  가냘픈 인생의 애수와 향락이 적당히 안배된 욕심 없는 세계다. 언젠가 《사상계》지의 월평에서도 잠깐 언급한 일이 있지만, 요즘의 나는 김현승의 「무형의 노래」나 이 「복권」 같은 욕심 없는 작품이 좋다. 우선 믿을 수 있으니 좋다. 우리 시단에서 가장 아쉬운 것은 이 믿을 수 있는 것이다. 믿을 수 있는 작품! 사상은 그다음이다. 그러나 이 믿을 수 있는 작품을 쓴다는 확고한 자각이 설 때 이 자각은 곧 사상으로도 통할 수 있는 것인데, 이 「복권」은 그러한 성질의 작품은 아니다. 그러나 전체적으로 여유가 있고, 찌그러진 합승을 타고 '자하문'에서 '인왕산'을 보고 '뚝섬'으로 털털거리고 나가서 "'진달래'와 고구마로/ 한 끼를 때우고/ 복권을 사 본다"고 볼 수 있는 쓸쓸한 한국적인 인생의 표정이 어쩌면 유머러스하게도 느껴진다. 결국 이 세계는 소극적인 우리 생활의 일면이며, '진달래'와 고구마로 한 끼를 때우고 복권을 사 볼 수 있는 한가한 소시민의 정서의 세계. 어찌 보면 아베 토모지(阿部知二)의 「겨울의 집(冬の宿)」의 주인공과 아주 흡사한 '낙일(落日)'의 세계. 로스트 제너레이션의 취미다. 이 시에서 현대성을 찾아보려면 "일요일은/ 꼭 잠긴 창을/ 곧장 열라고 보챈다"의 '곧

장' 정도다. 이 '곧장'이란 말 속에는 어찌 보면 우주 시대의 순간적인 섬광이 있는 것도 같다. 그러나 전체적으로는 이 시는 오늘의 우리의 생활 현실을 담지 못했다. 이 세계는 어느 특수층에 속하는 나의 생활 현실이지 우리들의 생활 현실은 아니다. 금방 나는 '소시민의 정서의 세계'라고 했지만, 엄격히 말해서 오늘날 우리에게는 소시민이라는 게 없다. 구태여 갖다 붙이자면, 오늘의 '특권 계급'이라는 것이 지난날의 소시민의 자리를 차지하고 있다고 할까. '일요일'이나 '복권'이 낡은 말인 것처럼 '소시민'도 낡은 말이다. '지게꾼'도 낡은 말이다. 비참의 계수(係數)가 다른 데로 옮겨 갔다. 부르주아와 프롤레타리아의 대립은, 선진국과 후진국의 대립으로, 남과 북의 대립으로, 인간과 기계의 대립으로, 미·소의 우주 로켓의 회전수의 대립으로 대치되었다.

오늘날의 시가 골몰해야 할 가장 큰 문제는 인간의 회복이다. 오늘날 우리들은 인간의 상실이라는 가장 큰 비극으로 통일되어 있고, 이 비참의 통일을 영광의 통일로 이끌고 나가야 하는 것이 시인의 임무다. 그는 언어를 통해서 자유를 읊고, 또 자유를 산다. 여기에 시의 새로움이 있고, 또 그 새로움이 문제되어야 한다. 시의 언어의 서술이나 시의 언어의 작용은 이 새로움이라는 면에서 같은 감동의 차원을 차지하게 된다. 따라서 우리의 생활 현실이 담겨 있느냐 아니냐의 기준도, 진정한 난해시냐 가짜 난해시냐의 기준도 이 새로움이 있느냐 없느냐에서 결정되는 것이다. 새로움은 자유다, 자유는 새로움이다.

요즘의 시단 저널리즘은 현실 참여의 시라고 해서 무조건 비참한 생활만 그려야 하는 것같이 생각하고, 신문 논설란류의, 상식이 통하지 않는 작품들을 도매금으로 난해시라고 배격하는 성급한 습성에 흐르고 있다. 우리의 주위는 모든 정경이 절박하기만 하다. 눈으로는 차마 볼 수 없는 기가 막힌 일들이 너무 많아서 우리는 참말로 눈을 돌릴 곳이 없다. 우리의 양심의 24시간은 온통 고문의 연속이다. 그러나 이런 때일수록 시는 좀 더 여유를 가져야 할 것 같다. 적어도 시의 양심을 지킬 만한 여유는 가져야 할 것 같다. 시대는 언제나 성인(聖人)이 되라고만 하지 시인이 되라고는 하지 않는다. 그것은 시인을 만들어야 할 때도 성인이 되라고 한다. 이런 유혹에 쏠려들 때 항용 가장 위험한 자위의 시가 나오기 쉽다. 비근한 예가 박희진의(그는 왼쪽으로 쏠릴 때도 있고 오른쪽으로 쏠릴 때도 있는데, 이번의 것은 오른쪽으로 쏠린 예)「즉흥적 각서초(覺書抄)」 같은 거다.

　　1
　종말은 없다. 시시각각으로 재시(再始)하라.
　　2
　나무엔 꽃이 피는, 눈엔 눈물이 솟는 소리.
　　3
　회복기의 환자처럼 인생을 살 일이다.

　이것은 결코 시가 아니다. 새로운 언어의 작용을 통해서 자유를 행사한 흔적이 없다. 정도의 차이는 있지만 우리 시단의 난해시라는 것이 모두 이런 포즈의 해독에서 나오고 있다. 치기만만한 난해시의 예를 닥치는 대로 하나만 더 들어 보자.

푸른 눈의
프랑스 인형.

어느 은밀한 내실에서
네 분신은
신부처럼 화사한 의상을 벗는가.

천의 얼굴을 가진
천 사람의 애인이여.

네 그리운 가슴의
우물같이 깊은 한복판에서
해 질 무렵 빈 들녘의
작은 풀이파리마냥

가만히 울고 있는
파리한 그림자는

나와
또 누구인가.

실은 넌 이 세상 아무 데도 실재하지 않는다.

—「인형에게」,《현대문학》 9월호

　　이런 것은《한양》지의 평론가가 공박하는 따위의 난해시는 아니지만, 관념의 미궁 속에 자위하고 있는 시 아닌 시라는 의미에서는 역시 난해시다. 이 작품이 시가 아니라는 것은 "실은 넌 이 세상 아무 데도 실재하지 않는다."의 끝줄을 보면 안다. 이 작품은 시의 언어의 서술이 문제될 수도 있고, 시의 언어의 작용이 문제될 수도 있는 비교적 편한 위치에 있는 시인데, 그러면서 새로운 관념의 서술도 없고 새로운 언어의 작용도 없다. 도대체가 시라는 것은 그것이 새로운 자유를 행사하는 진정한 시인 경우에는 어디엔가 힘이 맺혀 있는 것이다. 그러한 힘은 초행에 있는 수도 있고 종행에 있는 수도 있고 중간의 어느 행에 있는 수도 있고 행간에 있는 수도 있다 — 이것이 시의 긴장을 조성하는 것이다. 진정한 시를 식별하는 가장 손쉬운 첩경이 이 힘의 소재를 밝혀 내는 일이다. 그런데 이 「인형에게」는 "실은 넌……"의 종행의 앞에 이르기까지 정독해 내려 갈 동안에 그러한 힘이 결정(結晶)된 곳이 보이지 않는다. 그러면 이 작품의 운명은 최종 행에서 결정적인 스코어를 딸 수 있느냐 없느냐에 달려 있다. 그런데 그 최종 행이 "실은 넌 이 세상 아무 데도 실재하지 않는다."의 무력한 부정으로 그치고 말았다. 그러니까 이 작품에는 힘이 맺혀 있는 데가 없고, 시의 긴장이 없고, 새로운 언어의 자유를 행사한 흔적이 없고,

따라서 시의 양심을 이행하지 않았고, 결국은 시가 아니라는 말이 된다. 내가 보기에는 그렇다. 그리고 이런 작품을 보는 것은 이번이 처음이 아니다. 두 번째도 아니다. 세 번째도 아니다. 이러한 것은 난해시가 아니라 불가해한 시다. 《한양》지의 평론가가 개탄하는 것도 난해시가 아니라 사실은 이런 불가해한 시들이 많다는 말일 것이다.

시의 긴장의 말이 나온 끝에, 앞의 작품과는 대조적인 작품을 하나 들어 보자. 김광섭 씨의 「심부름 가는……」이란 시. 나는 김광섭 씨의 작품은 관념의 서술이 너무 많은 게 싫어서 그리 좋아하지 않는 편이었는데, 이번에 병상에서 심한 고통 중에 읽어 보고 여지껏 발견하지 못했던 깊은 섬광을 발견하고 반갑게 생각했다.

서정이 만물을 들추어 노래를 추구한다
꽃이다 새다 노숙한 짐승이여 그 눈에 흐르는 눈물
강자의 비석에 떨어져 때를 지우는데
웬 엿장수냐 가위질 소리에 모인 아이들
서울이란 델 언제 이렇게 나도 왔나 부다

옆을 서로 스치면서 인사 한마디 없이 가는
고향과 고향 사이의 불행한 섬 길에서
버러지보다 나은 것을 찾는 한 벌의 허전한 옷
누구도 건드리지 못한 지고한 창공 그 전통 밑에 서서
나는 어데로 심부름 가는 무슨 물체일까

이것이 그중의 후반 두 연이다. 내가 섬광을 발견한 곳은 "웬 엿장수냐 가위질 소리에 모인 아이들/ 서울이란 델 언제 이렇게 나도 왔나 부다"의 구절. 서울이 우주의 이향(異鄉)으로 느껴지는 새로운 감정. 낡은 것이 새로운 것으로 바뀌는 순간. 이 시에는 죽음의 깊이가 있다.

나쁜 시를 발견하기는 쉽지만 좋은 시를 발견하기란 참 어렵다. 그 시와 같이 살 수 있는 순간을 가져야 하기 때문이다. 우리 주위에는 이 시의 경우와 같이 탐탁하지 않게 생각하던 것 중에서 의외로 기적이 발견되는 수가 있다. 그럴 때의 기쁨은 이중으로 크다. 시를 쓰기도 어렵지만 시의 독자가 되기는 더 어려운 것 같다. 진정한 시의 독자는 시인이 아니고서는 되지 않는다고 하지 않는가. 피상적으로 시의 독자가 있느니 없느니 말할 수도 없고, 시의 독자가 없다고 비관할 필요도 없을 것 같다.

1964. 10.

대중의 시와 국민가요

5·16 후에 공보부에서 국민가요 운동을 전개하고 시단 사람들을 동원해서 가사를 쓰게 한 일이 있었다. 국립극장에서 발표회를 갖고 라디오를 통해서 전국적으로 보급시킬 예정이라고 하더니, 그 후 아무 소리가 없었던 것을 보면 그 운동도 그 당시의 돌팔이식의 잡다한 다른 운동과 함께 유산이 된 모양이었다.

그 당시 공보부에서 이 일을 직접 관할하고 있던 담당자에게 나는 까놓고 그런 형식적인 가요 운동이 성공하지 못할 것이라고 예언했지만, 그 역시 이 일의 운명보다는 가난한 시 쓰는 친구들에게 모처럼 푸진 가사료라도 나누어 주는 것이 더 신이 났던 모양이다. 그때 나는 그 친구한테 이렇게 말했다. "이런 상의하달(上意下達)식의 가요 운동은 이북에서 하는 식이오. 그네들의 방식을 아무리 따 보려고 해도 그들을 따라가지는 못하오. 우리에게는 우리대로의 방법이 있소. 그것을 찾읍시다. 가요 운동은 사무적으로 되지는 않는 것이오."라고.

6·25 이후 그리고 5·16 후에 무수한 군가와 국민가요가 나왔지만 내가 듣기에는 이북 군가의 냄새를 풍기거나 일제 시대의 국민가요를 모방한 형식적인 노래가 너무나 많다. 이곳의 국민가요라는 것은 정신적으로 벌써 이북의 노래에 압도된 지가 오래다. 이러한 정서적인 콤플렉스는 가요 문제에 국한된 조그만 문제가 아닌데도 불구하고 이것이 한 번도 정면으로 진지하게 논의된 일이 없는 것은 이상한 일이다.

우리나라의 시와 노래를 살펴볼 때 대체로 네 가지 범주로 대별할 수 있다. 하나는 문학 잡지에서 서식하고 있는 소위 난해한 시 작품들, 하나는 '노래자랑' 속에서 등용문을 찾는 유행가, 하나는 라디오 스폰서들이 기르는 선전가요, 그리고 또하나가 거의 심심할 때마다 구두선(口頭禪)[7]처럼 논의되는 국민가요다.

이 국민가요라는 것이 그중에서 제일 정치 기상(氣象)과 호흡을 같이하게 되는 것인데 우리의 정치가 아직까지도 국민 대중의 밑바닥까지 스며들지 못하고 있는 것처럼, 이 국민가요도 대중의 호흡을 대변해 주지 못하고 있다. 그런 의미에서는 위의 네 가지 중에서 제일 추상적인 존재다.

국민가요가 추상적인 것이 되지 않으려면 그것은 국민의

---

7) 실행이 따르지 않는 실속 없는 말.

밑바닥에서 우러나오는 노래가 되어야 하고, 한 사회에서 노래가 밑바닥에서 우러나오려면 우선 노래를 부를 수 있는 사회의 분위기가 조성되어 있어야 한다. 그런 의미에서는 이북의 노래도 식민지의 노래에 지나지 않으며, 그것은 너무나 '씩씩하고 건전한' 식민지의 노래다.

우리들은 이제 이북식의 '씩씩하고 건전한' 잠재의식에서 벗어날 때가 왔다. 언젠가 대학생들의 단식 데모에서 「새야 새야 파랑새야」를 익살스럽게 풍자한 노래가 읊어진 것을 보았는데, 국민가요의 정신은 단적으로 말해서 그러한 것이다. 그것은 철두철미 하극상의 정신이다. 따라서 좋은 국민가요가 나오는 사회는 진정한 기골 있는 야당과 노동조합다운 노동조합이 있는 사회이며 청년들이 살아 있는 사회이다. 우리 사회에 좋은 국민가요가 아직도 나오지 못하고 있다는 것은 천재적인 작사자나 작곡가가 나오지 못하고 있다는 말이 아니라, 남북통일과 현대 공업화의 비전이 아직까지도 나오지 못하고 있다는 말이 된다.

국민가요 운동은 이웃 돕기 운동과도 또 다르다. 훨씬 더 어려운 것이다. 그것은 몇 개의 신문사와 몇 개의 라디오, 텔레비전 방송국이 후원을 한다고 곧 성과를 거둘 수 있는 간단한 사무적인 운동이 아니다. 그렇지만 잘하면 그것은 우리가 일찍이 한 번도 경험하지 못한 문예 부흥의 선구 역할을 하게 될지도 모른다.

1964.

히프레스[8] 문학론

이렇게 이곳의 문학계에서 저조하고 좋은 작품이 나오지 않는 이유가 어디 있는가를 생각해 볼 때, 이렇게 방대한 문제에 손을 댈 만한 능력이 없는 나로서는 겨우 유치하고 모호한 몇 개의 즉흥적인 대답을 가지고 호도할 수밖에 없는 것을 우선 부끄럽게 생각한다. 나는 우리나라 문학의 연령을 편의상 대체로 35세를 경계로 해서 이분해 본다. 35세라고 하는 것은 1945년에 15세, 즉 중학교 2, 3학년쯤의 나이이고 따라서 일본어를 쓸 줄 아는 사람이다. 따라서 35세 이상은 대체로 일

---

8) 1960년대 후반 당시 유행어가 된 토플리스(topless)라는 말을 비틀어서 '히프레스'(hipless)라는 말을 만들어 쓴 것으로 추정된다. 시 「거대한 뿌리」에는 "앉는 법을 모른다"라는 구절로 전통 부재를 비유하고 있으며 이 산문 또한 문학적 전통 문제를 다루고 있다. ─ 엮은이 주

본어를 통해서 문학의 자양을 흡수한 사람이고, 그 미만은 영어나 우리말을 통해서 그것을 흡수한 사람이다. 그리고 35세이상 중에서도 우리말을 일본어보다 더 잘 아는 사람들과, 일본어를 우리말보다 더 잘 아는 비교적 젊은 사람들이 있다. 이 후자에 속하는 사람들 중에는, 전봉건이가 언제인가 시작 노트에서 말했듯이 해방 후에 비로소 의식하고 우리말을 공부한 사람들도 적지 않다. 우선 이러한 구분하에서만 보더라도 우리 문학이 얼마나 복잡한 식민지의 배경 속에서 살아왔는가를 짐작할 수 있다.

얼마 전에 동대문에 있는 고본옥(古本屋)[9]으로 낡은 일본 책을 팔러 갔다가 파지값으로 내버리고 오다시피 한 일이 있었다. 고본옥의 말을 들으면 일본책은 — 특히 해방 전에 출판된 책은 — 사 가는 사람이 없어서 팔기는 하지만 사지는 않는다는 것이다. 그것은 내 책을 후려쳐 사기 위한 말만은 아닌 것 같았다. 이러한 잘 팔리지 않는 해방 전의 일본책들의 근소한 구슬픈 고객들 중에는 나와 같은 35세 이상의 문학하는 사람들이 적지 않다. 우리나라의 소위 중견 작가들의 서재에는 이런 책방에서 사 옴 직한 누렇게 바랜 책들이 많이 끼어져 있고, 신문 소설, 단편 소설, 통속 소설의 대부분의 자양분이 아직도 이런 고본옥의 먼지 긴 서가에서 공급되고 있는 듯하다. 문학을 하겠다고 발버둥질 치는 비교적 근면한 양심적인 친구들이 보내 주는 소설집 같은 것을 간혹 들추어 볼 때마다 이태준이나 효석의 왕년의 작품 수준을 그대로 답습

---

9) 헌책방, 혹은 고서점.

하고 있는 정도의 인상밖에는 못 받게 되는데, 그것은 그들이 태준이나 효석이나 유정이나 심훈을 모방하는 데서 오는 게 아니라, 그들이 취하고 있는 자양의 원천이 여전히 같은 데에 머물러 있다는 애석한 현상에서 오는 결과라고 생각된다. 단적으로 말하자면 이들에게 문학의 자양을 공급하던 가냘픈 뿌리는 해방과 동시에 그나마 그 기능이 마비되어 버렸다. 그런데 그 밖에 더한층 불행한 현상은 이들의 작품을 읽어 주던 ― 혹은 읽어 줄 ― 독자들의 이탈이다. 일본의 어느 소설가는 "일본 소설의 최대의 적은 이와나미〔岩波〕문고"라고 했지만, 우리나라 소설의 최대의 적은 《군조》, 《분가카이》, 《쇼세쓰신쵸》다. 오늘날 35세 이상의 중류층 독자들은 국내 작가의 소설이나 시를 절대로 읽지 않는다. 비극은 그뿐만이 아니다. 38선 이북으로 올라간 작가들에 대한 향수 같은 것이 중류층 독자들의 감정 세계 속에서는 아직도 여전히 퇴색하지 않고 있다. 그들은 얼마 전까지도 입버릇처럼 "웬만한 사람은 다 넘어갔지, 여기 남은 것은 쭉정이밖에 없어!" 하는 것이었다.

그러면 35세 이하의 경우는 어떠한가? 이들의 문학 자양의 원천은 기성세대보다도 더 불안하다. 서울만 하더라도 양서(洋書) 신간점이 일서점(日書店)보다 수적으로는 훨씬 많지만 구매량은 지극히 미소하다. 이들은 기성세대들이 문학 공부를 할 때의 독서량에 비하면 현격하게 희미한 양의 밑천을 가지고 문단에 등장한다. 그러니까 이들은 마지못해 국내 작가들의 것을 읽게 되고, 김동리, 서정주, 유치환, 박영준, 안수길, 백철, 이어령의 추천을 받고 나온다. 이들의 '천료소감(薦了所

感)'이라는 것을 보면 '……나는 백철 씨의 인내와 끈기, 이어령 씨의 패기와 재치, 유종호 씨의 중용을 한데 종합한 것을 써 보겠다……'는 식이다. 이런 사람들은 대개가 국문과 출신이고, 서정주나 김동리의 아류가 제일 많이 나오는 곳이 여기이다. 이에 비하면 영문과 출신의 청년들은 약간 시야가 넓은 것도 같지만 조잡한 점에서는 전자보다도 오히려 더하다. 이들의 '천료소감'을 보면 10매도 안 되는 토막글 속에, 톨스토이의 『전쟁과 평화』의 인용문이 나오고, E. M. 포스터가 나오고, 랭보의 원문 인용이 나오고, 로댕의 인용문이 나온다.

일제 식민지에 비하면 미국의 달러 정책은 문학에 있어서는 훨씬 더 많은 조제품과 위조품을 만들어 냈다. 일제 시대에 비하면 작품 평가의 눈은 훨씬 높아졌지만, 작품 자체에 진도가 없으니 그나마 국내 작품을 읽어 오던 독자들도 '오히려 일제 시대의 『상록수』나 『무영탑』이 낫다'고 생각하고, 지금의 작가들이 그때보다도 오히려 퇴보한 것 같다는 불평을 한다.

그런데 『무영탑』의 작가나 『자유부인』의 작가나 『북간도』의 작가나 『낙서족(落書族)』의 작가나 『판문점』의 작가의 경우에 매번 변하지 않는 것이 있는데, 그것은 그들이 한결같이 작품의 대화의 부분에서는 행을 바꾸어 쓴다는 것이다. '네', '아니요', '흥', '개새끼!' 같은 것까지도 따옴표가 붙는 글이기만 하면 무조건 행을 바꾼다. 내가 보기에는 대만 작가들이 이런 후진성을 아직 버리지 못하고 있는 것 같다. 우리나라에서는 서기원의 작품이 좀 그렇지 않을 뿐 거의 모든 작가들이 이 철칙을 연연하게 지키고 있다. 이것만 보아도 우리의 문학이 얼마나 세계의 조류를 등지고 있는가를 측량할 수 있다. 나하고 호형호제하는 사이에 있는 어떤 소설가가 군사 혁명 때에 나를 보고 "일제 시대의 교련 선생이 심하게 굴던 이야기를 쓰려고 하는데 아무 일 없을까?" 하는 말을 묻기에, 나는 아무리 군정이라고 하지만 자유당 때보다는 실질적으로 언론 자유가 신축성이 있으니까 아무 일 없을 것이니 마음 놓고 쓰라고 격려한 일이 있었다. 우리나라의 글 쓰는 사람들의 소심증은 일제의 군국주의 시대에서부터 물려받은 연면한 전통을 가진 뿌리 깊은 것이기는 하지만, 그리고 아직까지도 '자유'의 언어보다도 '노예'의 언어가 더 많이 통용되고 있는 비참한 시대이기는 하지만, 적어도 작가라면 이런 소리를 해서는 아니 된다. '우리 문학이여, 나이를 어디로 먹었는가' 하는 한탄이 저절로 나온다. 우리나라의 펜클럽은 옙투셴코를 모르고, 보즈네센스키를 모르고, 카자코프를 모르고, 「해빙기」의 투쟁을 모르고, 앨런 테이트의 『현대작가론』을 모르고, Communication과 Communion을 식별할 줄을 모른다. 우리나라의 대가연하는 소설가나 평론가 들이 술을 마시기 전에 문학청년에게 침을 주는 말이 있다. ──"이거 봐, 어려운 이야기는 하지 말아!" 우둔한 나는 이 말을 완전히 이해하기까지 꼭 15년이 걸렸다.

작가와 평론가의 관계가 또한 재미있다. 작품과 평론과의 사이에 친밀한 유기적 관계 같은 것은 우리 문단에서는 거의 찾아볼 수 없다. '시 월평'이나 '소설 월평'이라는 것이 독자를 위한 것이라기보다는 작가를 위한 전문적인 계몽의 비중이 더 많은 것도 우리나라의 '창작 월평'이라는 것의 특징이지만 이러한 자기들끼리의 밀어도 거의 전부가 동문서답이다. 요즘에는 문단 파벌 의식 같은 것은 많이 없어진 것 같고, 젊은 평론가들의 질도 상당히 향상된 것 같아서 제법 선(線)이 있는 소리를 하는 사람도 간혹 볼 수 있게 된 것은 그나마 다행한 일이지만 이러한 비평에 귀를 기울이고 있는 징후가 작품에는 아직도 나타나고 있지 않다. 젊은 비평가들의 작품평을 보면서 이따금씩 느끼는 것은, 아무래도 그들의 비평이 눈치를 보면서 '적당히' 쓰고 있다는 미흡감이다. 처음에는 상당히 날카로운 소리를 하다가도 이름을 얻고 신문사나 학교 같은 대제도 속에 흡수되면 어느 틈에 잠잠해지거나 그렇지 않으면 자기의 직책에 영향이 갈 만한 말은 일체 쓰지 않게 된다. 그러나 눈치를 보고 쓰는 것은 젊은 비평가들에 한한 일만은 아니다. 우리나라의 시, 소설, 평론의 전 부면(部面)의 글들이 모두 눈치를 보고 쓰고 있는 글이라고 해도 과언이 아니다. 이런 점에서는 일제 시대의 문학자들보다도 훨씬 기백이 없고, 그 당시에 비해서 사회 현상이 전반적으로 원자화되어 가고 있다는 사실도 있지만 오늘날의 글 쓰는 패거리들은 상당히 세속적으로 되어 가고 있다. 작품에는 성인(聖人)이 다 된 것 같은 글을 쓰는 시인이 2년도 채 안 되는 동안에 호화 시집을 두 권씩이나 내는 것을 보고 진지한 문학청년들은 당황감을 느낀다. 오늘날의 문학하는 사람들이 문학을 통해서 자유의 경간(徑間)을 넓혀 가야 한다는 과제는, 일제 시대의 지사들의 독립운동만 한 비중이 있는 대업인데도 불구하고, 이것을 모를 리 없는 오늘날의 지각 있는 문인들이 secularism(세속주의)의 제물이 되어 가는 것을 어떻게 해석해야 좋을지 모르겠다. 오늘날 우리들의 풍속은 이런 현상에 접할 때마다 잘못했다는 비난은커녕 오히려 안도감을 느끼는 것이 우정의 표시처럼 되어 있으니 딱한 노릇이다.

우리 문학이 일본 서적에서 자양분을 얻었다고 했지만, 정확하게 말하자면 일본을 통해서 서양 문학을 수입해 왔고, 그러한 경우에 신문학의 역사가 얕은 일본은 보다 더 신문학의 처녀지인 우리에게 중화적인 필터의 역할을 (물론 무의식적으로) 해 주었다. 그러나 해방과 동시에 낡은 필터 대신에 미국이라는 새 필터를 꽂은 우리 문학은, 이 새 필터가 헌 필터처럼 친절하지 않다는 것을 느꼈다. 「사케와 나미다카」는 의미를 알고 부를 수 있었지만 「하이 눈」의 주제가는 그것을 부르는 김시스터나 정시스터도 그 의미를 모르고 부른다. 미국 대사관의 문화과를 통해서 나오는 헨리 제임스나 헤밍웨이의 소설은, 반공물이나 미국 대통령의 전기나 민주주의 교본의 프리미엄으로 붙어 나오는 크리스마스 선물이다. 그들로부터 종이 배급을 받는 월간 잡지사들은 이따금씩 《애틀랜틱》의 소설이나 번역해 냈고, 이러한 소설들은 'O. 헨리' 상을 받은 작가의 것이 아니면, 우리나라의 소설처럼 따옴표가 붙은 대화 부분의 행이 또박또박 바뀌어져 있는 것이었다. 이러한 새로운 탁류 속에서 미국의 '국무성 문학'이 '서구 문학'의 대명사같이 되었고, 우리 작가들은 외국 문학을 보지 않는 것을 명예처럼 생각하게 되었고, 다시 피부에 맞는 간편한 일본 문학으로 고개를 돌이키게 되었다.

그러나 식민지 문학으로 등장한 미국 문학이라고 하지만 그의 역사는 일본 문학의 3배나 되고, 그의 밀접한 배후에 장구한 역사를 가진 구라파 문학과 부단히 혈액 관계를 가지고 있는 문학은 일본 문학처럼 다루기 쉬운 것은 아니었고, dry cleaning 은 알아도 '금주주(禁酒州)'는 모르는 문학청년들이, 일제 시대에 일본책에 친자(親炙)하듯 자양분을 딸 수 있는 것은 못 되었다. 너무 성급한 판단은 내리기 싫지만 또다시 단적으로 말하자면, 해방 후의 문학청년들, 아까 말한 35세 이하의 작가들은 뿌리 없이 자라난 사람들이다. 식민 문학을 벗어나지 못한 문학이 F. O. A.[10]의 언어를 이해하지 못할 때 거기에서 무엇이 자라날 수 있겠는가?

심금의 교류를 할 수 있는 언어, 오늘날의 우리들이 처해 있는 인간의 형상을 전달하는 의무를 이행할 수 있는 언어, 인간의 장래의 목적을 위해서 선택이 이루어질 수 있는 자유로운 언어 —— 이러한 언어가 없는 사회는 단순한 전달과 노예의 언어밖에는 갖고 있지 않다. 그리고 그러한 인간 사회의 진정한 새로운 지식이 담겨 있는 언어를 발굴하는 임무를 문학하는 사람들이 이행하지 못하는 나라는 멸망하는 나라다.

아무래도 앞으로 우리 문학은 세계의 창을 내다볼 수 있는

---

10) Foreign Operations Administration. 미국의 국방과 외무 분야 행정을 통합 관리한 부서.

소수의 지적인 젊은 작가들에게 희망을 걸 수밖에 없다. 애매한 노자 철학을 강석(講釋)하는 우화를 쓰는 「목련」의 작가보다는, 산아 제한의 강박관념을 패러프레이즈(paraphrase)[11]하는 「태어나지 않은 아이들」의 작가가 다소 신경질적이기는 하지만 공감이 가고, 대학교수의 음전한 자리에서 아무도 모르는 시를 정기적으로 써내는 시인들보다는, 개밥에 도토리 모양으로 이 술집 저 술집으로 구걸 술을 마시고 다니면서 '추천 시'에는 아예 응모할 생각도 하지 않는 거지 시인들에게 더 희망을 걸 수 있다.

그러나 이렇게 남의 일만 이야기하다 보니 어쩐지 내 발밑이 불안해진다. 지난 4개월 동안 본지[12]에 '시 월평'이란 것을 쓴 것을 반성해 볼 때 정말 정직한 말을 썼는가 하는 자책감이 든다. 나도 어느 사이에 '적당히' 쓸 줄 아는, 때가 묻은 게 아닌가 하는 자책감이 든다. 나는 아직도 글을 쓸 때면 무슨 38선 같은 선이 눈앞을 알찐거린다. 이 선을 넘어서야만 순결을 이행할 것 같은 강박관념. 우리는 무슨 소리를 해도 반 토막 소리밖에는 못하고 있다는 강박관념. 4·19 후에 8개월 동안 잠깐 누그러졌다가 다시 굳어진 강박관념. 나는 몇 년 전까지만 해도 이러한 강박관념을 우리나라만의 불행이라고 생각해 왔는데, 그 후 거기에 세계의 얼굴이 담겨 있는 것을 알고 약간의 안도감을 느낄 수 있었지만, 여기에 비친 세계의 얼굴

---

11) 글 속의 어구를 다른 말로 바꿔서 알기 쉽게 풀이한 것.
12) 《사상계》를 말한다.

이 이중이나 삼중 유리 겹창에 비치는 얼굴 모양으로 윤곽이 엇갈려서 어떤 것이 어떤 얼굴인지 분간할 수 없게 되는 새로운 불안이 생겼다. 따라서 얼마 전까지만 해도 38선이 없어지면 그것은 해소되리라고 생각했지만, 지금은 38선이 없어져도 좀처럼 해소되지 않고, 또 다른 선이 얼마든지 연달아 생길 것이라는 예측이 서 있다. 35세의 경우도 마찬가지다. 결국 자유가 없고 민주주의가 없다는 귀결이 온다. 민주주의가 없는 나라에서는 작가의 책무가 이행될 수 없다. 아직도 우리나라는 이러한, 달걀이 먼저냐 닭이 먼저냐의 수수께끼를 되풀이하고 있다. 이러한 경우에 이북보다 이쪽이 '비교적' 자유가 있다는 말은 통하지 않는다. 민주주의 사회는 말대답을 할 수 있는 절대적인 권리가 있는 사회다. 그런데 이 지대에서는 아직까지도 이 '절대적인' 권리에 '조건'을 붙인다. 앨런 테이트의 『현대작가론』에 다음과 같은 구절이 있다.

우리들은 다른 특권을 향유하는 것과 같은 조건으로 민주주의 특권을 향유하고 있다 ── 즉 우리들은 어떤 것은 반환할 수 있다는 조건으로. 작가가 그의 자유 대신에 돌려주는 것은 그의 형제들 ── 쥘리앵 소렐, 램버트 스트레더, 조 크리스마스[13] ── 을 위한 어려운 자유의 모형이며, 작가의 분부를 받고 이들도 역시 자유를 누리게 되고, 작가 자신의 자유를 지탱해 주게 된다. 작가가

---

13) 스탈당의 『적과 흑』, 헨리 제임스의 『대사들』, 윌리엄 포크너의 『팔월의 빛』의 주인공.

사회에 반환하는 것은 흔히 민주주의 사회가 다른 사회처럼 거의 좋아하지 않는 것이 되는 수가 있다. 즉 민주주의의 악용을 저주하는 용기, 특히 민주주의의 찬탈을 식별하는 용기가 그것이다.

미국의 민주주의의 성격이나 그의 수출 태도나 자유의 본질을 논하는 것은 나의 능력 이외의 일이며, 다만 내가 여기서 말하고 싶은 것은 언어의 문화를 주관하는 것이 작가의 임무이며, 그 밖의 문화는 언어의 문화에 따르는 종속적인 것이며, 우리들의 언어가 인간의 정당한 목적을 향해서 전진하는 것을 중단했을 때 우리들에게 경고를 하는 것이 작가의 임무라는 것이다. 사회인의 목적은 시간을 초월한 사랑을 통해서 적시에 심금의 교류를 하는 데 있다는 것이다. 그리고 그러한 활동에 지장이 되는 모든 사회는 야만의 사회라는 것이다.

그러나 솔직한 눈으로 바라볼 때 우리 문학 40년사에서 언제 우리들은 제대로 민주적 자유를 경험한 일이 있었던가? 구태여 찾아본다면 해방 후의 2, 3년간? 그러나 그것은 우리의 민족문학을 일으켜 세우기에는 너무나 어지러운 혼란 속에서 번갯불같이 지나가 버렸다. 이것이 나의 착각이 아니라면 우리 문학은 아직도 출발을 시작하지 못하고 있는 게 아닌가 하는 생각이 든다. '신문학 40년에 무슨 일을 하였나?', '해방 후 20년에 무슨 작품이 나왔나?' 하는 회의도 그러한 전제하에서 볼 때는 도저히 제기될 수 없는 공연한 회의라는 생각이 든다.

1964.

예술 작품에서의 한국인의 애수

유행가나 속요에서는 애수를 찾기가 쉽다. 일제 시대에 유행한 수많은 우리말로 된 유행가들은 거의 전부가 애수에 찬 것이었다. 「황성 옛터에 밤이 되니」, 「피 식은 젊은이」의 비탄조의 노래를 위시해서 이애리수, 나애심, 강홍식, 전옥, 백년설, 남인수, 고복수 들의 노래가 전부 구슬픈 노래였다고 해도 과언이 아니다. 그러고 보면 유행가의 풍조도 많이 변했다. 요즘 유행된 「노란 셔츠」니 「밤안개」니 그 밖의 양키이즘의 본을 딴 무수한 노래들은 거의 왕년의 비감을 찾아볼 길이 없는 살벌할 만큼 활발한 곡들이다. 시대가 시키는 일이다. 「밤안개」만 해도 애수는 애수이지만 지난날의 노래가 가진 그런 청승맞은 것이 아니라 어디까지나 씩씩한 발악적인 감정이 짙다. 지금 20대의 젊은이들은 우리들이 「술이냐 눈물이냐」를 감격해서 듣던 고전적 애감은 도저히 이해하지 못할 것이다. 시대는 정서 면에서만 보아도 무섭게 바뀐 것을 알 수 있다.

그런데 어찌 된 셈인지 이런 지난날의 애수를 요즘 저널리즘에서는 우리 민족의 고유한 특성처럼 과대평가하는 경향이 보인다. 출판업자들의 말에 의하면 요즘 독자들은 한국에 관한 연구 서적을 많이 찾는 경향이 있다고 하는데, 이러한 경향에 편승해서인지 민족 특성이라는 이름 아래 부질없는 왜곡된 해석을 내리는 견강부회의 이론이 적지않이 나오는 것을 보게 된다. 애수의 해석도 그중의 하나이다. 얼마 전에 베를린 영화제인가에 갔다 온 어느 기자가 쓴 글을 보니 '한국 사람들은 어째서 이렇게 눈물이 많으냐'고 그쪽 사람들이 우리 영화를 보고 놀라더라는 것이다. 나도 이 글을 읽고 그렇게 생각할 것이라고 공감을 느꼈지만 이것은 저속한 영화 제작자들이 애수의 매너리즘에 빠진 죄이지 우리 현실의 죄는 아니다. 우리 현실은 물론 아직도 비참하지만 그것은 눈물을 흘리고 있는 비참이 아니다. 며칠 전에 통금 위반에 걸려서 즉결 재판을 받은 일이 있는데 그 자리에서 나는 근 40명의 사창가 여자들이 모조리 10일간의 구류 처분을 받는 광경을 보았다. 판사의 언도를 받고 돌아서는 그들의 얼굴을 나는 특히 유심히 보았지만 그들의 표정은 지극히 기계적이었다. 그중에는 웃고 있는 얼굴도 있었다. 그들의 감정은 기진맥진한 나보다는 오히려 10배는 더 강해 보였다. 그러고 보면 애수라는 감정은 어느 정도 여유가 있는 데서 생기는 것이다. 「세계의 여족(女族)」이라는 이탈리아 영화에는 통곡을 직업으로 하는 여자들이 나오는 장면이 있다. 이탈리아의 어느 지방에서 전해 내려오는 풍습 같은데 대여섯 명의 나이 먹은 '통곡녀'들이 번갈아 가면서 빨간 양말을 신긴 시체의 발밑에서 하늘이 떠내려가도록 울고 있었다. 한국 영화는 아직까지도 국제영화제에 이런 '통곡녀'를 출품하고 있는 셈이다. 일부의 출판업자도 마찬가지이다. 그들은 '통곡녀'의 '한국학'을 만들고 있다. 엄격한 의미에서 볼 것 같으면 예술의 본질에는 애수가 있을 수 없다. 진정한 예술 작품은 애수를 넘어선 힘의 세계다. 비근한 예가 요즘 나도는 「벙어리 삼룡이」라는 영화가 그렇다. 이것은 나도향의 작품 「벙어리 삼룡이」에다가 그의 「물레방아」, 「뽕」까지 섞어서 잡탕을 만들어 놓은 것인데, 내가 느낀 것은 신문의 영화평하고는 정반대다. 이런 것이 아직도 우리나라에서는 '문예 영화'로 통하고 있다. 삼룡이(김진규)가 방죽에서 주인 색시(최은희)를 위로하려고 재주를 넘고 허리를 뻬는 장면을 비롯해서, 고반소에 불려 가서 심문을 당하는 장면, 마을의 종루에 올라가서 삼룡이가 종을 울리는 장면 같은 것들은 잡탕에다가 또 잡탕을 만든, 원작에는 없는 장면들인데, 이것은 영화의 효과를 노리기 위한 것이라고 널리 보더라도, 라스트 신에서 주인 색시가 삼룡의 환영과 함께 거니는 장면은 이 영화를 결정적으로 원작의 진수를 파악하지 못한 — 혹은 무시한 — 타작으로 만들어 버렸다. 나는 이 라스트 신에서 원작의 마지막 구절의 힘찬 예술적 승화를 느낄 수 없었다.

……그(벙어리 삼룡이)는 자기가 여태까지 맛보지 못한 즐거운

쾌감을 자기의 가슴에 느끼는 것을 알았다. 색시를 자기 가슴에 안았을 때 그는 이제 처음으로 살아난 듯하였다. 그는 자기의 목숨이 다한 줄 알았을 때 그 색시를 내려놓을 때에 그는 벌써 목숨이 끊어진 뒤였다. 집은 모조리 타고 벙어리는 색시를 무릎에 뉘고 있었다. 그의 울분은 그 불과 함께 사라졌을는지! 평화롭고 행복스러운 웃음이 그의 입 가장자리에 엷게 나타났을 뿐이다.

이러한 「벙어리 삼룡이」의 마지막 구절은 그 전의 대목과의 연결이 없이도 쉽사리 이해가 가는, 죽음을 초극한 사랑의 승리를 읊은 대목이다. 이것이 작가가 노린 철학이자 시다. 그런데 영화 「벙어리 삼룡이」는 이러한 시의 힘은 보지 못하고 「벙어리 삼룡이」가 가진 소재로서의 애수만을 군살까지 붙여서 패러프레이즈해 놓았다. 애수에 그친 애수를 예술 작품으로 오인하고 있는 세큘러리즘의 가장 대표적인 예의 하나이다. 속세는 힘은 보지 못하고 눈물만을 보고, 이 눈물을 자기의 진정한 모습이라고 생각하고 있는 모양인데, 이러한 유구한 우매야말로 정말 눈물거리이다. 나도향의 이야기가 나온 끝에 한마디 더 하자면, 그의 「물레방아」는 다름 아닌 이러한 우매한 세큘러리즘에 대한 살인이며, 그의 「뽕」은 그에 대한 풍자라고도 볼 수 있다.

예술 이전의 애수의 표본은 영화나 유행가 이외에 소설이나 시에서도 우리들은 싫증이 나도록 보아 왔고 또 싫증이 나도록 보고 있다. 그런데 특히 시에 있어서는 애수에 그친 애수와, 힘에까지 승화된 애수와의 구별이 퍽 어렵게 되어 있다.

첫날에 길동무
만나기 쉬운가
가다가 만나서
길동무 되지요

날 긇다[14] 말아라
가장(家長)님만 님이랴
오다 가다 만나도
정 붙이면 님이지

화문석 돗자리
놋촉대(燭臺) 그늘엔
70년 고락(苦樂)을
다짐 둔 팔벼개

드나는 곁방의
미닫이 소리라
우리는 하룻밤
빌어 얻은 팔벼개

조선의 강산아
네가 그리 좁더냐

---

14) '긇다'는 '그르다'의 평안북도 방언이다.

삼천리 서도(西道)를

끝까지 왔노라

삼천리 서도를 내가 여기 왜 왔나

남포(南浦)의 사공님

날 실어다 주었소

집 뒷산 솔밭에

버섯 따던 동무야

어느 뉘집 가문에

시집가서 사느냐

영남의 진주(晉州)는

자라난 내 고향

부모 없는

고향이라우

오늘은 하룻밤

단잠의 팔벼개

내일은 상사(相思)의

거문고 벼개라

첫닭아 꼬구요

목 놓지 말아라

품속에 있던 님

길차비 차릴라

두루두루 살펴도

금강(金剛) 단발령

고갯길도 없는 몸

나는 어찌 하라우

영남의 진주는

자라난 내 고향

돌아갈 고향은

우리 님의 팔벼개

—「팔벼개 노래」

이것은 비교적 그리 알려지지 않은 소월의 작품인데, 소재
상으로 보아서는 전형적인 한국적 애수가 담겨 있지만 소재의
승화 면에서는 널리 회자되고 있는 「산유화」, 「진달래꽃」, 「초
혼가」보다는 역시 아랫길에 속하는 작품이다. 그의 작품에는
이 밖에도 「접동새」, 「기억」, 「원앙침」 등, 우리 민족의 애수를
담은 것들이 많고, 누구보다도 가장 많이 성공한 작품을 남
겨 놓았다. 이 「팔벼개 노래」는 정음사판 『소월 시집』(정본)을
보면 「팔벼개 노래조(調)」(40쪽)라는, 이 시의 내력을 적은 재
미있는 해설까지 붙어 있는데, 이 팔벼개의 애인은 진주 기생

이다. 기생이라고 하면 김동인의 「운현궁의 봄」에 나오는 기생이 생각난다. 동인은 다듬이 소리의 정취를 누구보다도 잘 살린 작가라고 생각되지만 기생을 그리는 데도 과연 관록이 있었다. 이하응과 좋아 지내는 기생이 장구채로 버선코를 꼭 찌르는 장면 같은 것은 정말 좋다. 나는 이 평범한 기생의 동작에서 세계의 어느 나라에서도 찾아볼 수 없는 독특한 한국적 애수를 본다. 안서[15]의 「물레」라는 시에서 읊어진 고달픈 젊은 푸념도 이와 비슷한 한국적인 것이다.

> 물레나 바퀴는
> 실실이 시르렁
> 어제도 오늘도 흥겨이 돌아도
> 사람의 한생은 시름에 돈다오
>
> 물레나 바퀴는
> 실실이 시르렁
> 워마리 겹마리 실마리 풀려도
> 꿈같은 세상은 가두새 얽히오
>
> 물레나 바퀴는
> 실실이 시르렁
> 언제는 실마리 잡자든 도련님

---

15) 김억의 필명.

언제는 못 풀어 날 잡고 운다오

물레나 바퀴는
실실이 시르렁
원수의 도련님 실마리 풀어라
못 풀 걸 웨 감고 날다려 풀라나

　　　　　　　　　　　　　　　　　　―「물레」

　안서는 이 밖에도 「세월아 네월아」, 「서관(西關) 아가씨」 같
은, 소재상으로는 향토적인 색채가 진한 것을 즐겨 다루고 있
지만 그의 애수는 한계가 있는 위태로운 것이다. 「서관 아가
씨」 같은 것은 유행가의 가사나 별로 다를 게 없다. 이에 비하
면 박용철의 애수의 세계는 예술이 되고도 남음이 있다. 한국
적 애수와 그만큼 피나는 격투를 한 시인도 드물 것이다. 「밤
기차에 그대를 보내고」 같은 시에는 온 겨레의 설움을 등에
지고 허덕거리며 비탈을 기어 올라가는 무거운 그의 신음 소
리가 배어 있다. 그러나 「빛나는 자취」 같은 아름다운 시에서
그는 드디어 애수를 탈각하고 힘에 도달한다.

　다숩고 밝은 햇발이 이같이 나려 흐르느니
　숨어 있던 어린 풀싹 소근거려 나오고
　새로 피어 수줍은 가지 우 분홍 꽃잎들도
　어느 하나 그의 입맞춤을 막아 보려 안 합니다

64

푸른 밤 달 비친 데서는 이슬이 구슬이 되고
길바닥에 고인 물도 호수같이 별을 잠급니다
조그만 반딧불은 여름밤 벌레라도
꼬리로 빛을 뿌리고 날아다니는 혜성입니다

오 ─ 그대시여 허리 가느란 계집애 앞에
무릎 꿇고 비는 사랑을 버리옵고
몸에서 스사로 빛을 내는 사나이가 되옵소서

고개 빠뜨리고 마음 떨리는 사랑을 버리옵고
은비둘기같이 가슴 내밀고 날아가시어
다만 나의 흐린 눈으로 그대의 빛나는 자취를 따르게 하옵소서

─「빛나는 자취」

윤곤강은 한국적 애수에서 벗어나려고 애를 쓴 시인이라
고는 할 수 없지만 그의 「지렁이의 노래」는 새로운 한국의 애
수 속에서 몸부림치는 가장 처절한 작품의 하나라고 할 수 있
다. 일제 시대하에서의 여유 있는 애수에서 벗어나 시대와 더
불어 보다 더 급한 박자를 취하게 된 한국의 감성은, 좌냐 우
냐의 혼란 속에서 새로운 진통을 겪게 되었다. "38선을 생각
하며" 노래한 이 작품은, 그 당시의 작품 중 가장 우수한 작품
은 아니지만 지금에 와서 보면 그 당시의 방황하는 현실을 소
재로 한, 가장 뜨거운 열기를 토하는 기념할 만한 작품의 하

나라고 느껴진다. 그런 의미에서는 그 당시에 인기 있던 작품들보다도 오히려 이상한 향수 같은 것이 느껴진다. 그러고 보면 임화의 「네거리의 순이」보다도 오장환의 「The Last Train」 같은 것이 해방 후에 안목 있는 시 독자들에게 은근히 인정을 받고 있었다. 장환은 해방 후 「병든 서울」 등의 자극적인 시를 썼고, 곤강은 「지렁이의 노래」 같은 퇴폐적인 잔재 짙은 세계에서 벗어나지 못하고 죽고 말았지만, 내가 보기에는 그 당시에 굉장한 인기를 차지한 「병든 서울」도 이 「지렁이의 노래」나 마찬가지로 진정한 힘을 얻은 작품은 못 되었다.

아지못게라[16] 검붉은 흙덩이 속에
나는 어찌하여 한 가닥 붉은 띠처럼
기인 허울을 쓰고 태어났는가

나면서부터 나의 신세는 청맹과니
눈도 코도 없는 어둠의 나그네여니
나는 나의 지나간 날을 모르노라
닥쳐올 앞날을 더욱 모르노라
다못 오늘만을 알고 믿을 뿐이노라

낮은 진구렁 개울 속에 선잠을 엮고
밤은 사람들이 버리는 더러운 쓰레기 속에

---

16) 알 수 없어라.

단 이슬을 빨아 마시며 노래 부르노니

오직 소리 없이 고요한 밤만이

나의 즐거운 세월이노라

집도 절도 없는 나는야

남들이 좋다는 햇볕이 싫어

어둠의 나라 땅 밑에 번듯이 누워

흙물 달게 빨고 마시다가

비 오는 날이면 따 우에 기어 나와

갈 곳도 없는 길을 헤매노니

어느 거친 발길에 채이고 밟혀

몸이 으스러지고 두 도막에 잘려도

붉은 피 흘리며 흘리며 나는야

아프고 저린 가슴을 뒤틀며 사노라

── (38선을 생각하며)

──「지렁이의 노래」

　　우리나라의 현대시사에서 김종한이 차지하는 위치는, 안서
와 해방 후의 모더니즘을 연결시키는 중간역같이 생각된다.
「그늘」,「살구꽃처럼」 같은 것은 모더니즘으로부터 올라가는
기차가 스쳐 가는 역이고 「연봉제설(連峰霽雪)」,「망향곡」 같

은 것은 안서로부터 내려오는 기차가 스쳐 오는 역이다. 그는 안서가 실패한 곳을 역시 사상이 아닌 기교의 힘으로 커버하면서 한국적 애수에 현대적 의상을 입히는 일에 골몰했다. 그의 힘은 기교다. 그는 애수를 죽이지도 않고, 딛고 일어서지도 않고, 자기의 몸은 다치지도 않고 올가미를 씌워서 산 채로 잡는다. 그러니까 과객들은 그가 제시하는 로컬색의 애수보다도 그가 그 애수를 사로잡는 묘기에 더 매료된다. 이것은 한편으로는 한국적 애수의 해체의 시초이기도 하다. 그 점에서는 이장희, 이상, 김기림 같은 선배들이 벌써 해체 작업을 시작하고 난 뒤이지만, 그들은 종한처럼 깨끗한 솜씨로 옷을 벗기지는 못했다. 나는 그가 남긴 몇 편 안 되는 시편 중에서도 특히 「연봉제설」을 머리에 그리면서 이런 말을 한다.

지도의 정맥처럼 전선(電線)은
하이얀 산맥을 기어 넘어가오

첫눈을 밟고 와야 할 배달부
오지 않아 그런 줄 없이 기다려지는데

총소리에 놀라 깬 마을이
돌아누워 다시 동면하오

고향은 아니었소…… 그것은
다방 벽에 걸린 풍경화였소

마을은 영원히 동면하는데
배달부는 영원히 오지 않는데

빼어나 빛나는 하이얀 산맥을
전선은 영원히 기어 넘어가오

—「연봉제설」

소설에 있어서도 마찬가지로 한국적 애수를 소재로 한 것은 너무나 많으나 작품으로 승화된 수준까지 끌어올린 것은 그리 흔하지 않은 것 같다. 최근의 것으로는 염상섭 씨의 만년의 단편들이 서민 생활의 페이소스를 그린 대표적인 것이 아닌가 하는 생각이 든다. 페이소스는 쉽지만 예술은 어렵다. 나는 20대 때 우리나라의 단편집을 접하면 내용을 보기도 전에 노랗게 곁은 종이와 칙칙한 활자만 보고 그리고 제목만 겨우 보고 이상한 애감에 도취된 때가 있었다. 읽기도 전에 먼저 설워졌던 것이다. 이에 대한 반동으로 요즘의 나는 너무 작품의 힘의 가치에만 치중하고 있는지도 모른다. 그러나 애수의 흙탕물 속에서 예술의 흑진주를 건져 내는 일은 앞으로의 우리의 문학과 예술을 정리하고 격려하는 가장 주요한 작업의 하나가 될 것이며, 그러한 의미에서 오늘의 긴급한 문제는 애수의 양적 나열보다도 질적 규정에 있다고 생각되는 것이다.

1965.

가장 아름다운 우리말 열 개

　오늘은 하루 종일 아무 일도 안 하다가 저녁녘에 심심풀이로 초고 뭉치를 들춰 보다가, 재작년에 쓴 「거대한 뿌리」라는 시를 읽다가 평생 해 보지 않은 메모까지 두서너 줄 해 보았다.

　지금의 과오도 좋고 앞으로의 과오는 더 좋다. 지금 저지른 나도 모르는 앞으로의 과오.
　모든 과오는 좋다. 나는 시 속의 모든 과오를 사랑한다. 과오는 최고의 상상이다. 그리고 시간의 과오는 과오가 아니다. 그것은 감정적인 과오다. 수정될 과오. 그래서 최고의 상상인 과오가 일시적인 과오가 되어도 만족할 줄 안다.

　졸작 「거대한 뿌리」라는 시 속에 "이 땅에 발을 붙이기 위해서는/ —— 제3인도교의 물속에 박는 철근 기둥도 내가 내 땅에 박는 거대한 뿌리에 비하면 좀벌레의 솜털/ 내가 내 땅에 박는 거대한 뿌리에 비하면……"이란 대목이 있는데, 여기에 "제3인도교"라고 한 것은 사실은 제2인도교를 내가 잘못 쓴 것이었다. 재작년만 해도 천호동과 덕소를 연결하는 지점에 제3인도교가 가설된다는 것은 정설로 되어 있었는데 왜 이런 미스를 했는지 모른다. 심리적인 이유를 붙이려면 그런 이유가 없지도 않을 것 같지만(제2라기보다는 제3이 시체풍으로 멋있게 들린다는 등) 주인(主因)은 역시 나의 습성인 건망증이다. 그 후 그 미스를 발견하고 고칠까 말까 하고 여러 번 망설이다가 그대로 내버려 두었다. 그것을 오늘 다시 보니 새삼스러운 느낌이 든다. 아직까지도 제3인도교는 착공을 하는 기색이 보이지 않는다.(또 모르지, 내가 모르는 사이에 벌써 철근 기둥이 몇 군데 박혀 있는지도 모르지. 어찌 생각하면 시멘트 기둥이 하나나 둘쯤 박혀 있는 것을 본 기억이 있는 것도 같다.) 그래서 앞으로 생길 제3인도교를 생각하니 이것을 미스라고 하지 않는 것이 더 상상적이고 효과적으로 느껴진다. 이런 순간적인 느낌에서 좀처럼 쓰지 않는 메모까지 쓰게 되었다.

그런데 이번에는 나의 상상은 다시 비약해서 이 메모를 다음과 같은 언어론으로 고쳐 본다.

모든 언어는 과오다. 나는 시 속의 모든 과오인 언어를 사랑한다. 언어는 최고의 상상이다. 그리고 시간의 언어는 언어가 아니다. 그것은 잠정적인 과오다. 수정될 과오. 그래서 최고의 상상인 언어가 일시적인 언어가 되어도 만족할 줄 안다.

이런 즉흥적인 수정의 유희를 하는 끝에 첫머리의 것까지도 고쳐 보려면 이렇게 고칠 수가 있다.

지금의 언어도 좋고 앞으로의 언어도 좋다. 지금 나도 모르게 쓰는 앞으로의 언어.

이렇게 고쳐 놓고 보니 '언어는 최고의 상상이다.'란 말은 소크라테스나 플라톤의 말의 어디에 있는 것도 같다. 동양 사람 중에도 이런 뜻의 말을 한 사람이 있을 것 같다. 현대 사람 중에도 이 정도의 말을 한 평론가가 얼마든지 있을 것 같다. 다행한 일은 그런 말을 한 사람을 내가 모른다는 것 — 기억하고 있지 않다는 것 — 뿐. 이런 건망증의 약점을 알고 있기 때문에 나는 일체 메모라는 것 — 사색적인 메모이든 비망록적인 메모이든 간에 — 을 하지 않는다.

또한 졸시 「거대한 뿌리」 속에는 이런 구절이 있다.

…… 그러나
요강, 망건, 장죽, 종묘상(種苗商), 장전, 구리개, 약방, 신전,
피혁점, 곰보, 애꾸, 애 못 낳는 여자, 무식쟁이,
이 모든 무수한 반동(反動)이 좋다…….

이 중에서 진짜 우리 조상들의 상상력으로 꾸며진 낱말을 골라 보면, "요강", "곰보", "애꾸", "못 낳는", "모든", "좋다", "이", "——이"다. 이 중에서 이름씨인 요강, 곰보, 애꾸를 생각해 보면 이런 낱말들은 사회학적으로 사멸되어 가는 말들이다. 요강도 그 사용도가 실생활상으로 줄어들어 가고, 곰보나 애꾸도 의학상으로 발생도가 줄어들어 가는 말들이다. 이런 부류에 속하는 말로는, 쌈지, 반닫이, 함, 소박데기, 언청이, 민며느리, 댕기, 시앗 등이 있다. 언뜻 생각나는 말이 이 정도이지 이 밖에도 수많은 말들이 죽어 갔고 수많은 말들이 죽어 가고 있다. 그리고 이 밖에도 순전한 언어 감각상으로 쇠퇴해 가는 말들이 많다. 예를 들자면 '허발창이 났다',[17] '양태가 다 된', '거덜이 난', '지다위 질을 한다',[18] '녹초가 다 되었다' 같은 종류의 말들이다. 색주 가집이나 은근짜 같은 용어는 실생활적인 면에서 없어져 가는 종류의 말들일 것이다. 요즘 대학을 나온 학생들은 '을씨년스럽다'는 말을 쓰지 않고, '음산하다'는 말도 쓰지 않을 것이다. 그들에게 '각을 뜬다'[19]는 말이 무엇이냐고 물어보면 대답할 수 있는 사람이 열에 하나 있을지 모르겠다. 8·15 후에 문단에 나온 우리들의 세대만 해도 이런 말을 알고는 있지만 좀처럼 써 볼 기회는 없다. '눈이 맞다', '배가 맞다', '구색을 채운다', '막무 가내' 같은 말은 아직도 우리들의 하나 앞세대나 장바닥 같은 데에서 쓰고 있는 말이지만 역시 사양권에 속하는 말 같다.

---

17) 만신창이가 되다.

18) 자기 허물을 남에게 덮어씌우다.

19) 잡은 짐승을 머리, 다리 따위로 나누다.

결국 이렇게 따지고 보면 순수한 우리말은 소생하는 말보다는 없어져 가는 말이 더 많다. '좀이 쑤신다', '오금에 바람이 들었다' 같은 말은 물론이고, '남사스럽다', '사위스럽다', '부정 탄다', 심지어는 '고단하다'는 말에서조차도 오늘의 세대는 어떤 아득한 향수를 느낀다. 나는 지금도 음식점에서 왕성하게 쓰이고 있는 '맛배기'란 말이 좋은데, 어찌 된 셈인지 이 말은 우리말 사전에는 없다. '해장'이란 말은 지금도 한창 쓰이고 있고 사전에도 있는 말이니, 이것은 향수의 검속(檢束)에서 벗어난 억세고 아름다운 생어(生語)라고 할 수 있다. 이 밖에도 없어질 것 같으면서 없어지지 않고 있는 말로는, '도마', '부엌', '엿', '몸살' 같은 것들이 있다.

이런 언어의 로테이션은 어느 시대이고 있는 일이지만, 다만 오늘의 시대는 박자가 빠른 시대라 그에 따라서 그 회전도가 갑자기 빨라져서 눈에 뜨일 따름이고, 때에 따라서는 비명까지도 날 정도인 것이다. 그런데 우리말의 경우에는 일제 시대의 저해로 회전을 하지 못하고 있던 낱말들이 요즘에 와서 새로 발동을 시작하고 있는 것들이 있어서 이것들의 처리가 힘이 들 때가 많다. 국민학교 아이들의 교과서나 자연학습도감 같은 데에 나오는, 동물, 식물, 광물 이름 같은 것 중에 그런 것이 많다. 이를테면 '바랭이풀' 같은 것도 보기는 많이 본 풀인데도 일단 글 속에 써 보려고 하면 어쩐지 서먹서먹하다. '개똥지빠귀'란 새 이름도 그렇다. 그러나 나는 이런 실감이 안 나는 생경한 낱말들을 의식적으로 써 볼 때가 간혹 있다. '제3인도교'의 '과오'를 저지르는 식의 억지를 해 보는 것이다. 이것은 구태여 말하자면 진공(眞空)의 언어다. 이런 진공의 언어 속에 어떤 순수한 현대성을 찾아볼 수 없을까? 양자가 부합되는 교차점에서 시의 본질인 냉혹한 영원성을 구출해 낼 수 없을까?

좌우간 나로 말하자면 매우 엉거주춤한 입장에 있다. '얄밉다', '야속하다', '섭섭하다', '방정맞다' 정도의 낱말이 퇴색한 말로 생각되고 선뜻 쓰여지지 않는 반면에, '쉼표', '숨표', '마침표', '다슬기', '망초', '메꽃' 같은 말들을 실감 있게 쓸 수 없는 어중간한 비극적인 세대가 우리의 세대다. 혹은 이런 고민을 느끼는 것은 내가 도회지산(産)이고, 게다가 무식한 탓에 그렇게 되는지도 모른다. 그러나 내가 보기에는 우리 시단에는 아직도 이런 언어의 교체의 어지러운 마찰을 극복하고 나온 작품이 눈에 띄지 않는다.

내가 아름답다고 생각하는 말들은 아무래도 내가 어렸을 때에 들은 말들이다. 우리 아버지는 상인이라 나는 어려서 서울의 아래대의 장사꾼의 말들을 자연히 많이 배웠다. '마수걸이',[20] '에누리', '색주가', '은근짜', '군것질', '총채' 같은 낱말 속에는 하나하나 어린 시절의 역사가 스며 있고 신화가 담겨 있다. 또한 '글방', '서산대',[21] '벼룻돌', '부싯돌' 등도 그렇다.

그러나 이런 향수에 어린 말들은, 현대에 있어서 '아름다운 것'의 정의 ─ 즉, 쾌락의 정의 ─ 가 바뀌어지듯이 진정한 아름다운 말이라고는 할 수 없다. 그런 것을 아무리 많이 열거

---

20) 맨 처음으로 물건을 파는 일.
21) 책을 읽을 때 글줄을 짚는 막대기.

해 보았대야 개인적인 취미나 감상밖에는 되지 않고, 보편적인 언어미가 아닌 회고 미학에 떨어지고 마는 것이 고작이다.

그러면 진정한 아름다운 우리말의 낱말은? 진정한 시의 테두리 속에서 살아 있는 낱말들이다. 그리고 그런 말들이 반드시 순수한 우리의 고유의 낱말만이 아닌 것은 물론이다. 이 점에서 보아도 민족주의의 시대는 지났다. 요즘의 정치 풍조나 저널리즘에서 강조하는 민족주의는 이것과는 다르다. 그것은 미국과 소련의 세력에 대한 대칭어에 지나지 않는다.

우리들의 실생활이나 문화의 밑바닥을 정밀경(精密鏡)으로 보면 민족주의는 문화에 적용되어서는 아니 된다. 언어의 변화는 생활의 변화요, 그 생활은 민중의 생활을 말하는 것이다. 민중의 생활이 바뀌면 자연히 언어가 바뀐다. 전자가 주(主)요, 후자가 종(從)이다. 민족주의를 문화에 독단적으로 적용하려고 드는 것은 종을 가지고 주를 바꾸어 보려는 우둔한 소행이다. 주를 바꾸려면 더 큰 주로 발동해야 한다.

언어에 있어서 더 큰 주는 시다. 언어는 원래가 최고의 상상력이지만 언어가 이 주권을 잃을 때는 시가 나서서 그 시대의 언어의 주권을 회수해 주어야 한다. 그런 의미에서 모든 시간의 언어는 언어가 아니다. 그것은 잠정적인 과오다. 수정될 과오. 이 수정의 작업을 시인이 해야 하는 것이다. 그래서 최고의 상상인 언어가 일시적인 언어가 되어서 만족할 수 있게 해야 한다. 아름다운 낱말들, 오오 침묵이여, 침묵이여.

1966.

참여시의 정리

— 1960년대의 시인을 중심으로

그 환도를 찾아 갈라

비수를 찾아 갈라

식칼마저 모조리 시퍼렇게 내다 갈라

그리하여 너희들 마침내 이같이

기갈 들려 미치게 한 자를 찾아

가위 눌려 뒤집히게 한 자를 찾아

손에 손에 그 시퍼런 날들을 들고 게사니같이 덤벼

남나의 어느 모가지든 닥치는 대로 컥 컥 찔러……

유치환의 이 「칼을 갈라」라는 시가 이승만 시대의 말기에
《동아일보》에 발표되었을 때 일반 독자는 이것을 저항시로 받

아들였고, 시단에서도 그런 이 시의 반향에 동정적인 침묵을 지키고 있었다. 1950년대는 시단의 조류로 보면 '후반기' 모더니즘의 일파들이 창궐을 극하던 때다. 1955년에 박인환의 『선시집』이 나왔고, 이듬해 그가 죽고 난 뒤에도 김규동 등이 그의 뒤를 이어 4·19 전까지 잔광을 유지해 왔다. 그러나 후반기 모더니즘파 중에서는 「칼을 갈라」만 한 정도의 뼈 있는 시도 나오지 못했다. 「자본가에게」라는 인환의 시가 있지만, 그리고 이것은 「칼을 갈라」보다 훨씬 전에 쓴 것 같은데, 그 당시 이것이 어디에 발표되었던가조차도 지금은 기억할 수 없을 만큼 반향도 희미했고, 작품 자체도 인환-류의 낙서 같은 것이다.

> 그러므로 자본가여
> 새삼스럽게 문명을 말하지 말라
> 정신과 함께 태양이 도시를 떠난 오늘
> 허물어진 인간의 광장에는
> 비둘기 떼의 시체가 흩어져 있었다.

이런 상식을 결한 비이성적인 그의 시가 청마(靑馬)의 침착한 이성과 논리 앞에 어떻게 맥을 출 수 있었겠는가. 그것은 청마의 시인으로서의 중량의 우위에서 오는 것만도 아니고, 시단의 전반적인 고루와 후진성에 연유하는 것만도 아니었다. 책임은 오로지 인환의 시 그 자체에 있었다고 보아야 할 것이다. 당시의 시단은 인환의 시의 이성을 부인한 스타일을 엄청나게 '새로운' 것으로 받아들였고, 「자본가에게」란 시만 하더라도 '자본가'라는 선동적인 어휘 이외에는 아무런 골자도 없는 시를 저항시 비슷하게 받아들였다. 이것은 인환의 시뿐만 아니라 당시의 모든 모더니즘을 자처하는 시들이 다 그랬다.

이성을 부인하는 프로이트의 정신 분석의 혁명이 우리나라의 시의 경우에 어느 만큼 실감 있게 받아들여졌는가를 검토해 보는 것은 우리의 시사(詩史)의 커다란 하나의 숙제다. 프로이트의 무의식의 시에 있어서는 의식의 증인이 없다. 그러나 무의식의 시가 시로 되어 나올 때는 의식의 그림자가 있어야 한다. 이 의식의 그림자는 몸체인 무의식보다 시의 문으로 먼저 나올 수도 없고 나중 나올 수도 없다. 정확하게 말하면 동시(同時)다. 그러니까 그림자가 있기는 있지만 이 그림자는 그림자를 가진 그 몸체가 볼 수 없는 그림자다. 또 이 그림자는 몸체를 볼 수도 없다. 몸체가 무의식이니까 자기의 그림자는 볼 수 없을 것이고, 의식인 그림자가 몸체를 보았다면 그 몸체는 무의식이 아닌 다른 것일 것이기 때문이다. 따라서 이런 시는 시인 자신이나 시 이외에 다른 증인이 있을 수 없다. 그러나 시인이나 시는 자기의 시의 증인이 될 수 없다.

꽃이보이지않는다. 꽃이향기롭다. 향기가만개한다. 나는거기묘혈을판다. 묘혈도보이지않는다. 보이지않는묘혈속에나는들어앉는다. 나는눕는다. 또꽃이향기롭다. 꽃은보이지않는다. 향기가만개한다. 나는잊어버리고재차거기묘혈을판다. 묘혈은보이지않는다. 보이지않는묘혈로나는꽃을깜박잊어버리고들어간다. 나는정말눕는다. 아아. 꽃이또향기롭다. 보이지도않는꽃이 — 보이지도않는꽃이.

예컨대 이상(李箱)의 이 시에서, 꽃을 무의식으로, 향기를
의식으로, 묘혈을 증인으로 고쳐 놓으면, 내가 지금 말한 증인
부재의 도식이 그대로 나타난다. 그렇다고 증인 부재의 설명이
되어 있으니까 이 시는 진짜라고 할 수 있소? 하고 누가 묻는
다면, 나는 진짜라고 당장에 자신 있게 대답할 수 있을까.

좋은 이상의 시가 이런 가짜의 누명을 쓸 여지를 남겨 놓
고 있는 반면에, 나쁜 아류의 모더니즘의 시가 실격의 집행 유
예를 받을 수 있는 여지가 또한 생긴다. 1950년대의 모더니즘
의 폐해는 이런 의미에서 아직도 그 뒤치다꺼리가 깨끗이 되
어 있지 않다. '후반기' 동인으로 오늘날 그들의 세계를 발전시
켜 나가고 있는 시인이 한 사람도 없는 것을 보면 알 수 있다.
1950년대에 이들의 시가 좀 더 생기를 띨 수 있는 것이었다면,
청마의 낡아 빠진 「칼을 갈라」 같은 시가 저항시의 인상을 줄
수도 없었을 것이고, 어쩌면 4·19도 터지지 않았을지 모른다.
「칼을 갈라」에 동원된 '환도'와 '비수'와 '식칼'로는 이승만은
처리될 수 없었다. 이 칼들이 들지 않는 칼이라는 것은 청마
자신이 누구보다도 더 잘 알고 있었을 것이다.

나는 50년대의 모더니즘에게 그들이 칼을 쓰지 않았다는 것
을 탓하는 것이 아니다. 그들이 진정으로 이성의 언어의 힘의
한계를 뼈저리게 실감하고 있었다면, 필연적으로, 쓰지는 않더
라도 베어지는 칼을 가지고만은 있어야 했을 것이다. 그것이 없
었기 때문에 청마의 들지 않는 칼이 내휘둘려지고는 했다.

4·19를 경계로 해서 그 이전의 10년 동안을 모더니즘의 도량기(跳梁期)라고 볼 때, 그 후의 10년간을 소위 참여시의 그것이라고 볼 수 있을 것 같다. 요즘 이중(李中)의 『땅에서 비가 솟는다』라는 시집이 나온 것을 계기로, 지난 7년간의 현실을 응시하는 적극적인 시들이 무엇을 남겨 놓았나 하는 것을 생각해 보게 되었다. 그러나 지난 7년 동안의 이 새 유파에 대한 반성과 전망은 1957년 당시의 모더니즘에 대한 그것들보다 별로 흐뭇하거나 밝을 것이 없다.

초현실주의 시대의 무의식과 의식의 관계는 실존주의 시대에 와서는 실존과 이성의 관계로 대치되었는데, 오늘날의 우리나라의 참여시라는 것의 형성 과정에서는 이것은 이념과 참여 의식의 관계로 바꾸어 생각할 수 있다. 우리나라와 같은 기형적인 정치 풍토에서는 참여시에 있어서의 이념과 참여 의식의 관계가 더욱 미묘하고 복잡하며, 무의식과 의식의 숨바꼭질과는 다른 외부적인 터부와 폭력이 개입하게 된다. 그런 의미에서는 우리나라의 오늘의 실정은 진정한 참여시를 용납하지 않는다. 그러니까 나쁘게 말하면 참여시라는 이름의 사이비 참여시가 있고, 좋게 말하면 참여시가 없는 사회에 대항하는 참여시가 있을 뿐이다.

그러나 진정한 참여시에 있어서는 초현실주의 시에서 의식이 무의식의 증인이 될 수 없듯이, 참여 의식이 정치 이념의 증인이 될 수 없는 것이 원칙이다. 그것은 행동주의자들의 시인 것이다. 무의식의 현실적 증인으로서, 실존의 현실적 증인으로서 그들은 행동을 택했고 그들의 무의식과 실존은 바로 그들의 정치 이념인 것이다. 결국 그들이 추구하고 있는 것은 하나의 불가능이며 신앙인데, 이 신앙이 우리의 시의 경우에는 초현실주의 시에도 없었고 오늘의 참여시의 경우에도 없다. 이런 경우에 외부가 허락하지 않기 때문에 없다는 것은 말이 안 된다. 외부와 내부는 똑같은 것이다. 그리고 그것은 죽음에서 합치되는 것이다.

50년대의 모더니스트에 대한 청마의 시의 대용품적 역할을 오늘날 소위 참여파의 시에 대해서 김현승의 죽음을 극복하는 시 같은 것이 하고 있다고 보는 것은 무리한 해석일까. 여하튼 요즘 젊은 시인들의 특히 참여시 같은 것을 볼 때, 그것이 죽음을 어떤 형식으로 극복하고 있는지에 자꾸 판단의 초점이 가게 된다. 이런 규준(規準)은 대체로 그리 빗나가는 일이 없다고 생각해 왔는데, 이중의 시집 속의 장시 「타락사초(墮落史抄)」 중의 「낙타(駱駝)여」를 보는 데는 암만해도 착오가 있었던 것 같다. 나는 그의 시집의 발문에서, 그의 이 「낙타여」의 시의 마지막 구절인 "초겨울 귀로에서 낙타여/ 너는 겨우살이 풀꽃을 마구 뜯어라/ 보좌(寶座)를 감춘 장막은 언제 펼쳐지려나/ 펄럭이는 그날의 장막에 밀려/ 지평으로 지평으로/ 사형대를 끌고 가는/ 아 낙타여"를 내 나름으로 죽음을 극복한 대목이라고 해석하고 기뻐한 나머지 "정확한 조사(措辭)의 당당한 절규는 우리 시단에서 그 유례를 찾아볼 수 없는 빛나는 구절"이라고 써 주었는데, 책이 나온 후에 다시 읽어 보니 그게 아니라고 느꼈다. 모처럼, 난생처음으로 외람되게 써 준 발문의 해석이 이렇게 빗나가서 저자에게도 독자에게도 여간 미안하게 생각되지 않는다. 구구한 사사로운 변명을 장소 아닌 장소를 억지로 비집고 하는 것 같아서 안됐지만, 참여시에 대한 갈구가 너무 크고 급해서 저지른 과오라고 생각해 주기 바란다.

이 작품은 사실은 아직 잘 알 수 없다. 오히려 이 시인의 본령은,

저 반지 낀 사나이의
불타는 가슴을
너는 모를 테지
저 불타는 사나이의
반지 낀 손을
너는 모를 테지
몸에 젖은 지진의 공포에
대밭으로 쏠리는 향수에
비틀대며 달리는
저 사나이의 반지를
너는 모를 테지
허파에 비긴 용암을 뚫고
해파리만큼 돋아나는
저 반지의 정체를
너는 모를 테지
무서워라
무서워라

저 반지의 미래를

너는 모를 테지

ㅡ「타락사초 III」ㅡ 별장(別章)에서

이런 작품에 있다고 생각된다. 이 「타락사초」는 어둡고 비
통하고 답답한 4·19 이전의 '타락한 얼굴'들에 대한 현실 고발
이 주제로 되어 있지만, 총체적으로 산만하고 설익은 구절의
허비가 많다. 피날레격으로 고민의 승화를 노래한 ㅡ

가라앉는 것이다

기도(祈禱)는 가라앉는 것이다

잘 가거라

기도는 잘 가거라

고요한 저녁

고요한 새벽

기도는 살아 있으나

기도는 부딪치며 살아가고 있으나

가라앉는다

기도는 체포된 채로 가라앉는다

잘 가거라……

의 기도의 이미지만 하더라도 이것이 통과한 죽음의 보증이
도무지 불확실하다. 최근작에 속하는 「다목적 댐의 얼굴」 같

은 작품은 섬진강댐의 건설을 소재로 '조국 근대화'를 읊은 것
인데, 이런 것은 오히려 넣지 않는 것이 나을 뻔했다.

이중보다 좀 뒤져 나온 김재원은 5·16 후의 사회상을 풍자
한 「입춘에 묶여 온 개나리」와 「무너져 내리는 하늘의 무게」
등으로 주목을 끈 유니크한 조숙한 시인인데, 요즘에 나온
「못 자고 깬 아침」 같은 작품을 보면 이제까지의 풍자를 위한
풍자가 많이 가시고, 사회의 일시적인 유동적 현실에 집중되
어 있던 풍자의 촉수가 소시민의 생활 내면으로 접근해 들어
가려는 차분한 노력이 보인다.

　　이름 석 자

　　두 간 방

　　기다리는 두 식구

　　가문의 비탈길

　　그 위에 하늘 무게

　　펼쳐진 나의 세대

　　버티고 선 바지랑대

　　나는 바지랑대였다

　　전신으로 나의 출생과

　　나의 땅, 나의 여자

　　그리고 나의 죽음을 버티고 선

　　나는 바지랑대였다

　　　　　　　　—「무너져 내리는 하늘의 무게」에서

이 시에 나오는 바지랑대도 그렇고, 「못 나고 깬 아침」에 나오는

　　수도꼭지에서
　　오전 4시
　　양철통에 뛰어내리는
　　내 노동의 기상

　　노동이 나를 깨우러 왔을 때
　　나는 이미 눈 뜨고 있었고
　　쪼그린 무르팍에선 한밤내
　　내 노동이 새어나와
　　밤을 밝히고 있었음을……

같은 철야하는 "수도꼭지"의 노동의 이미지도 그렇고, 그가 참여시의 뒷받침이 될 죽음의 연습을 잊지 않고 있다는 것이 무엇보다도 그의 장점이다. 이러한 죽음의 노동을 성공적으로 통과해 나올 때 그의 참여시는 국내의 사건을 세계 조류의 넓은 시야 위에서 명확하고 신랄하게 바라볼 수 있는 여유를 얻게 될 것이다. 우리는 이제 불평의 나열에는 진력이 났다. 뜨거운 호흡도 투박한 체취에도 물렸다. 우리에게 필요한 것은 불평이 아니라 시다. 될 수 있으면 세계적인 발언을 할 수 있는 시다.

아니오
미워한 적 없어요,
산마루
투명한 햇빛 쏟아지는데
차마, 어둔 생각 했을 리야.

아니오
괴뤄한 적 없어요,
능선 위
바람 같은 음악 흘러가는데
뉘라, 색동눈물 밖으로 쏟았을 리야.

아니오
사랑한 적 없어요,
세계의
지붕 혼자 바람 마시며
차마, 옷 입은 도시 계집 사랑했을 리야.

—「아니오」 전문

신동엽의 이 시에는 우리가 오늘날 참여시에서 바라는 최
소한의 모든 것이 들어 있다. 강인한 참여 의식이 깔려 있고,
시적 경제를 할 줄 아는 기술이 숨어 있고, 세계적 발언을 할
줄 아는 지성이 숨쉬고 있고, 죽음의 음악이 울리고 있다. 신

동엽을 알게 된 것은 극히 최근에 「밤」이라는 그의 작품을 읽고 난 뒤이다. 그는 이중이나 김재원보다도 나이가 위이지만 역시 60년대의 사람이다. 하지만 그의 업적은 소위 참여파의 다른 어떤 시인보다도 확고부동하다.

껍데기는 가라
4월도 알맹이만 남고
껍데기는 가라

이것은 「껍데기는 가라」라는 그의 시의 서두다. '4월'은 물론 4·19의 정신을 가리키는 것이다. 그의 카랑카랑한 여무진 저음에는 대가의 기품이 서려 있다.

껍데기는 가라
동학년 곰나루의, 그 아우성만 살고
껍데기는 가라

제2연에 가서는 "4월" 대신에 "동학 곰나루"가 들어앉는다. 이런 연결은 그의 특기이다. "동학", "후고구려", "삼한" 같은 그의 고대에의 귀의는 예이츠의 '비잔티움'을 연상시키는 어떤 민족의 정신적 박명(薄明) 같은 것을 암시한다. 그러면서도 서정주의 '신라'에의 도피와는 전혀 다른 미래에의 비전과의 연관성을 제시해 주는 것이다. 아니나 다를까 제3연은 이렇게 계속된다.

그리하여, 다시
껍데기는 가라
이곳에선, 두 가슴과 그곳까지 내논
아사달 아사녀가
중립의 초례청 앞에 서서
부끄럼 빛내며
맞절할지니

　「아니오」의 시에서 "지붕 혼자 바람 마시며/ 차마 옷 입은
도시 계집 사랑했을 리야"로 죽음의 야무진 음악을 울리듯이,
여기에서는 "두 가슴과 그곳까지 내논/ 아사달 아사녀가" 울
리는 죽음의 음악 소리가 들린다. 참여시에 있어서 사상(事象)
이 죽음을 통해서 생명을 획득하는 기술이 여기 있다. 이쯤
되면 시로서 거의 완벽한 페이스를 밟고 있다. 보나마나 이 시
는 종연에 가서 전연에서 보일락 말락 하게 비추었던 음부(陰
部)의 증인을 다시 감추고, 그림자의 의식을 버리면서, 한 차
원 더 높은 문명 비평에의 변증법을 완성할 것이 뻔하다.

　껍데기는 가라
　한라에서 백두까지
　향그러운 흙가슴만 남고
　그, 모오든 쇠붙이는 가라

　이런 경향의, 소월의 민요조에 육사의 절규를 삽입한 것 같

은, 아담한 작품으로는 이 밖에도 「원추리」, 「3월」 같은 작품이 모두 성공하고 있다. 그러나 그의 작품에서 전반적으로 느끼는 어떤 위구감(危懼感)이 있다면, 그것은 그가 쇼비니즘[22]으로 흐르게 되지 않을까 하는 것이다. 그런 면에서 보면 그는 50년대에 모더니즘의 해독을 너무 안 받은 사람 중의 한 사람이다.

1967.

---

22) 나라의 이익을 위해서는 수단과 방법을 가리지 않는 광신적인 애국주의와 국수주의적인 이기주의.

반시론

문학에는 숙명적으로, 정도의 차이는 있지만 곡예사적 일면이 있다. 이것은 신이 날 때면 신이 나면서도 싫을 때는 무지무지한 자기혐오를 불러일으킨다. 곡예사란 말에서 연상되는 것이 프랑스의 시인 레이몽 크노의 재기발랄한 시다. 얼마전에 죽은 콕토의 문학도 그렇다. 빨리 죽는 게 좋은데 이렇게 살고 있다. 나이를 먹으면 주접이 붙는다. 분별이란 것이 그것이다. 술을 먹을 때도 몸을 아끼며 먹는다.

그리고 젊었을 때와 다른 것이, 젊은 사람들과 대할 때면 완연히 체면 같은 것을 의식해서 말도 함부로 하지 않게 되고 주정도 자연히 삼가게 된다. 이쯤 되면 거지가 되거나 농부가 되거나 죽거나 해야 할 텐데 그것을 못한다. 나이가 먹으면서 거지가 안 된다는 것은 생활이 안정되어 가고 있다는 말이 된다. 불안을 느끼지 않는다. 그리고 불안을 느끼지 않는 눈으로 세상을 바라보고 남을 판단한다. 하다못해 술친구들까지도 자기하고 생활 정도가 비슷한 사이를 좋아하게 된다.

그렇지만 항산(恒産)이 항심(恒心)이라고, 생활에 과히 불안을 느끼지 않으면 정신의 불필요한 소모가 없어진다. 도시 마음을 쓸 데가 없는 것 같다. 약간의 사치를 하는 것도 싫지 않고, 남이 하는 사치도 자기의 사치보다 더 즐겁게 생각된다. 하늘은 둥글고 땅도 둥글고 사람도 둥글고 역사도 둥글고 돈도 둥글다. 그리고 시까지도 둥글다.

그런데 이런 둥근 시 중에서도, 하기는 이 땅에서는 발표할 수 없는 것이 튀어나오는 때가 있다. 최근에 쓴 「라디오게」라는 제목의 시가 그것이다. 이런 작품도 느닷없이 맨작품으로 내놓기보다는 설명을 붙여서 산문 속에 넌지시 끼워 내는 편이 낫겠지만 시란 그런 것이 아니다. 위험을 미리 짐작하고 거기에 보호색을 입혀서 내놓는 것은 자살행위나 마찬가지이고 아예 발표하지 않고 썩혀 두는 편이 훨씬 낫다.

그리고 그전에는 이런 발표할 수 없는 작품을 쓰게 되면 화가 나고 분하면서도 오히려 흐뭇한 감을 느꼈는데, 요즘에 와선 그런 자존심도 없어졌다. 후일에 언제이고 발표할 날이 있겠지 두고 보자 하는 따위의 앙심도 없어지고, 영원히 발표할 날이 없다 해도 조금도 섭섭하지 않은 기분이다. 아니 오히려 발표될 수 없어서 잘되었다는 안도감까지도 든다.

그런데 아주 발표하지 못하는 경우보다도 더 기분 나쁜 경우가 있다. 그것은 수정을 해서 내놓는 경우다. 죽는 것보다도 못한 것이 병신이 되는 것이다. 나의 친척에 아들 다섯을 다 병신을 둔 사람이 있다. 이이는 검사 노릇을 하다가 4·19 후에 그만두고, 그래도 먹을 것은 있고 몸도 별로 약한 편이 아니었는데 얼마 전에 60도 다 못 채우고 갑자기 죽어 버렸다. 미친 자식을 두고 속을 썩인 분수로는 오래 산 셈이다. 그래도 글을 수정해 내는 것은 미친 자식을 둔 것보다는 나을는지.

그렇지만 화가 난다. 최근에는 모 신문의 칼럼에 보낸 원고가 수정을 당했다. 200자 원고지 다섯 장 중에서 네다섯 군데를 고쳤다. 음담의 혐의를 받고 불명예스러운 협상을 한 것은 이번이 처음이다. 그런데 고치자고 항복을 했을 때는, 나중에 나의 보관용 스크랩으로 두는 것만은 초고대로 고쳐 놓으면 된다고 생각하고 있었는데, 막상 며칠 후에 신문에 난 것을 오려 놓고 보니, 다시 원상대로 정정을 할 기운이 나지 않는다. 겨우 두서너 군데만 고치고 그대로 내버려 두었다. 그리고 보니 오히려 수정을 해 준 대목이 초고보다 더 낫게 보이기까지 하는 것이 이상스러웠다.

이왕 강간을 당하고 순결을 잃은 몸인데 하는 심사도 있지만, 요는 내 글보다도 내 글이 자유롭게 내놓여질 수 있는 세상이 정작 문제이지 내 글은 문제가 아니라는 심정이고, 그러고 보면 내 글보다 훌륭한 얼마나 많은 글이 파묻혀 있겠는가 하는 수치감이 들고, 이런 쪽지글에 신경을 쓰고 보관을 하려고 스크랩을 하는 것부터가 무거운 자책감이 든다. 언론의 자유란 이렇게 무서운 것이다. 그것은 수많은 천재의 출현을 매장하는 하늘과 땅 사이만 한 죄를 범하고 있다. 그리고 A윤리위원회에서 Z윤리위원회까지의 모든 윤리 기관을 포함한 획일주의가 멀쩡한 자식을 인위적으로 병신을 만들고 있다. 이런 풍토에서는 곡예사가 재롱만을 부리지 않고 사기를 하게 된다.

또 나는 흥분하고 말았다. 흥분도 상품이 되는 경우가 있다. 이것도 사기다. 그러나 이것만은 그만두어야 한다. 이것이야말로 진짜 죽느니만도 못하다. 그러나 상품으로서의 흥분을 의식하면서 흥분하는 익살 광대짓도 있지만 좌우간 피로하다.

이런 때를 지일(至日)로 정하고 있다. 지일에는 겨울이면 죽을 쑤어 먹듯이 나는 술을 마시고 창녀를 산다. 아니면 어머니가 계신 농장으로 나간다. 창녀와 자는 날은 그 이튿날 새벽에 사람 없는 고요한 거리를 걸어 나오는 맛이 희한하고, 계집보다도 새벽의 산책이 몇백 배나 더 좋다. 해방 후에 한 번도 외국이라곤 가 본 일이 없는 20여 년의 답답한 세월은 훌륭한 일종의 감금 생활이다.

누가 예술가의 가난을 자발적 가난이라고 부른 것을 기억하고 있는데, 나의 경우야말로 자발적 감금 생활, 혹은 적극적 감금 생활이라고 할 수 있을 것 같다. 그래서 나는 한적한 새벽 거리에서 잠시나마 이방인의 자유의 감각을 맛본다. 더군다나 계집을 정복하고 나오는 새벽의 부푼 기분은 세상에 무엇 하나 부러울 것이 없다.

이것은 탕아만이 아는 기분이다. 한 계집을 정복한 마음은 만 계집을 굴복시킨 마음이다. 자본주의 사회에서는 거리에서 여자를 빼놓으면 아무것도 볼 게 없다. 머리가 훨씬 단순해지고 성스러워지기까지도 한다. 커피를 마시고 싶은 것도, 해장을 하고 싶은 것도 연기하고 발 내키는 대로 한적한 골목을 찾아서 헤맨다. 이럴 때 등굣길에 나온 여학생 아이들을 만나면 부끄러울 것 같지만, 천만에! 오히려 이런 때가 그들을 가장 있는 그대로 순결하게 바라볼 수 있는 순간이다. 격의 없이 애정으로 바라볼 수 있는 순간. 때 묻지 않은 순간. 가식 없는 순간.

그런데 이런 지일의 중요한 휴식의 기회도 요즘에 와서는 놀라울 정도로 이용하는 도수가 적어졌다. 역시 뭐니 뭐니 해도 생활이 안정된 탓일 거라. 여유가 생기니까 이상하게도 여유가 없을 때보다도 덜 가지고 매력도 없어진다. 포옹의 매력도 그렇고 산책의 매력도 그렇다. 여유가 생기면 둔해진단 말이 맞다. 그리고 둔해지는 것도 좋다는 생각이 들고, 둔해지는 것을 좋다고 생각하는 것도 좋다는 생각이 들고, 자꾸 이런 식으로 무한대로 좋다는 생각이 드니 할 수 없다.

그러다가 얼마 전에 술을 마신 끝에, 간혹 좋지 않아도 좋다는 생각이 들어서 그 짓을 하고 부푼 마음으로 일찌감치 새벽 거리로 뛰어나왔다가 혼이 났다. 아직 행인은 얼마 안 되고 한길은 쓸쓸한데, 노란 돌격모를 쓴 도로 청소부의 한 떼가 보도에 일렬로 늘어서서 빗자루로 길을 쓸고 있다. 나는 종로 거리에서 자라나다시피 한 사람이지만 이렇게 용감한 청소부는 처음 보았다. 어찌나 급격하게 일사천리로 쓸고 나가는지 무서울 정도였다. 나는 새벽에 직장에 출근을 하지 않는 사람이라 처음 보는 풍경인 만큼 더욱 놀랐는지는 몰라도 아마 이

꼴을 자주 보는 사람도, 경기장에 들어온 관중을 무시하듯 행인을 무시하는 이들의 태도에 습관이 되려면 몇 달은 착실히 걸려야 할 것이라는 생각이 들었다.

낮에도 간혹 버스 정류장 부근 같은 데에 버스를 기다리는 사람들에게 마구 먼지를 퍼붓는 열성적인 소제부를 보기는 했지만 이런 처참한 광적인 청소부의 표정은 처음 보았다. 나는 먼지를 받으면서도 한참 동안 먼발치에서 이 광경을 바라보면서 여러 가지 생각이 들었다. 저들은 자기 일의 열성의 도를 넘어서 행인들에 대한 평소의 원한과 고질화된 시기심까지도 한데 섞어서 폭발을 하고 있는 게 아닌가.

그렇다면 일종의 복수 행위인가, 복수 행위라면 소주에 유독소를 넣어서 파는 것도 복수 행위이고, 백화점 점원들이 정가의 두 배를 얹어서 돈 있는 손님들에게 바가지를 씌우는 것도 합법적인 복수 행위이다. 그러나 그것보다도 더 무서운 것은 내가 어느 틈에 시대에 뒤떨어져 가고 있는 게 아닌가 하는 생각이 드는 것이다. 그런 복수 행위를 예사로 생각하고 있는 듯한 행인들의 얼굴. 이들은 입에 손을 대고 지나가기는 하지만 별로 불쾌한 얼굴도 하지 않는다. 불쾌한 얼굴을 지을 만한 여유가 없는지도 모른다.

이들에게는 청소부에 못지않은 바쁜 직장의 아침 일이 기다리고 있어서 그런지도 모른다. 좌우간 나는 청소부의 폭동보다도 행인들의 무료한 얼굴에 한층 더 가슴이 섬뜩해졌다. 그리고 '거지가 돼야 한다. 거지가 안 되고는 청소부의 심정도 행인들의 표정도 밑바닥까지 꿰뚫어 볼 수는 없다'고 새삼스럽게 생각하면서 재빨리 구세주같이 다가온 버스에 올라탔다.

지일의 또 하나의 탈출구는 노모를 모시고 돼지를 기르고 있는 동생들이 있는 농장에 나가 보는 일이다.

흙은 모든 나의 마음의 때를 씻겨 준다. 흙에 비하면 나의 문학까지도 범죄에 속한다. 붓을 드는 손보다도 삽을 드는 손이 한결 다정하다. 낚시질도 등산도 하지 않는 나에게는 이 아우의 농장이 자연으로의 문을 열어 주는 유일한 성당이다. 여기의 자연은 바라보는 자연이 아니라 싸우는 자연이 돼서 더 건실하고 성스럽다. 아니, 건실하니 성스러우니 하고 말할 여유조차도 없다. 노상 바쁘고 노상 소란하고 노상 실패의 계속이고 한시도 마음을 놓을 틈이 없다.

그들의 농장의 얼굴은 늙은 어머니의 시꺼멓게 갈라진 손이다. 이 손을 지금 40이 넘은 아우가 닮아 가고 있다. 그전에 비하면, 이렇게 내 개인의 집안 이야기를 서슴지 않고 쓸 만큼 된 것도 여유가 생겼다면 여유가 생긴 것이고, 불순해졌다면 그만큼 불순해진 것이다. 소설을 쓸 수 있을 만큼 불순해진 것이다. 그래도 여태껏 시를 긁적거리게 하고 있는 것은 어머니가 농사를 짓는 것 이외에 불교를 믿고 있다는 것이 또한 무언중에 나에게 영향을 주고 있는 것 같다.

그리고 아무리 곤란해도 거르지 않고 이어 온 제사. 그리고 제대로 담근 식혜와 제대로 만든 저냐. 절에 갖다 줄 돈이 있으면 반찬이나 해 잡수시라고 노상 타박을 하다가도 문인장(文人葬)의 식장 같은 데서 향불을 입으로 끄는 무식한 선배들을 보면 노모의 노후의 그나마의 마지막 사치를 그다지 탓하고 싶은 마음도 안 난다. 결국 나 자신의 되지 않은 문학 행위도 따지고 보면 노모가 절에 다니는 거나 조금도 다를 게 없다. 어머니는 절에도 다니지만 아직도 땀을 흘리고 일을 하는데 나는 땀도 안 흘리고 오히려 불공 돈의 몇 갑절의 술값만 낭비하고 있다. 언제 어머니의 손만 한 문학을 하고 있을는지 아득하다.

이제는 애를 써서 책을 읽으려고 하지 않는다. 책을 안 읽는다는 것은 거짓말이지만, 책이 선두가 아니다. 작품이 선두다. 시라는 선취자가 없으면 그 뒤의 사색의 행렬이 따르지 않는다. 그러니까 어떤 고생을 하든지 간에 시가 나와야 한다. 그리고 책이 그 뒤의 정리를 하고 나의 시의 위치를 선사해 준다. 정신에 여유가 생기면, 정신이 살이 찌면 목의 심줄에 경화증이 생긴다.

이런 때는 고생이란 고생을 다 써먹었을 때다 ── 말하자면 수단으로서의 고생을 다 써먹었을 때다. 하는 수 없이 경화증에 걸린 채로 시를 썼다. 배부른 시다. 그것이 「라디오계」라는 작품이었다. 그 후 「먼지」, 「성(性)」, 「미인」 등의 3편을 썼는데 아직도 경화증은 풀리지 않고 있다. 만성 경화증인 모양이다. 이대로 나가면 부르주아의 손색 없는 시도 쓸 수 있을 것 같다. 그전에는 무엇을 쓸 때 옆에서 식구들이 누구든지 부스럭거리기만 해도 신경질을 부렸는데 요즘은 그다지 마음에 걸리지도 않고, 오히려 훼방을 좀 놓아 주었으면 하는 생각이다. 그것이 약이 되고 작품에 뜻하지 않은 구명대의 역할을 해 주기도 한다. 잡음은 인간적이다. 그것은 너그러운 폭을 준다. 잘못하면 몰살을 당할 우려가 있지만, 잡음에 몰살을 당할 만한 연약한 시는 낳지 않아도 후회가 안 될 것 같다.

그래서 나는 서재가 없다. 일부러 서재로 쓰던 방을 내놓고 안방에 와서 일을 한다. 그전에는 잡음 중에도 옆에서 밥을 먹거나 무엇을 씹는 소리가 가장 싫었는데, 요즘에는 그것에도 면역이 된 셈이다. 정 방해가 될 때면 일손을 멈추고 잡담을 한다.

로버트 프로스트의 "시는 지리(地理)에서부터 시작된다."는 말을 몹시 신봉하던 때가 있었는데 근자에는 그 신조를 무시하고 쓴 시가 여러 편 있다. 요즘의 강적은 하이데거의 「릴케론」이다. 이 논문의 일역판을 거의 안 보고 외울 만큼 샅샅이 진단해 보았다. 여기서도 빠져나갈 구멍은 있을 텐데 아직은 오리무중이다. 그러나 뚫고 나가고 난 뒤보다는 뚫고 나가기 전이 더 아슬아슬하고 재미있다.

아무리 해도, 자기의 몸을 자기가 못 보듯이 자기의 시는 자기가 모른다. 다만 초연할 수는 있다. 너그럽게 보는 것은 과신과도 다르고 자학과도 다르다. 그렇게 너그럽게 자기의 시를 보고 세상을 보는 것도 좋다. 이런 너그러움은 시를 못 쓰는 한이 있어도 지켜야 할 것인지도 모른다. 아니, 바로 새로운 시를 개척해 나가는 무한한 보고(寶庫)가 거기에 있을 것이다.

「성」이라는 작품은 아내와 그 일을 하고 난 이튿날 그것에 대해서 쓴 것인데 성 묘사를 주제로 한 작품으로는 처음이다. 이 작품을 쓰고 나서 도봉산 밑의 농장에 가서 부삽을 쥐

어 보았다. 먼첨에는 부삽을 쥔 손이 약간 섬뜩했지만 부끄럽
지는 않았다. 부끄럽지는 않다는 확신을 가지면서 나는 더욱
더 날쌔게 부삽질을 할 수 있었다. 장미나무 옆의 철망 앞으
로 크고 작은 농구(農具)들이 보랏빛 산 너머로 지는 겨울의
석양빛을 받고 정답게 빛나고 있다. 기름을 칠한 듯이 길이 든
연장들은 마냥 다정하면서도 마냥 어렵게 보인다.

그것은 프로스트의 시에 나오는 외경에 찬 세계다. 그러나
나는 프티 부르주아적인 '성'을 생각하면서 부삽의 세계에 그
다지 압도당하지 않을 만한 자신을 갖는다. 그리고 여전히 부
삽질을 하면서 이것이 농부의 흉내가 되어서는 안 되겠다고
생각한다. 나는 죽고 나서 저승에 가서 심판을 받게 되면 내
아우보다 꾸지람을 더 많이 들을 것은 물론 뻔하다. 그것은 각
오하고 있다.

그리고 그렇기 때문에 섣불리 농부의 흉내를 내고 죄의 감
형을 기대하는 것 같은 태도는 더욱 불순하다. 나는 농부가
아니다. 그렇기 때문에 부삽질을 한다. 진짜 농부는 부삽질을
하는 게 아니다. 그는 자기의 노동을 모르고 있다. 내가 나의
시를 모르듯이 그는 그의 노동을 모르고 있을 것이다.

「미인」은 가장 최근에 쓴 작품인데 이것은 전부 7행밖에
안 되는 단시(短詩)다. 낭독회의 청탁으로 되도록 짧은 작품을
달라는 요청에 따라서 쓴 것이다. 시는 청탁을 받고 쓰지 않
기로 엄하게 규칙을 정하고 있는데 이것은 그 규칙을 깨뜨린
것이다. 터치도 매우 가볍다. 여편네의 친구 되는 미모의 레이
디하고 같이 칭기즈칸식이라나 하는 철판에 구워 먹는 불고

기를 먹고 와서 쓴 것이다.

여편네의 친구들 중에는 상류 사회의 레이디나 마담 들이 많다. 그중에서도 졸작 「미인」의 주인공은 그중 세련된 교양 있는 미인이라고 해서 같이 회식을 하러 갔다. 과연 미인이다. 나는 미인을 경멸하는 좋지 못한 습성이 뿌리 깊이 박혀 있는데, 이 Y 여사는 여간 인상이 좋지 않다. 여유 위에 여유를 넓히려고 활짝 열어 놓은 마음의 창문에 때아닌 훈기가 불어 들어온 셈이다. 우리들은 화식집 2층의 아늑한 방에 앉아 조용히 세상 얘기를 하고 있었는데, Y 여사는 내가 피운 담배 연기가 자욱해지자 살며시 북창문을 열어 준다. 그것을 보고 내가 일어나서 창문을 조금 더 열어 놓았다. 그때에는 물론 담배 연기가 미안해서 더 열어 놓았다. 집에 와서 그날 밤에 나는 그 들창문을 열던 생각이 문득 나고 그것이 실마리 돼서 7행의 단시를 단숨에 썼다.

이 작품을 쓰고 나서, 나는 노상 그러하듯이 조용히 운산(運算)을 해 본다. 그리고 내가 창을 연 것은 담배 연기 때문이 아니라 그녀의 천사 같은 훈기를 내보내려고 연 것이라는 것을 알았다. 됐다! 이 작품은 합격이다. 창문 ― 담배·연기 ― 바람. 그렇다, 바람. 내 머리에는 릴케의 유명한 「오르페우스에 바치는 송가」의 제3장이 떠오른다.

참다운 노래가 나오는 것은 다른 입김이다.
아무것도 바라지 않는 입김. 신(神)의 안을 불고 가는 입김.
바람.

또한 하이데거의 「릴케론」 속에 인용된, 요한 고트프리드 헤르더[23]의 「인류의 역사 철학적 고찰」에서 따온 다음의 문구가 밀어처럼 울린다.

우리들의 입의 입김은 다른 사람들의 영혼 속에서 세계의 회화(繪畵)가 되고, 우리들의 사상과 감정의 기본형이 된다. 인간이 일찍이 지상에서 생각하고, 바라고, 행한 인간적인 일, 또한 앞으로 행하게 될 인간적인 일, 이러한 모든 일은 한 줄기의 나풀거리는 산들바람에 달려 있다. 왜냐하면 만약에 이런 신적인 입김이 우리들의 신변에서 일지 않고 마법의 음색처럼 우리들의 입술 위에 감돌지 않는다면 우리들은 필경 모두가 아직도 숲속을 뛰어다니는 동물에 지나지 않을 것이기 때문이다.

또한 아름다운 Y 여사와의 회식이 천한 것이 되지 않고, 나의 평소의 율법을 깨뜨린 것이 되지도 않고, 그녀에게 조그마한 — 아니 티끌만치도 — 결례도 되지 않았다는 또 하나의 확실한 증거로서, 역시 「오르페우스에 바치는 송가」 제3장의, 방금 인용한 것의 바로 앞에 나오는 다음과 같은 시구의 복습은 한없이 즐거운 것이 아닐 수 없다.

노래는 욕망이 아니라는 것을 곧 알게 될 것이다.
그것은 급기야는 손에 넣을 수 있는 사물에 대한 애걸이 아

---

23) Johan Gottfried von Herder(1774~1803): 독일의 사상가이며 문학자.

니라는 것을 알게 될 것이다.

　노래는 존재다. 신으로서는 손쉬운 일이다.

　하지만 우리들은 언제 존재할 수 있겠는가? 그리고 우리들은 언제

　신의 명령으로 대지와 성좌로 다시 돌아갈 수 있게 되겠는가?

　젊은이들이여, 그것은 뜨거운 첫사랑을 하면서 그대의 다문 입에

　정열적인 목소리가 복받쳐 오를 때가 아니다. 배워라

　그대의 격한 노래를 잊어버리는 법을. 그것은 아무짝에도 소용없는 것이다.

　내가 읊은 「미인」이 릴케의 「천사」만큼은 되지 못했을망정, 그다지 천한 미인은 아니 되었다고 생각하는 것은 지나친 과신일까. 좌우간 나는 미인의 훈기를 내보내려고 창문을 연 것이다. 그리고 우리가 내보낸 것은 담배 연기뿐이 아니라 약간의 바람도 섞여 있었을 것이다. 바람이 없이는 어떻게 연기인들 나가겠는가.

　그전에는 산문 중의 인용문도 너무 파퓰러한 것은 피했다. 여기에 인용한 릴케의 시구 같은 것도 옛날 같으면 막무가내로 인용하지 않았을 것이다. 도대체가 파퓰러한 것이든 그렇지 않은 것이든 간에 남의 글을 인용하기가 싫었다. 그것이 요즘에 와서는 파퓰러하고 안 하고 간에 필요에 따라서는 마구 인용을 한다. 그리고 그전에 비해서 요즘의 나는 훨씬 덜 소피스트케이티드해졌다고 생각한다. 「먼지」 같은 작품은 나 자신

도 상당히 난해한 작품이라고 생각하고 있다. 이제는 난해와 소피스트케이션의 구별을 분명히 가릴 수 있게 되었다. 필요에 따라서 소피스트케이션이라는 욕을 먹더라도 주저하지 않고 쓸 작정이다.

파퓰러하다면, 원죄설처럼 정통적이고 파퓰러한 전거(典據) 취미가 없는데, 이런 데까지 서슴지 않고 소급해 올라갈 만한 용기가 생겼다. 나의 릴케는 내려오면서 만난 릴케가 아니라 셰익스피어의 부근을 향해 더듬어 올라가는 릴케다. 그러니까 상당히 반어적인 릴케가 된 셈이다. 그 증거로 나의 「미인」의 검정 미니스커트에 까만 망사 나일론 양말을 신은 스타일이 얼마나 반어적인 것인지 살펴보기 위해서, 부끄럽지만 졸시 「미인」의 전문을 인용해 보자.

미인을 보고 좋다고들 하지만
미인은 자기 얼굴이 싫을 거야
그렇지 않고야 미인일까

미인이면 미인일수록 그럴 것이니
미인과 앉은 방에선 무심코
따 놓는 방문이나 창문이
담배 연기만 내보내려는 것은
아니렷다

이 시의 맨 끝의 '아니렷다'가 반어이고, 동시에 이 시 전체가 반어가 돼야 한다. Y 여사가 미인이 아니라는 의미의 반어가 아니라, 천사같이 아름답다는 것을 강조하기 위한 반어이고, 담배 연기가 '신적인', '미풍'이라는 것을 암시하기 위한 반어다. 그리고 나의 이런 일련의 배부른 시는 도봉산 밑의 돈사(豚舍) 옆의 날카롭게 닳은 부삽날의 반어가 돼야 할 것이다. 그럴 때 우리의 시에서는 남과 북이 서로 통일된다.

우리 시단의 참여시의 후진성은, 이미 가슴속에서 통일된 남북의 통일 선언을 소리 높이 외치지 못하고 있는 데에 있다. 이것은 우리의 참여시의 종점이 아니라 시발점이다. 나는 천 년 후의 우주 탐험을 그린 미래의 과학 소설의 서평 같은 것을 외국 잡지에서 읽을 때처럼 불안할 때가 없다. 이런 때처럼 우리들의 문화적 쇄국주의가 저주스러울 때가 없다. 이런 미래의 꿈을 그린 산문이 시를 폐멸시키고 말 시대가 불원간 오는지도 모른다.

지금도 우주 비행을 소재로 한, 우리들은 감히 상상조차 못 할 만한 거대한 스케일의 과학시가 벌써 나타나기 시작하고 있다. 지구를 고발하는 우주인의 시. 우주인의 손에는 지구에서 갖고 온 찝찔한 빵이 한 조각 들려 있다. 이 찝찔한 빵에서 그는 지구인들의 눈물을 느낀다. 이 눈물은 성서에 나오는 아담과 이브의 최초의 눈물과도 통한다. 우리의 시의 과거는 성서와 불경과 그 이전에까지도 곧잘 소급되지만 미래는 기껏 남북통일에서 그치고 있다. 그 후에 무엇이 올 것이냐를 모른다. 그러니까 편협한 민족주의의 둘레바퀴 속에서 벗어나지를 못한다. 우리의 미래에도 과학을 놓아야 한다.

그리고 미래의 과학 시대의 율리시스를 생각해야 한다. 나는 아까 '이제는 애를 써서 책을 읽으려고 하지 않'아도 될 것 같은 말을 했지만 이것도 결과적으로 반어가 되고 말았다. 때로는 책도 선두에 세우고 가야 한다. 아직 늦기는 빠르다. 종로의 새벽 거리의 청소부의 광태와 그 옆을 태연하게 지나가는 행인들의 무표정한 얼굴이 이제는 꿰뚫려 보인다. 간신히 바늘구멍은 터진 셈이다. 또 한번 Y 부인을 만나서 점심을 같이하게 되면, 그리고 그녀가 나의 담배 연기를 내보내려고 북창문을 열게 되면 이번에도 나는 신사처럼 마주 그 문을 열면서 제2의 「미인」을 쓸 구상이나 할 것인가. 아니다, 그때는 좀 달라야 할 것이다. 그때까지는 적어도 때늦은 릴케식의 운산만이라도 홀가분하게 졸업해야 할 것이다.

귀납과 연역, 내포와 외연, 비호(庇護)와 무비호, 유심론과 유물론, 과거와 미래, 남과 북, 시와 반시의 대극의 긴장. 무한한 순환. 원주(圓周)의 확대. 곡예와 곡예의 혈투. 뮤리얼 스파크와 스푸트니크의 싸움. 릴케와 브레히트의 싸움. 앨비와 보즈네센스키의 싸움. 더 큰 싸움, 더 큰 싸움, 더, 더, 더 큰 싸움…… 반시론의 반어.

1968.

2부

일상 단상

무제[24]

　자식을 길러 보지 않고서야 어린아이 귀한 줄 모른다는 것을 요즈음에 와서 나는 절실히 느끼게 되는데, 동시에 자기의 자식을 알려면 자기 자식만 보고 있어서는 아니 되겠다는 것도 사실인 것 같다. 자기의 골육이나 자기 자식이 사랑스럽고 귀엽지 않은 사람이 어디 있겠는가. 동물적인 본능을 대수롭게 생각하지 않는 나에게는 자기의 골육붙이나 가정만을 지나치게 사랑하는 사람처럼 보기 싫은 것은 없다.

　그래서 그런지 나는 남의 아이들이 놀고 있는 광경을 보고 비로소 나의 자식이 무엇이라는 것을 알게 된다. 그리고 이 마음은 곧 아직도 나 자신이 동물적 사랑에서 벗어나지 못하였

---

24) 이 글은 제목 없이 발표되었다.

다는 징조이기도 한 것이다. 정말 남의 자식을 보듯이 내 자식을 볼 수 있다면 나의 생활은 적어도 지금보다는 훨씬 가볍고 자유로운 것이 될 것이 아닌가.

그런데 이러한 관계는 유독 남의 자식과 나의 자식과의 문제에만 국한된 것이 아니다. 문학에 있어서도 마찬가지이다. 남의 작품을 보듯이 내 작품을 보고 남의 문학을 생각하듯이 내 문학을 생각했으면 얼마나 담담하고 서늘한 마음이 될 것인가. 그리고 문학이나 작품 자체로 보더라도 지금보다는 더 좋은 것이 나올 것이다.

'사람이 돈을 따라다녀서는 아니 된다.'는 말이 있는데 이것은 아이들을 사랑할 때에도 통하는 말이다. 부모가 아이들을 너무 귀애하면 아이들은 오히려 성가시어서 한껏 짜증이나 내고 달아나 버린다. 그렇지 않고 부모가 무관심한 태도를 하거나, 자기들의 일에 분주하여 아이들을 잊어버리게 될 때 아이들은 부모의 곁으로 저절로 따라온다. 그렇다고 아이들의 사랑을 사기 위하여 일부러 무관심한 태도를 꾸며야 할 것인가 아니할 것인가에 대한 윤리적 규정을 내리기 전에, 우선 문학의 경우에 있어서 이것을 생각해 볼 때, 나는 한 가닥의 설운 마음을 금치 못한다. 문학이 가지고 있는 최소한도의 우둔이랄까 그러한 것을 나는 죽을 때까지 면하지 못할 것이고 보면, 나는 죽을 때까지 문학을 지니고 있는 한은 진정한 멋쟁이가 되지 못할 것 같기 때문이다.

이를테면 심벌리즘[25]이 득세를 하고 있었을 시대의 시인이

---

25) 상징주의(symbolism): 19세기 말에 프랑스 시인들을 중심으로 일어난

나 지금도 심벌리즘의 시를 쓰고 있는 사람들은 작품의 내용에 있어서는 고사하고 그들의 문학 태도에 있어서는 스티븐 스펜더나 딜런 토머스에 비하여 훨씬 행복하다. 내가 시에 있어서 영향을 받은 것은 불란서의 쉬르라고 남들은 말하고 있는데 내가 동경하고 있는 시인들은 이미지스트의 일군이다. 그들은 시에 있어서의 멋쟁이였기 때문이다. 그러나 이들 이미지스트들도 오든보다는 현실에 있어서 깊이 있는 멋쟁이가 아니다. 앞서가는 현실을 포착하는 데 있어서 오든은 이미지스트들보다는 훨씬 몸이 날쌔다. 그것은 오든에게는 어깨 위에 진 짐이 없기 때문이다. 그러나 이러한 오든도 요즈음에 내어논 「하천(河川)」 같은 작품을 보면 이미지스트의 여과 기간과 거의 비등한 시간적 순차를 밟고 있는 것같이 보이는데, 역시 이것은 나이를 먹은 탓이 아닌가 생각된다.

'사람이 돈을 따라서는 아니 된다.'는 말을 앞서 인용하였는데 소위 처세상에 있어서, 즉 사람과 사람과의 관계에 있어서 나는 이 원리를 이용하여 보는데 확실히 효과가 있다. 돈을 벌기 위해서가 아니라 나 자신을 잃지 않기 위해서 하게 되는 것인데, 결과적으로 보아 악마의 조소가 수시로 떠오르는 데는 세상에 대하여서나 나 자신에 대해서나 미안한 일이다. 하여간 악마의 작업을 통해서라도 내가 밝히고 싶은 것은 나의 위치이다. 그리고 이러한 작업은 역대의 모든 시인들이 한 번씩은 해 온 일이라는 것을 나는 잘 안다.

문학 운동.

고독이나 절망도 마음대로 되는 것이 아니다. 고독이나 절망이 용납되지 않는 생활이라도 그것이 오늘의 내가 처하고 있는 현실이라면 조용히 받아들이는 것이 오히려 순수하고 남자다운 일이라고 생각한다. 이러한 위도(緯度)에서 나는 나의 생활을 향락하고 사람을 사랑하는 법을 배운다.

1955. 10.

생활의 극복
― 담뱃갑의 메모

　나는 수첩을 갖고 다니기가 싫어서 담뱃갑 뚜껑에 메모를 해 두는 버릇을 지키고 있은 지가 벌써 오래된다. 어떤 때는 그런 담뱃갑이 양복 호주머니 속에나 책상 위의 꽃바구니 속에 수두룩하게 고일 때도 있다. 어쩌다 몇 달 전의 그런 메모가 속호주머니 같은 데에 그대로 남아 있는 것이 발견되고, 찢어 버리기 전에 또 혹시나 하고 다시 한번 훑어보는 수도 있는데, 남의 비밀같이 정이 안 가는 이런 메모의 암호로 그 당시의 생활이 홀연히 눈앞에 떠오르고는 한다. 잡지사의 원고료의 액수와 날짜, 사야 할 책 이름, 아이들의 학비 낼 날짜와 액수, 전화번호, 약 이름과 약방 이름, 외상 술값…… 이런 자질구레한 숫자와 암호 속에 우리들의 생활의 전부가 들어 있다고 해도 과언이 아니다.

그런데 이와 비슷한 담뱃갑의 보이지 않는 메모가 내 머릿속에도 거의 언제나 들어 있다. 요즘의 그 위에 쓰여 있는 메모는 미국 시인 시어도어 로스케 시의 짤막한 인용구다. "너무 많은 실재성(實在性)은 현기증이, 체증이 될 수 있다 ── 너무 밀접한 직접성은 극도의 피로가 될 수 있다." 이것은 어떤 시 지에 줄 시론을 번역하다 얻은 말인데, 이 말이 나에게 주는 교훈은, 나의 시적 사고의 문맥의 전후 관계를 자세히 소개하지 않고는 그 진의를 설명할 수 없는 것이다.

대체로 시의 경험이 낮은 시기에는, 우리들은 시를 '찾으려고' 몸부림을 치는 수가 많으나, 시의 어느 정도의 훈련과 지혜를 갖게 되면, 시를 '기다리는' 자세로 성숙해 간다는 나의 체험이 건방진 것이 되지 않기를 조심하면서, 나는 이런 일종의 수동적 태세를 의식적으로 시험해 보고 있다. 여기에서 '너무 많은 실재성'과 '너무 밀접한 직접성'은, 그러니까 시를 찾아다니는 결과에서 오는 것이라고 생각하고, 다시 한번 나 자신에게 경고를 주는 의미에서 이런 메모를 해 놓게 되었던 것이다. 그리고 이런 시작상의 교훈은 곧 인생 전반의 교훈으로도 통하는 것이다. 너무 욕심을 많이 부리면 도리어 역효과가 나는 수가 많으니 제반사에 너무 밀착하지 말라는 뜻으로도 해석된다. 이런 초월 철학은 대단한 진리도 아니지만 나대로의 이행(履行)의 전후 관계에서 보면 한없이 신선하고 발랄하고 힘의 원천이 된다. 그러니까 중요한 것은 이 평범한 진리보다도 이것을 적어 두고 있는, 파지가 다 된 담뱃갑일 것이다. 하다못해 고리타분한 이태백의 시 「산중여유인대작(山中與幽

人對酌)」같은 것도 이런 담뱃갑의 이행에서 보면 뜻밖의 새로운 맛을 준다.

> 그대와 내가 만나자
> 산꽃들도 반가워 피네
> 한잔 들게 한잔 주게
> 또 한잔 해 지는 줄 모르고
> 나는 이미 취해서
> 풀밭에서 한잠 자려고 하니
> 그대는 마음대로 갔다가
> 내일 아침 거문고나 안고 오게

이 시에서 나의 가슴을 찌른 구절은 "풀밭에서 한잠 자려고 하니/ 그대는 마음대로 갔다가"의 "마음대로"다. 이런 여유 — 아아 잠시 생각해 보자 — 이런 여유가 얼마나 어려운 일인가. 그런데 나중에 원시(原詩)와 대조를 해 보니, 원시의 그 대목이 '아취욕면군차거(我醉欲眠君且去)/ 명조유의(明朝有意)……'로 되어 있으니까, 엄격히 말하자면 '마음대로'는 원시에는 없는 것으로 역자가 문장상의 윤기로 붙인 것이다. 그러나 이런 오역은 좋은 오역이다. 이것이 오역이라는 것을 안 뒤에 나는 오히려 태백의 이 시가 더 좋아졌고, '마음대로'가 더 좋아졌고, 여유의 진리에 대한 지혜를 더 함축 있게 느낄 수 있게 되었다.

요전에 어떤 시 쓰는 선배의 집에 갔는데, 그 선배는 큰아이가 중학교 시험에 낙제를 했다는 얘기를 하는 끝에, 이런 말을 하면서 입맛을 다시었다. "내가 시험에 떨어지는 것은 아무렇지도 않지만, 자식이 떨어지는 것은 이루 말할 수 없이 가슴이 아파요." 자식은 자기의 몸보다도 더 사랑스러운 것이 부모의 상정이다. 자식의 미련을 청산하기란 자기의 미련을 청산하기보다도 몇 배나 더 어려운 것 같다. 그러나 이 미련도 꺾어야 한다고 나는 생각한다. 머릿속의 담뱃갑의 메모를 빌려서 나는 요즘 조금씩 이런 연습도 하고 있다. 우선 새 학기부터는 아이들에게 '공부해라, 공부해라.' 하는 말부터 하지 않기로 하자. 이를 깨물고 자식과 나 사이에 거리를 두자. 아직 이 연습을 하기 시작한 지 얼마 되지는 않았지만 결과는 좋을 것 같다. 이런 회심(回心)의 경험이 있는 사람은 내가 무슨 말을 하고 있는지 알 것이다. 나는 사랑을 배우기 시작하는 단계에 있다. 그를 진정으로 사랑하려면 그와 나 사이에 가로놓여 있는 무서운 장해물부터 우선 없애야 한다. 그 장해물은 무엇인가.

　　지금 나를 태우고 있는 것이 무엇인가?
　　욕심, 욕심, 욕심.
　　　　　　　　　　　　　　　　　　　　— 로스케[26]의 시에서

　욕심이다. 이 욕심을 없앨 때 내 시에도 진경(進境)이 있을

26) Theodore Huebner Roethke(1908~1963): 미국의 시인. 1954년 풀리처상을 수상했다. 자기성찰, 리듬, 자연스러운 이미지가 특징인 작품을 썼으며 워싱턴대학교에서 15년 동안 시를 가르쳤다.

것이다. 딴사람의 시같이 될 것이다. 딴사람 ── 참 좋은 말이다. 나는 이 말에 입을 맞춘다.

벌써 오랜 옛날에, 나의 머릿속의 담배에 오랫동안 적어 놓은 일이 있던 공자인가 맹자인가의 글의 한 구절이 또 생각이 난다. 이런 뜻의 유명한 처세훈이다. '슬퍼하되 상처를 입지 말고, 즐거워하되 음탕에 흐르지 말라.' 마음의 여유는 육신의 여유다. 욕심을 제거하려는 연습은 긍정의 연습이다.

우리 집에는 올겨울에 처음으로 마루에 난로를 놓았고, 몇십 년 만에 처음으로 나는 무명 조선 바지를 해 입었고, 조그만 통의 커피도 한 병 마련해 놓고 있다. 이만한 여유를 부끄럽게 여기는 부정(否定)의 잔재가 남아 있는 것은 나의 경우에는 너무나 당연한 일이다. 그러나 이 모순의 고민을 시간에 대한 해석으로 해결해 보는 것도 순간적이나마 재미있는 일이라고 생각된다. 이런 여유가 고민으로 생각되는 것은 우리들이 이것을 '고정된' 사실로 보기 때문이다. 이것을 흘러가는 순간에서 포착할 때 이것은 고민이 아니다. 모든 사물을 외부에서 보지 말고 내부로부터 볼 때, 모든 사태는 행동이 되고, 내가 되고, 기쁨이 된다. 모든 사물과 현상을 씨(동기)로부터 본다 ── 이것이 나의 새봄의 담뱃갑에 적은 새 메모다. 나의 '마음대로'의 새 오역이다.

'백양(白羊)'에서 가장 오래 신세를 지다가 뒤늦게 '아리랑'으로 옮겨 와서 최근에 '파고다'로 또 옮겨 온 메모의 배경의 정다운 역사. 그리고 펜에서 만년필로 변했다가, 만년필에서 볼펜으로 변한 메모의 도구의 정다운 역사. 그것은 과거는 되

찾아지기 전에 우선 부정되어야 한다는, 이 역시 너무나 평범한 발전의 원칙에 따른 돌음길. 부정은 끝났다 ─ 나의 메모와 메모의 배경과 도구를 돌이켜 볼 때, 나의 내부의 저변에서 모깃소리처럼, 그러나 뚜렷하게 들려오는 소리. 이 소리의 음미.

그러나 우리들의 앞에는 모든 냉전의 해소라는 커다란 숙제가, 우리들의 생애를 초월한 숙제가 가로놓여 있다. 냉전 ─ 우리들의 미래상을 내다볼 수 있는 눈을 주지 않는, 우리들의 주위의 모든 사물을 얼어붙게 하는 모든 형태의 냉전 ─ 이것이 우리들의 문화를 불모케 하는 냉전 ─ 너와 나 사이의 냉전 ─ 나와 나 사이의 모든 형태의 냉전 ─ 이것이 다름 아닌 비평적 지성을 사생아로 만드는 냉전. '파고다'여, 전진하라.

1966. 4.

책형대에 걸린 시

— 인간 해방의 경종을 울려라

4·26 전까지의 나의 작품 생활을 더듬어 볼 때 시는 어떻게 어벌쩡하게 써 왔지만 산문은 전혀 쓸 수가 없었고 감히 써 볼 생각조차도 먹어 보지를 못했다. 이유는 너무나 뻔하다.

말하자면 시를 쓸 때에 통할 수 있는 최소한도의 '캄푸라주'[27)]가 산문에 있어서는 통할 수가 없었기 때문이다. 산문의 자유뿐이 아니다. 태도의 자유조차도 있을 수가 없었다. 더구나 나처럼 6·25 때에 포로 생활까지 하고 나온 사람은 슬프게도 문학 단체 같은 데서 떨어져서 초연하게 살 수 있는 자유가 도저히 없었다. 감정의 자유 역시 그렇다. 이를테면 같은 시인끼리라도 나와 같은 처지에 놓인 사람들은 상대방에 대

---

27) camouflage: 카무플라주. 위장, 은폐 등을 가리키는 프랑스어.

해서 불쾌한 일이 있더라도 그런 감정을 먹어서는 아니 되고 그런 태도를 극력 보여서는 아니 되었다. 이러한 환경 속에서 나올 수 있는 작품이 무슨 신통한 것이 있겠는가. 저주가 아니면 비명이 아니면 죽음의 시가 고작이 아니었던가. 그렇다고 앞으로 이에 대한 복수를 하자는 것이 아니다.

나는 사실 요사이는 시를 쓰지 않아도 충분히 행복하다. 4·26이 전취(戰取)한 자유는 나의 두 손 아름을 채우고도 남는다. 나는 정말 이 벅찬 자유를 어떻게 처리해야 할지 모르겠다. 너무 눈이 부시다. 너무나 휘황하다. 그리고 이 빛에 눈과 몸과 마음이 익숙해지기까지는 잠시 시를 쓸 생각을 버려야겠다.

지난날의 낡은 시단의 과오나 폐습을 나는 여기서 재삼 뇌까리고 싶은 생각은 없다. 오히려 그렇듯 숨 막힐 듯한 괴로운 시대 속에서 과감하게 자기의 세계를 지켜 가면서 싸워 온 시인이 현(現) 시단의 기성인 중에서도 몇 사람은 있다는 것을 나는 여간 다행으로 생각하고 있지 않다. 어느 나라의 시단이고 진짜 시인보다는 가짜 시인이 훨씬 더 많은 법이고, 요즈음 세간의 여론의 규탄을 받고 있는 소위 어용 시인이나 아부 시인들은 이미 그들이 권력의 편에 서서 나팔을 불기 전에 벌써 시인으로서는 완전히 자격을 상실한 자들뿐이다. (아니 애당초 시인이 되어 보지도 못한 자들뿐이다.) 그러니까 그까짓 것은 하등 문젯거리가 되지 않는다.

내가 여기 말하고 싶은 것은 4·26 이전의 우리나라 시단의 작품들이 대체로 낡은 작품이 많았다는 것이다. 그리고 그러한 현상은 시로서 합격된 작물(作物) 중에 특히 더 많았다. 그런데 이러한 현상은 객관적으로 볼 때 새로운 시대의 이념을 반영할 수 있는 제작상의 모험적 기도를 용납할 수 있는 시대적 혹은 사회적 여백이 전혀 없었다는 것을 말해 주는 것이기도 한데 이와 같은 고민을 처절히 체득한 시인이라면 4·26은 그에게 황금의 해방이 아닐 수 없다.

나는 앞으로 이러한 시인들만이 일을 할 수 있을 것이라고 믿고 있지만 4·26의 역사적 분수령을 지조를 굽히지 않고 넘어온 기성 시인 중에서 과연 몇 사람이 새 시대의 선수의 자격을 가질 수 있을는지는 확언하기 힘들다. "책임은 꿈에서 시작된다."는 유명한 서구의 고언(古言)이 있는데 이 말은 4·26을 계기로 해서 새로운 출발의 자세를 갖추고자 하는 젊은 시인들이 필히 느꼈어야 할 기본 인식이다. 이 인식의 감득이 없이는 새 시대의 출발은 불가능하다. 4·26의 해방은 꿈의 해방이다. 이제야말로 꿈을 가져라, 구김살 없는 원대한 꿈을 가지라고 나는 외치고 싶다. 이와 같은 꿈은 여직까지는 맛볼 수 없었던 태도의 자유와 감정의 자유를 투박하게 요구한다. 여기에 과실즙이나 솥뚜껑 위에 어린 밥물 같은 달콤하고도 거룩한 시인의 책임이 있다. 시인들이여 새로운 시인들이여 이제야말로 인간 해방의 경종을 울려라.

나는 4·19 전에 어느 날 조지훈 형하고 술을 마시면서 "세상 사람들이 모두 시인이 되기 전에는 이 나라는 구원을 받지 못한다."고 휘트먼인가의 말을 차용해 가면서 기염을 토한 일이 있었는데, 요 일전에 런던에 있는 박태진 형한테서 온 4·26 해방을 축하하는 편지 속에 "새로운 정부가 선들 시를 모르는 녀석들이 거만하게 구는 한은 구제가 없겠지요."라는 같은 말이 또 있어서 요즈음은 만나는 사람마다 중이 염불하듯이 이 말을 전파하고 있다.

그런데 내가 여기서 말하는 시인이란 반드시 시 작품을 신문이나 잡지에 주기적으로 발표하는 사람만을 말하고 있는 것도 물론 아니다. 소위 시를 쓰고 있는 사람들 중에도 이번 4·19나 4·26을 냉담하게 보고 있는 친구들이 적지 않은 것을 나는 알고 있는데 (어울리지 않게 날뛰는 친구도 보기 싫지만 그 이상으로) 나는 이런 위인들을 보면 분이 터져서 따귀라도 붙이고 싶은 것을 억지로 참고 있다.

나는 극언(極言)하건대 이번 4·26 사태를 정확하게 파악하고 통찰하지 못하는 사람은 미안하지만 시인의 자격이 없다고 생각하는데, 이런 불쌍한 사람들이 소위 시인들 속에 상당히 많이 있는 것을 보고 정말 놀랐다. 나의 친척에 모 국민학교 교감이 있는데 이 작자가 4·19 날의 데모를 보고 집에 와서 여편네한테 "학생들도 이제 볼 장 다 봤어. 그런 폭도들이 어디 있어……." 하며 밤새도록 부부 싸움을 했다나. 그런 시인이나 이런 교감은 모두 다 모름지기 이승만의 뒤나 따라가 살든지 죽든지 양자택일하여라.

4·26 후 나의 성품이 사뭇 고약해져 가는 것을 알면서도 어찌할 도리가 없다. 너무 흥분한 탓이려니 해서 도봉산 밑에 있는 아우 집에 가서 한 이틀 동안을 쉬면서 마음을 가다듬

고 왔는데 서울에 와 보니 역시 마찬가지다. 마음이 정 고약해져서 시를 쓰지 못할 만큼 거칠어진다 해도 할 수 없는 일이다. 시대의 윤리의 명령은 시 이상이라고 생각하기 때문에 이 거센 혁명의 마멸(磨滅) 속에서 나는 나의 시를 다시 한번 책형대(磔刑臺) 위에 걸어 놓았다.

《경향신문》, 1960. 5. 20.

독자의 불신임

필자도 시를 쓰는 사람의 한 사람으로 이런 이야기를 한다는 것은 자기 얼굴에 침 뱉기가 될까 보아 대단히 마음 괴로운 일이지만, 우리나라의 시(비록 시 작품뿐만이 아니지만)는 과거에 있어서 매월 빠지지 않고 줄기차게 나오는 문학지나 기타 월간지에 게재된 작품 중의 거의 90프로(상당히 돋보아서)가 시가 아닌 작품들이었다.

우리나라뿐만이 아니라 이런 현상은 일본은 물론 구라파 선진 문화 국가에도 예사로 있는 일이라고 보면 그뿐이겠지만 시를 사랑하는 사람의 입장에서 생각한다면 이보다 더 큰 슬픈 이야기가 없고 이보다도 더 분격할 이야기가 없고 이보다도 더 중대한 범죄가 없다.

요즈음 문학계의 문제(기타 예술의 경우에도 마찬가지이지만)

는, 정치적인 분란이 위주가 되는 바람에 제3 제4의 문제가 되고 있고, 앞으로도 정치적 경제적 문제 같은 것보다 더 현실적인 난제의 처리가 선행되어야 할 것이니만큼 좀처럼 이 방면에 대한 고려를 가질 수 있는 여유가 쉽사리 올 것 같지 않지만, 그만큼 걱정스러움이 더 간절한 것도 사실이다.

일전에 4월 이후의 새로운 현상에 대한 잡담이 나온 자리에서 어느 문학지 기자가 하는 말이, 요즈음 통 잡지가 팔리지 않는다고 하면서 이것이 '나츠가레'[28]가 원인이 되고 있기도 하지만 학생들이 정치에 몰두하여 문학잡지 같은 것은 보지 않게 된 바람에 그런 것이라고 하는 말을 들었다.

필자는 이 말을 듣고 여러 가지 생각이 들었다.

그의 말이 만약에 사실이라면 우리나라의 문학지는 오늘날과 같은 비상시에는 통용되지 않는다는 말이 되고, 따라서 그들이 문학을 애호하는 것은 (적어도 문학지를 구매한다는 것은) 평화 시절에만 국한될 한사(閑事)에 불과하다는 말도 된다.

그러나 진정한 문학의 본질은 결코 한시(閑時)에만 받아들일 수 있는 애완 대상이 아니며, 오히려 오늘날과 같은 개혁적인 시기에 처해 있을수록 그 가치가 더한층 발효되는 것이라는 것을 생각할 때, 필자가 생각하기에는 이와 같은 현상은 (그것이 만약에 사실이라면) 우리나라 문학계 전반에 대한 기막힌 모욕이요 경멸이라고밖에 해석되지 않는다.

혁명이란 이념에 있는 것이요, 민족이나 인류의 이념을 앞

---

28) 나츠가레(なつがれ): 여름철 불경기를 뜻하는 일본 말이다.

장서서 지향하는 것이 문학인일진대, 오늘날처럼 이념이나 영혼이 필요한 시기에 젊은 독자들에게 버림을 받는 문학인이 문학인이라고 할 수 있겠는가. 사실을 고백하자면 나는 그 기자의 말을 듣고 내심으로는 오히려 통쾌한 감이 들었고, 우리나라 문학계도 이제야 비로소 응당 받아야 할 정당한 평가를 받게 되었다 하고 쾌재를 부르짖었다.

젊은 층의 전면적인 불신임을 받아야 할 것은 정치계에만 한한 일이 아니라 문학계도 마찬가지이고, 이러한 각성의 시기는 빨리 오면 빨리 올수록 좋은 것이기 때문이다.

복지 사회란 경제적인 조건만으로 되는 것이 아니고 영혼의 탐구가 상식이 되는 사회이어야만 하는데, 이러한 영혼의 탐구는 경제적 조건이 해결된 후에 해도 늦지 않는다고 생각하고 마치 소학생들이 숙제 시간표 만드는 식으로 시간적 절차를 둘 성질의 것이 아니다.

다시 말하자면 영혼의 개발은 호흡이나 마찬가지다. 호흡이 계속되는 한 영혼의 개발은 계속되어야 하고, 호흡이 빨라지거나 거세지거나 하게 되면 영혼의 개발도 그만큼 더 빨라지고 거세져야만 할 일이지 중단되어서는 안 될 것이고 중단될 수도 없는 일이다.

그런데 우리나라의 시는 필자가 보기에는 벅찬 호흡이 요구하는 벅찬 영혼의 호소에 호응함에 있어서 완전히 낙제점을 받고 보기 좋게 나가떨어지고 말았다. 혹자는 말할 것이다. 허다한 혁명시가 나오지 않았느냐고. 필자는 여기에 대해서 너무 창피해서 대답하지 못하겠다.

필자가 여기에서 말하는 영혼이란, 유심주의자(唯心主義者)들이 고집하는 협소한 영혼이 아니라 좀 더 폭이 넓은 영혼 — 다시 말하자면 현대시가 취급할 수 있는 변이하는 20세기 사회의 제 현상을 포함 내지 망총(網總)할 수 있는 영혼이다. 나는 유심주의자들의 협소한 영혼이라고 말했지만 오늘날 우리나라의 문학계를 중심으로 생각한다면 이 유심주의자라는 말은 합당하지 않고, 그것은 오히려 '도피자'라거나 혹은 '기만적인 유심주의자'라고 부르는 편이 옳을 게다. 이러한 도피자나 기만적인 범죄자(의식적이건 무의식적이건 간에)를 혁명을 수행하는 학생들이 누구보다도 잘 간파하고 있는 것같이 생각되기 때문에 (혹은 간파할 것이라고 확신하고 있기 때문에) 필자는 여기에 대해서 구체적인 언급은 보류하기로 한다. 또한 이 밖에 4월 이후의 혁명시가 어째서 진심으로부터 독자들의 환영을 못 받고 있는가에 대한 구체적인 이유도 여기에서는 보류하겠다.

다만 필자가 여기서 강조하고 싶은 것은, 4월 이후의 우리나라 시 작품에 대해서 젊은 층들이 영혼의 교류를 느끼지 못하고 이를 거부하였다면 그것은 사실에 있어서 너무나 당연한 일이고 또한 때늦은 감은 있지만 진정으로 반가운 일이라고 말할 수 있는 일이라는 것이다. 우리나라의 문학계는 이러한 철저한 불신임 속에서 다시 백지로 환원됨으로써만 새로운 시대의 작품의 생산을 기대할 수 있게 되기 때문이다. 또한 견실한 독자가 없이는 견실한 작품이 나올 수 없는 것이 문학 현상의 철칙이기 때문이다.

젊은 독자들일수록 아무리 거센 호흡 속에서도 영혼의 개발을 잊지 말아야 하겠다.

이런 뜻에서 문학인들은 젊은 독자들의 다급한 영혼의 돌진 속에서 호흡을 꺾이거나 휴식하지 말아야 하겠다.

문학 혁명은, 독자의 입장에서도 필자의 입장에서도 먼 장래의 태평사가 아니기 때문이다.

1960. 8.

창작 자유의 조건

이(李) 정권 때의 일이다. 펜클럽대회에 참석하고 돌아온 분들을 모시고 조그마한 환영회를 갖게 된 장소에서 각국의 언론 자유의 실황에 대한 이야기가 나온 끝에 모 여류 시인한테 나는 "한국에 언론 자유가 있다고 봅니까?" 하고 물었더니 그 여자 허, 웃으면서 "이만하면 있다고 볼 수 있지요." 하는 태연스러운 대답에 나는 내심 어찌 분개를 하였던지 다른 말은 다 잊어버려도 그 말만은 3, 4년이 지난 오늘까지 잊어버리지 않고 있다. 시를 쓰는 사람, 문학을 하는 사람의 처지로서는 '이만하면'이란 말은 있을 수 없다. 적어도 언론 자유에 있어서는 '이만하면'이란 중간사(中間辭)는 도저히 있을 수 없다. 그들에게는 언론 자유가 있느냐 없느냐의 둘 중의 하나가 있을 뿐 '이만하면 언론 자유가 있다'고 본다는 것은, 쉽게 말하면 그 자신이 시인도 문학자도 아니라는 말밖에는 아니 된다. 그런데 이런 사고방식을 가진 소설가, 평론가, 시인이 내가 접한 한도 내에서만도 우리나라에 적지않이 있다. 이것은 우리나라의 문학의 후진성 운운의 문제를 넘어서 더 큰 근본 문제이다.

시고 소설이고 평론이고 모든 창작 활동은 감정과 꿈을 다루는 것이다. 그리고 이 감정과 꿈은 현실상의 척도나 규범을 넘어선 것이다. 말하자면 현실상으로는 38선이 있지만 감정이나 꿈에 있어서는 38선이란 터부는 문제가 되지 않는다. 그런데도 불구하고 우리들은 이 너무나 초보적인 창작 활동의 원칙을 올바르게 이행해 보지 못했다. 다시 말하자면 우리는 문학을 해 본 일이 없고, 우리나라에는 과거 십수 년 동안 문학 작품이 없었다고 나는 감히 말하고 싶다. 문학 작품이 없는 곳에 문학자가 어디 있었겠으며 문학자가 없는 곳에 무슨 문학 단체가 있었겠는가. 아마 있었다면 문학 단체의 이름을 도용한 반공 단체는 있었을 것이지만, 이 반공 단체라는 것조차 사실에 있어서는 반공을 판 돈벌이 단체이거나, 문학과 반공을 '이중으로' 팔아먹은 돈벌이 단체에 불과하였다.

4월 이후의 도하(都下) 각 신문에 신물이 나도록 되풀이된 이런 구질구질한 이야기를 왜 또다시 꺼내느냐고 꾸짖을 분도 있을지 모르지만, 문제는 이 4월 이후다. 4월 이후 무엇이 달라졌는가? 자유문협이 거꾸러졌다, 한국문협이 거세를 당했다, 전후문학가협회가 새로 나왔다, 시인협회가 성명서를 발표하고 회원 숙청을 했다 등등을 가지고 달라졌다고 할 수 있을까.

우리는 무엇보다도 무엇이 달라져야 할 것인가부터 다시 한

번 진지하게 생각해야 할 필요가 있다. 무엇이 달라져야 할 것인가? 언론 자유다. 1에도 언론 자유요, 2에도 언론 자유요, 3에도 언론 자유다. 창작의 자유는 백 퍼센트의 언론 자유가 없이는 도저히 되지 않는다. 창작에 있어서는 1퍼센트가 결한 언론 자유는 언론 자유가 없다는 말과 마찬가지다. 이 정권하에서는 8할의 창작의 자유가 있었지만 장 정권하에서는 9할의 자유가 있으니 얼마나 나아졌느냐고 말하고 싶은 국회의원이 있을 성싶다. 아니 국회의원뿐 아니라 필자 자신 역시 그러한 망상과 유혹에 빠지기 쉬운 요즈음이다. 솔직히 말해서 간첩 방지 주간이나 오열(五列)이니 국시(國是)니 할 때마다 나는 예나 다름이 없이 가슴이 뜨끔뜨끔하고, 또 내가 무슨 잘못된 글이나 쓰지 않았나 하고 한결같이 염려가 된다. 간첩이 오고 있으니까 간첩 방지 선전도 하는 것이겠지만 문제는 간첩 방지 선전이 나쁘다는 것이 아니라 그러한 선전의 압력과 동일한 압력이 창작 활동 위에까지 부당하게 뻗칠 것 '같은 불안'이 아직까지도 존재하고 있는 것이 나쁘다는 것이다. '보장된 자유'란 무엇인가? 이러한 불안을 없애 주는 것이다. 그리고 이러한 불안의 제거의 책임은 누구보다도 위정자한테 있다.

지난날 같으면 꿈에도 생각하지 못했던 중립이나 평화 통일을 학생들이 논할 수 있는 새 시대는 왔건만 아직도 창작의 자유의 완전한 보장은 전도요원하다.

문학 하는 사람들이 왜 이다지도 무기력하냐는 비난이 요즈음 자자한 것 같지만 책임은 결코 문학 하는 사람에게만 있지 않다. 필자부터도 쓸데없이 몸을 다치기는 싫다. 정말 공산주의자라면 자기의 신념을 위해서 자업자득하는 수도 있겠지만, 그렇지도 않은데 섣불리 몸을 다칠 필요는 없다. 그렇지만 창작상에 있어서는 객관적으로 볼 때 그야말로 '불온사상'을 가진 것같이 보여지는 수가 많다. 그리고 이러한 오해의 결과가 사직 당국의 심판으로 '저촉되지 않는다'는 판결을 가지고 온다 하더라도 문제는 그 판결의 유죄·무죄가 중요한 것이 아니다. 문제는 '만일'에의 고려가 끼치는 창작 과정상의 감정이나 꿈의 위축이다. 그리고 이러한 위축 현상이 우리나라의 현 사회에서는 혁명 후도 여전히 그 전이나 조금도 다름없이 계속되고 있다는 것을 알아야 한다. 이것은 죄악이다.

필자는 앞으로 문학자들이나 각 문학 단체가 규합하여 사회에 대한 통일된 의견을 표시할 수 있는 움직임을 가질 수 있게 되는 날이 오기를 희망하고 있는 사람의 한 사람이지만, 그러한 단체는 우선 이 '완전한 언론 자유'에의 전취(戰取)가 지고 목표이며, 또 이 지고 목표를 달성하기 위하여서도 전 문학자는 하루바삐 단결해야 할 줄로 안다.

《동아일보》, 1960. 11. 10.

저 하늘 열릴 때[29]

— 김병욱 형에게

김 형! 형과 헤어진 지도 인제 10년이 넘소이다. 10년이면 산천도 변한다는데 형 역시 많이 변하였을 것 같소. 어떻게 변했을까? 무엇을 하고 있을까? 여전히 시를 쓰고 있을까? 시를 쓰고 있다면 어떤 시를 쓰고 있을까? 마야콥스키 같은 전투적인 작품을 쓰고 있을까? 파스테르나크 같은 반항적인 것을 쓰고 있을까? 아주 전혀 시를 안 쓰고 있을까? 또 형이 지금 내가 쓰고 있는 작품을 읽어 본다면 무엇이라고 할 것인가? 아직도 딱지가 덜 떨어졌다고 할까? 말하자면 부르주아적이라

---

29) 이 글은 4·19 혁명 직후에 간행되었던 진보계 신문 《민족일보》(1961. 5. 9.)에 게재되었다. 시인 김병욱은 와세다대학교 불어불문학과를 졸업했고 광복 직후 명동 일대에 모여들었던 모더니즘 계열의 신진 시인 중 하나였다. 좌파 활동가로 후에 월북했다.

고 꾸짖을까? 아무래도 칭찬은 들을 것 같지 않소.

　그래도 지난 10년 동안 나 자신이 생각해도 용하다고 생각하리만큼 나는 현실에 굴복하지 않고 나 자신만은 지켜 왔고 지금 역시 그렇소. 그러니까 작품의 호오(好惡)는 고사하고 우선 나 자신을 잃지 않고 왔다는 것만으로 나는 형의 후한 점수를 받을 것 같은데 어떠할지?

　여기서는 그동안 이북의 작품이라곤 한 편도 구경할 수 없는 형편이니 나는 그쪽 작품에 대해서 아무런 이야기도 할 자격이 없소. 다만 소련의 작품은 (파스테르나크의 것을 제외하고는) 그동안 외국 잡지를 통해서 소설을 두 편가량 읽은 것이 있고 폴란드 시인의 시를 4, 5편, 중공 시인의 시를 한 편 읽은 것이 있는데, (요만한 지식을 가지고 그쪽 사정을 속단하기는 어려우나, 그 밖의 비교적 공정한 입장에서 쓴 논평들을 중심으로 생각해 볼 때) 소련에서는 중공이나 이북에 비해서 비판적인 작품을 용납할 수 있는 컴퍼스가 그전보다 좀 넓어진 것 같은 게 사실인 것 같소. 무엇보다도 에렌베르크가 레닌 상을 받았다는 사실로 미루어 보아도 그것은 사실인 것 같소. 우리는 이북에도 하루바삐 그만한 여유가 생기기를 정말 진심으로 기원하고 있소. 형은 어떻게 생각할지 모르지만 나로서는 그에 대한 여유가 다소나마 생겨야지 통일의 기회도 그만큼 열려질 것 같은 감이 드오.

　형, 나는 형이 지금 얼마만큼 변했는지 모르지만 역시 나의 머릿속에 있는 형은 누구보다도 시를 잘 알고 있는 형이오. 나는 아직까지도 '시를 안다는 것'보다도 더 큰 재산을 모르오.

시를 안다는 것은 전부를 아는 것이기 때문이오. 그렇지 않소? 그러니까 우리들끼리라면 통일 같은 것도 아무 문젯거리가 되지 않을 것이오. 사실 4·19 때에 나는 하늘과 땅 사이에서 통일을 느꼈소. 이 '느꼈다'는 것은 정말 느껴 본 일이 없는 사람이면 그 위대성을 모를 것이오. 그때는 정말 '남'도 '북'도 없고 '미국'도 '소련'도 아무 두려울 것이 없습디다. 하늘과 땅 사이가 온통 '자유 독립' 그것뿐입디다. 헐벗고 굶주린 사람들이 그처럼 아름다워 보일 수가 있습디까! 나의 온몸에는 티끌만 한 허위도 없습디다. 그러니까 나의 몸은 전부가 바로 '주장'입디다. '자유'입디다…….

'4월'의 재산은 이러한 것이었소. 이남은 '4월'을 계기로 해서 다시 태어났고 그는 아직까지도 작열(灼熱)하고 있소. 맹렬히 치열하게 작열하고 있소. 이북은 이 작열을 느껴야 하오. '작열'의 사실만을 알아 가지고는 부족하오. 반드시 이 '작열'을 느껴야 하오. 그렇지 않고서는 통일은 안 되오.

나는 이북의 정치에 장점이 있다는 것을 인정하는 사람이지만 그것만 가지고 통일을 할 수는 없소. 비록 통일이 된다 할지라도 그 후에 여전히 불편한 점이 해소되지 않고 남아 있을 것이오.

'4월' 이후에 나는 시에 대해서 여러 가지로 생각해 보았소. 늘 반성하고 있는 일이지만 한층 더 심각하게 반성해 보았소. '통일'이 되어도 시 같은 것이 필요할까 하는 문제요. 거기에 대한 대답은 '더 필요하다'는 것이었소. 우리는 좀 더 좋은 시를 쓰기 위해서도 통일이 되어야겠소. 정신상의 자주독

립을 이룩한 후에 시가 어떤 시가 될는지 나는 확실히는 예측할 수 없소. 그러나 아마 그것은 세계적인 시가 될 것이고, 세계 평화와 인류의 복지를 위해서 이바지하는 시가 될 것이오. 좀 더 가라앉고 좀 더 힘차고 좀 더 신경질적이 아니고 좀 더 인생의 중추에 가깝고 좀 더 생의 희열에 가득 찬 시다운 시가 될 것이오. 그리고 시인 아닌 시인이 훨씬 줄어지고 시인다운 시인이 더 많이 나올 것이오.

그러나 아직까지도 통일 이후의 것을 예측하기보다는 통일까지의 일이 더 다급하오. 우리는 우선 피차간의 격의와 공포감 같은 것을 없애고 이북이 생각하는 시에 대한 관념과 이남이 생각하는 시에 대한 관념을 접근시켜 봅시다. 그래서 형들이 10여 년 동안을 두고 생각하고 실천해 온 시관(詩觀)이 우리가 그동안에 생각하고 실천해 온 그것과 6·25 전에 비해서 어느 정도의 각자의 여과 작용을 했는지, 어느 정도의 변동이 생겼는지 이야기해 보는 것도 재미있을 것 같소.

그러나 형, 내가 형에게 시에 대한 이야기를 하고 있는 이 자체부터가 벌써 어쩌면 현실에 뒤떨어진 증거인지도 모르겠소. 지금 이쪽의 젊은 학생들은 바로 시를 실천하고 있기 때문이오. 그리고 그들이 실천하는 시가 우리가 논의하는 시보다도 암만해도 먼저 앞서갈 것 같소. 그렇지만 나는 요즈음처럼 뒤따라가는 영광을 느껴 본 일도 또 없을 것이오. 나는 쿠바를 부러워하지 않소. 비록 4월 혁명은 실패로 돌아갔지만 나는 아직도 쿠바를 부러워할 필요가 없소. 왜냐하면 쿠바에는 '카스트로'가 한 사람 있지만 이남에는 2000명에 가까운 더 젊은 강력한 '카스트로'가 있기 때문이오. 그들은 어느 시기에 가서는 이북이 열 시간의 노동을 할 때 반드시 열네 시간의 노동을 하자고 주장하고 나설 것이오. 그들이 바로 '작열'하고 있는 사람들이오.

1961. 5. 9.

요즈음 느끼는 일

'방송을 할 때만은 미쳐도 괜찮다, 시를 쓸 때는 제정신으로 써라.' 이런 법률이 나올 만한 시대입니다. 이 말은 '방송 원고를 쓸 때는 글씨를 반토막씩 써도 좋지만 잡지에 주는 원고 글씨는 반드시 정자(正字)로 써야 한다.'는 말은 아닙니다.

청취자 여러분. 영국의 시인 존 웨인의 말마따나, 출판이나 잡지, 즉 인쇄를 통한 발표 외의 발표에 있어서는 현대의 시인은 어떤 해방감을 느낍니다.

일전에 일본 신문에 나온 요시야 노부코(吉屋信子)의 기사 속에 파도를 보고 연설을 한 소설가의 이야기가 나온 것을 보았습니다. 필자는 이와 같은 지난날의, 파도를 보고 연설을 한 문인을 가리키면서 오늘날의 젊은 문인들이 너무나 약다고 개탄하고 있습니다. 나는 이것을 일본식의 다다이즘이라고 생각하면서 혼자 웃었습니다. 그러고 보면 다다이즘은 도처에서 주기적으로 나오는 현상입니다. 우리나라에도 이활(李活)이라는 시인이 남몰래 다다이즘을 실천하고 있습니다. 한 나라의 문학이나 사회가 건강을 보존하기 위해서 필요한 최소한도의 청량제, 정혈제(淨血劑) 내지는 지혈제.

요즈음 우리나라의 문단이나 문학잡지 독자들의 경향을 보면, 초현실주의나 다다이즘은 무조건하고 시대에 뒤떨어진 것이라고 싫어하는 것 같습니다. 점잖은 문학 팬일수록 더 그러한 경향이 많습니다. 이러한 경향에 대해서 좀 더 얘기할 문제가 많습니다만, 하여간 '저 시인은 모더니즘의 잔당(殘黨)이다.' 하면 그것은 '저 시인은 자기의 것을 갖고 있지 않다.'는 욕이 됩니다. 그러면서도 '저 사람은 비트[30]다.' 하면 으쓱하고 좋아할 사람이 없지 않을 것 같습니다.

사실은 이런 경우에 내가 말하는 다다이즘이나 비트는 동일한 말입니다. 출판문화의 제약에서 벗어나 야외의 낭독회에서 자유를 느끼는 존 웨인이나, 파도에 연설을 한 지난날의 동료를 찬양하는 요시야 여사는 40년 전의 앙드레 브르통이나 트리스탕 차라와 같은 정신에 있습니다.

왜 새삼스럽게 케케묵은 다다이즘의 이야기를 꺼내느냐고 눈살을 찌푸리는 청취자도 계실지 모릅니다만, 무슨 이유인지 이 방송 원고를 쓰고 있자니 자꾸 다다이즘 생각이 납니다.

---

30) 2차 세계대전 후 미국 전후 세대에 의해 만들어진 무정부주의적, 개인주의적 문화.

용서해 주십시오.

저는 라디오 방송을 처음 하는 사람입니다. 이것이 야외의 낭독회는 아닙니다만 그래도 어느 정도의 해방감을 저는 느낍니다. 어느 정도의 해방감. 이 어느 정도의 해방감이란 무엇인가? 이 방송은 종이 위에 찍은 활자처럼 오래 남아 있지 않습니다. 물론 테이프 레코드에 취입되어 보존될 수도 있지만, 잡지나 단행본에 남아 있듯이 부단하게 공개적으로 남아 있지 않습니다. 쉽게 말하자면 퍽 경쾌한 감이 듭니다. 내가 말하는 것이 예술적이 아니라도 청취자 여러분은 너그럽게 용서해 줍니다.

둘째는 청취자 여러분에게 직접 말을 할 수 있다는 것입니다. 즉 활자라는 거추장스러운 매개체 없이 직접 전달이 가능하다는 것입니다. 그런 의미에서 방송은 잡지보다 좀 더 따뜻한 체온을 피차가 나눌 수 있는 장점이 있습니다. 물론 연단의 연설처럼 얼굴까지도 보신다면 청취자 여러분은 저의 억양에다 저의 얼굴의 표정까지도 합해서 저의 말을 좀 더 잘 알아들으실 수 있으시겠지만, 저는 매우 수줍은 사람이라 얼굴을 보시면 오히려 얘기를 못합니다.

아무튼 방송은 저에게 어느 정도의 해방감을 줍니다. 해방감은 자유입니다. 자유는 파도에다 이야기하는 것입니다. 사실 저는 지금 여러분에게 노래를 해 들려드리고 싶습니다. 노래라 해도 그 고리타분한, 청자가 제대로 알아듣지 못하는 자작시 낭독 같은 건 싫습니다. 뚜다당 뚱땅 뚱뚱뚱 뚜뚱 하는 그런 노래 말이지요. 그렇지만 정말 그런 노래를 했다가는 기독교 방송의 수필란을 맡으신 책임자 되시는 분에게 꾸지람을 들을 것 같으니까, 그것만은 사양하겠습니다.

도대체 요즈음의 저널리즘이 '자유는 방종이 아니다.'라는 말을 꾸준히 계몽하고 있는 것 같은데, 이건 제가 생각하기에는 참 우스운 말입니다. 저널리즘이나 위정자들이 이런 말을 하면 그건 또 일리가 있다고 할 수 있겠지만, 점잖은 대학교수들이 태연스럽게 이런 말을 하는 것을 들으면 놀라지 않을 수 없습니다.

자유를 모르는 것은 속물입니다. 일본의 시인 니시와키 준사부로(西脇順三郎)는 '시를 논하는 것은 신을 논하는 것처럼 두려운 일'이라는 의미의 말을 했지만, 저는 '자유를 논하는 것은 신을 논하는 것처럼 두려운 일'이라고 말하고 싶습니다. 결국 똑같은 말이지요.

세상이 어찌나 야박하게 되었는지 요즈음은 거리의 책 가게에 들어가서 책을 좀 서서 읽을 수도 없습니다. 좌판 위에 놓인 새로 나온 월간 잡지를 이것저것 뒤적거려 보는 것이 조그마한 생활의 낙이라면 낙이라고 할 수 있겠는데, 요만한 자유마저 용납되지 않습니다. 광화문이나 종로 거리의 책 가게에 들어가서 5분 동안만 책을 들고 서 있어 보십시오. 점원 아이들의 얼굴 표정이 달라지지 않는 책 가게가 거의 없을 것입니다. 책을 펴 보기가 무섭게 벌써 점원 아이가 득달같이 팔꿈치 옆에 바싹 다가와서 위압을 주는 것쯤은 예사입니다. 노골적으로 책을 빼앗고 나가라고 호령을 치는 책 가게도 있습니다. 얼마 전엔가 동대문 쪽 길가에 있는 고본옥에를 들른 일이 있습니다. 릴케의 시집이 있기에 그 안의 시를 몇 편 뒤적거리면서 읽기 시작했습니다. 때마침 빗방울이 부슬부슬 떨어지기 시작하여서 나는 그 책사가 인심이 너그럽지 못한 책사인 줄 알면서도 미적미적 서 있었습니다. 그랬더니 아니나 다를까 함경도 사투리를 쓰는 임꺽정이같이 생긴 주인이 달려와서 왈칵 책을 빼앗고는 "아니 고만 읽고 나가시오, 가게를 닫아야겠소!" 하고 모욕적인 어조로 소리를 질렀습니다. 나는 졸지에 가게를 닫아야겠다는 말이 납득이 안 가서 "아니 대낮에 가게를 닫아야겠다니 무슨 말이오?" 하고 반문했습니다. 그랬더니 주인은 "오늘은 날씨도 비가 오고 해서 가게를 닫고 낮잠이나 자야겠으니 어서 나가 달란 말요." 하면서 바로 나를 점포 밖으로 팽개치기라도 할 것 같은 험한 기세를 보였습니다. 나하고 얼마 동안 옥신각신을 하는 중에 여학생들이 우르르 몰려 들어와서, 금방 가게를 닫겠다던 주인은 그쪽으로 가 버리고 나는 그래도 울화가 가라앉지 않아 얼마 동안 미적미적 거리다가 밖으로 나와 버렸지만, 나는 가게를 닫아야겠다는 주인의 핑계가 화가 나면서도 한쪽으로는 우스운 생각이 들었던 것입니다.

우리들의 사회에는 이러한 웃지 못할 예가 얼마든지 있습니다. 이것이야말로 자유의 악질적인 방종입니다. 나는 여기서 구태여 벤자민이 말한 노동자를 위한 자유의 필연성을 새삼스럽게 논의할 생각은 없습니다. 다만, 자유의 방종은 그 척도의 기준이 사랑에 있다는 것만을 말해 두고 싶습니다. 사랑의 마음에서 나온 자유는 여하한 행동도 방종이라고 볼 수 없지만,

사랑이 아닌 자유는 방종입니다. 그리고 사랑은 호흡입니다. 사랑은 눈에 보이지 않습니다. 그것이 행동으로 나타날 때에도 오늘날과 같은 복잡한 사회 환경에서는 여간 조심해서 보지 않으면 분간해 내기가 어렵습니다. 사랑이 순결하면 순결할수록 더 그렇습니다. 기도가 눈에 보이지 않듯이 사랑도 눈에 보이지 않습니다. 그러한 의미에서 자유의 방종 여부를 판단하는 기준을 세우기란 대단히 어려운 일입니다. 그리고 우리들의 사회에서는 백이면 백이 거의 다 사랑을 갖지 않은 사람들의 자유가 사랑을 가진 사람들의 자유를 방종이라고 탓하고 있습니다.

이러한 사회에는 자유가 없습니다. 그러고 보면 제1차 대전 후의 불란서의 시인들의 다다이즘 운동도, 제2차 대전 후의 미국의 젊은 문학자들의 비트 운동도, 쉬운 말로 하자면 모두가 사랑의 운동입니다. 다만 서양 사람들은 표현적이고 외향적인 사람들이라 대중 앞에서 이것을 정면으로 표시했지만, 파도를 보고 연설을 한 동양의 문학자는 다만 보다 얌전하게 그것을 표시했을 뿐이지요. 그러나 아까 말한 일본의 요시야 여사도 말했듯이 요즈음의 세상은 문학하는 젊은 청년들까지도 점점 약게만 만들어 가고 있는 것이 사실입니다.

혁명 후의 우리 사회의 문학 하는 젊은 사람들을 보면, 예전에 비해서 술을 훨씬 안 먹습니다. 술을 안 마시는 것으로 그 이상의, 혹은 그와 동등한 좋은 일을 한다면 별일 아니지만, 그렇지 않고 술을 안 마신다면 큰일입니다. 밀턴은 서사시를 쓰려면 술 대신에 물을 마시라고 했지만, 서사시를 못 쓰는 나로서는, 술을 좋아하는 나로서는, 술을 마신다는 것은 사랑을 마신다는 것과 마찬가지 의미였습니다. 누가 무어라고 해도, 또 혁명의 시대일수록 나는 문학 하는 젊은이들이 술을 더 마시기를 권장합니다. 뒷골목의 구질구레한 목롯집에서 값싼 술을 마시면서 문학과 세상을 논하는 젊은이들의 아름다운 풍경이 보이지 않는 나라는 결코 건전한 나라라고 볼 수 없습니다.

제가 아까 이, 수필 아닌 수필의 첫머리에서 '방송을 할 때만은 미쳐도 괜찮다, 시를 쓸 때는 제정신으로 써라.'라는 법률이 나와야 한다는 등의 동에 닿지 않는 말을 많이 썼습니다만, 이것은 결코 책임 없는 말은 아닙니다. 다만 우리들의 책임은, 서양의 옛말에 있듯이 꿈에서 시작된다는 것을 말해 두고 싶었던 것입니다.

1963. 2.

마리서사

죽은 인환이가 해방 후에 종로에서 한 2년 동안 책 가게를 한 일이 있었다. 그가 자유신문사에 들어간 것이 책 가게를 집어치운 후였고, 명동에 진출한 것이 경향신문에 들어갔을 무렵부터였으니까 문단의 어중이떠중이들은 ─ 인환이하고 가장 가까운 체하는 친구들까지도 ─ 그의 책 가게 시대를 잘 모른다. 그러나 인환이가 제일 기분을 낸 때가 그때였고, 그가 죽은 뒤에도 살아 있을 동안에도 나는 그 책 가게를 빼놓고는 인환이나 인환의 시를 생각할 수가 없었다 ─ 이탈리아 원정을 빼놓고는 나폴레옹을 생각할 수 없는 것처럼. 낙원동 골목에서 동대문 쪽으로 조금 내려온 곳에 ─ 요즘에는 공립약방이라나 하는 간판이 붙어 있는 집이다 ─ 그는 '마리서사'라는 책사를 내고 있었다. 벌써 17~18년 전 일이지만,

동쪽의 널따란 유리 진열장에 그린 '아르르강'이라는 도안 글씨이며, 가게 안에 놓인 커다란 유리장 속에 든 멜류알, 니시와키 준사부로의 시집들이며, 용수철 같은 수염이 뻗친 달리의 사진이 2~3년 전의 일처럼 눈에 선하다. 인환을 제일 처음 본 것이 박상진이가 하던 극단 '청포도' 사무실의 2층에서였다. 그때 '청포도'가 무슨 연극을 하고 있었는지는 기억에 없지만 인환이가 한병각의 천재를 칭찬하고 있던 것만은 지금도 생각이 난다. 또한 콕토의 『에펠탑의 신랑 신부』 이야기를 하면서 자기가 꼭 상연해 볼 작정이라고 예의 열을 올리기도 했다. 해방과 함께 만주에서 연극 운동을 하다가 돌아온 나는 이미 연극에는 진절머리가 나던 때라 그의 말은 귀언저리로밖에는 안 들렸고, 인환의 첫인상도 그리 좋은 편은 아니었다.

그 후 그가 책 가게를 열게 되자 나는 헌책을 팔려고 자주 그의 가게에 발을 들여놓게 되었고, 그가 이상한 시를 좋아한다는 것도 알게 되었다. 나는 그를 통해서 미기시 세츠코(三岸節子) 안자이 후유에(安西冬衛) 기타조노 가츠에(北園克衛) 곤도 아즈마(近藤東) 등의 이상한 시를 접하게 되었고, 그보다도 더 이상한, 그가 보여 주는 그의 자작시를 의무적으로 읽지 않으면 아니 되게 되었다. 그는 일본말이 무척 서툴렀고 조선말도 제대로 아는 편이 못 되었지만, 그 대신 그의 시에는 내가 모르는 멋진 식물, 동물, 기계, 정치, 경제, 수학, 철학, 천문학, 종교의 요란스러운 현대 용어들이 마구 나열되어 있었다. 요즘의 소위 '난해시'라는 것을 그는 벌써 그 당시에 해방 후 처음으로 본격적으로 시작하고 있었다. 그의 책방에는 그 방면의 베테랑들인 이시우, 조우식, 김기림, 김광균 등도 차차 얼굴을 보이었고, 그 밖에 이흡, 오장환, 배인철, 김병욱, 이한직, 임호권 등의 리버럴리스트도 자주 나타나게 되어서 전위예술의 소굴 같은 감을 주게 되었지만, 그때는 벌써 마리서사가 속화(俗化)의 제일보를 내딛기 시작한 때이었다.

인환의 최면술의 스승은 따로 있었다. 박일영이라는 화명(畫名)을 가진 초현실주의 화가였다. 그때 우리들은 그를 '복쌍'이라는 일제 시대의 호칭을 그대로 부르고 있었다. 복쌍은 사인보드나 포스터를 그려 주는 것이 본업이었는데 어떻게 해서 인환이하고 알게 되었는지는 몰라도, 쓰메에리[31]를 입은 인환을 브로드웨이의 신사로 만들어 준 것도, 콕토와 자코브와 도고 세이지(東鄕靑兒)의 「가스파돌의 입술」과 브르통의 「초현실주의 선언」과 트리스탕 차라를 교수하면서 그를 전위시인으로 꾸며낸 것도, 마리서사의 '마리'를 시집 『군함 마리〔軍艦茉莉〕』에서 따 준 것도 이 복쌍이었다. 파운드도 엘리엇을 이렇게 친절하게 가르쳐 주지는 않았을 것이다. 나는 복쌍을 알고 나서부터는 인환에 대한 그나마 얼마 남지 않은 흥미가 전부 깨어지고 말았다. 복쌍은 그를 나쁘게 말하자면 곡마단의 원숭이를 부리듯이 재주도 가르쳐 주면서 완상도 하고 또 월사금도 받고 있었다.(월사금이라야 점심이나 저녁을 얻어먹을 정도이었지만.) 그는 셰익스피어가 이아고나 맥베스를 다루듯이 여유 있는 솜씨로 인환을 다루고 있었지만, 셰익스피어

---

31) 깃이 목을 둘러 바싹 여미게 지은 양복.

가 그의 비극적 인물의 파탄에 책임을 질 수 없었던 것처럼 그를 끝끝내 통제할 수는 없었던 모양이다. 그는 그럴 때면 나한테만은 농담처럼 불평을 하기도 했다. "인환이놈은 너무 기계적이야." 하고. 그러나 그가 기계적이라고 욕한 것은 인환이한테만 한 욕이 아니었다고 생각된다. 그는 인환의 주위에 모이는 유명인사들의 허위가 더 우습고 더 기계적이고 더 유치하게 생각되었다. "병욱이가 걸핏하면 아주 심각한 명상이라도 하는 듯이 고개를 숙이고 있지. 그게 무슨 생각을 하는 줄 알아? 돈 생각을 하고 있는 거야." 하고, 그는 곧잘 빈정댔다.

지금 생각해 보면 오늘날의 문학청년들에게는 그때의 복쌍 같은 좋은 숨은 스승이 없다. 복쌍은 인환에게 모더니즘을 가르쳐 준 것이 아니라 예술가의 양심과 세상의 허위를 가르쳐 주었다. 그는 '마리서사'라는 무대를 꾸미고 연출을 하고 프롬프터까지 해 가면서 인환에게 대사를 가르쳐 주고 몸소 출연을 할 때에는 제일 낮은 어릿광대의 천역(賤役)을 맡아 가지고 나와서 관중과 배우들에게 동시에 시범을 했다. 인환은 그에게서 시를 얻지 않고 코스튬만 얻었다. 나는 그처럼 철저한 은자(隱者)가 되지 못한 점에서는 인환이나 마찬가지로 그의 부실한 제자에 불과하다.

나에게는 아직도 해결하지 못하고 있는, 그리고 앞으로도 좀처럼 해결하지 못할 것 같은 세 가지 문제가 있다. 죽음과 가난과 매명(賣名)이다. 죽음의 구원. 아직도 나는 시를 통한 구원을 받지 못하고 있는 것처럼 죽음에 대한 구원을 받지 못하고 있다. 그런 의미에서는 40여 년을 문자 그대로 헛산 셈이다. 가난의 구원. 길가에서 매일같이 만나는 신문 파는 불쌍한 아이들을 볼 때마다 느끼는 자책감에서 헤어날 길이 없다. 역사를 긴 눈으로 보라고 하지만, 그들의 천진난만한 모습을 볼 때마다 왜 저 애들은 내 자식만큼도 행복하지 못한가 하는 막다른 수치감에서 헤어날 길이 없다. 나는 40여 년 동안을 문자 그대로 피해 살기만 한 셈이다. 매명의 구원. 지난 1년 동안에만 하더라도 나의 산문 행위는 모두가 원고료를 벌기 위한 매문·매명 행위였다. 그리고 지금 이 순간에 하고 있는 것도 그것이다. 진정한 '나'의 생활로부터는 점점 거리가 멀어지고, 나의 머리는 출판사와 잡지사에서 받을 원고료의 금액에서 헤어날 사이가 없다. 마리서사 시대에, 복쌍은 나한테도 이런 비유의 말을 했다 ── "이 속(속세)에서는 얄팍한 가면이라도 쓰고 다녀야 해. 그러니까 수영이두 옷 좀 깨끗하게(인환이처럼 데뷔를 하려면 맵시 있는 옷차림을 하라는 뜻) 입구 다니라구." 그러나 복쌍은 인환이를 속이듯이 나까지도 속인 것이 분명하다. 그는 나한테는 가면을 쓰라고 하면서 내가 보기에는 그 가면을 자기는 오늘날까지도 쓰지 않고 있기 때문이다. 국전 심사위원의 명단 속에 박일영이라는 이름이 날 리가 만무하고, 어느 산업미술전에도 그의 이름은 나타나 있지 않고, 그 흔한 간판점 하나 그의 이름으로 날 성싶지 않은 그런 성인에 가까운 생활을 그가 하고 있는 것을 볼 때, 혹시나 노상에서 누가 만나도 그가 보기 전에는 구태여 이쪽에서 인사하고 싶은 사람이 없을 정도의 망각의 생활을 하고 있는 것을 볼 때, 나는 인환의 만년처럼 비뚤은 길에 빠져 있는 게 아닌가 하는 반성이 들고, 지(知)와 행(行)이 일치하기가 어렵다는 것이 새삼스럽게 느껴지고, 17년 전과 비해서 아웃사이더의 생활이 얼마나 하기 힘들어졌는가가 새삼스럽게 통절히 느껴지고, 이상한 가슴의 동계(動悸)를 느끼게 된다. 아주 새로운 것은 아주 낡은 것과 통하는 것일까. 적어도 복쌍을 보면 그런 생각이 든다. 그리고 그는 내가 해결하지 못하고 있는 문제의 해답을 낼 수 있을 만큼 낡아진 것 같다.

바이런이나 헤밍웨이나 사르트르가 아닌, 필자의 신변의 숨은 친구를 지나치게 미화하는 것은 독자들에게 지루한 부담이 될 것 같아서 몹시 삼가며 쓴 것이 역시 이렇게 따분하게 되었다. 사실은 이 글의 의도는, 마리서사를 빌려서 우리 문단에도 해방 이후에 짧은 시간이기는 했지만 가장 자유로웠던, 좌·우의 구별 없던, 몽마르트 같은 분위기가 있었다는 것을 자랑삼아 이야기해 보고 싶었다. 그 당시만 해도 글 쓰는 사람과 그 밖의 예술하는 사람들과 저널리스트들과 그 밖의 레아맨[32]들이 인간성을 중심으로 결합될 수 있는 여유 있는 시절이었다. 그 당시는 문명(文名)이 있는 소설가 아무개보다는 복쌍 같은 아웃사이더들이 더 무게를 가졌던 시절이고, 예술 청년들은 되도록 작품을 발표하지 않는 것을 영광으로 생각하던 시절이었다. 지금 그 당시의 표준을 가지고 재어 볼 때 정도(正道)를 밟고 있는 사람이 몇 사람이나 될까. 진정한 아웃사이더가 몇 사람이나 될까. 가장 가까운 주위에 자랑할

---

32) layman. 보통 사람.

만한 사람이라면 이황, 심재언 정도가 아닐까. 그런데 이들도 그때만큼 틈이 없다. 아웃사이더도 시간의 여유가 있어야 되고, 공부하고 놀 틈이 있어야 되는데 이들에게는 공부할 시간도 놀 장소도 없다. 질식한 아웃사이더들이다. 죽은 김이석도 사실은 질식한 아웃사이더다. 내 책상 위에는 그가《한국일보》에 연재하기로 되어 있는「대원군」의 자료를 구하다가 얻은『40년 전의 조선』이라는 영국 여자가 쓴 기행문 한 권이 있다. 생전에 나를 보고 번역을 해서 팔아먹으라고 빌려준 것이다. 이것을「70년 전의 한국」이라고 고쳐 가지고《신세계》지에 팔아먹으려고 했는데 잡지사가 망해서 단 1회밖에는 못 실렸다.《신세계》지의 사장을 소개해 준 것도 이석 형이었다. 그는 마치 복쌍이 인환에게 예술을 가르쳐 주려고 애를 쓴 것처럼 나에게 돈벌이 구멍을 주선해 주려고 애를 썼다. 그리고 보면 복쌍하고 이석 형은 성격적으로 닮은 데가 참 많다. 아마 복쌍이 문단에서 서식을 했더라면 이석같이 되었으리라고 생각되는 점이 한두 가지가 아니다. 또 이석이 마리서사 때에 서울에 있었더라면 복쌍같이 되었으리라고 생각되는 점이 한두 가지가 아니다. 이석 형이 죽은 뒤에 박 여사(미망인)한테서, 그가 생전에 '작품발표년월목록'까지 만들어 놓았다는 말을 들었지만 그가 어느 정도 자기의 문학을 신용하고 있었는지 의심스럽다 —— 복쌍이 자기의 그림을 신용하지 않은 정도로 이석도 그의 문학을 신용하지 않았던 게 아닌가, 복쌍이 사인보드를 그리는 기분으로 이석도 신문 소설을 쓴 게 아닌가, 이런 생각을 하면 넋을 잃게 된다. 아무튼 나는 복쌍이나 이석을 작품보다도 인간적으로 접근한 데에 더 큰 자랑을 느끼고 있고, 그것이 가장 정직한 우리의 현실이라는 생각을 버릴 수가 없다. 우리는 아직도 문학 이전에 있다.

1966.

멋

　자꾸 높아지는 고층 건물 아래를 지나다니는 신사 숙녀의 자태가 현미경적으로 작아지는 어제오늘, 설사 여봐란듯이 공을 들여 몸단장을 하고 멋을 내 보았대야 그것은 나병균처럼 없다. 이런, 없는 나병균을 나병균이라고 의식하면서 쾌감이 아닌 혐오감을 자아내게 하기 위해서 꺼먼 눈언저리의 도랑이나 핏기 없는 하얀 볼의 화장을 했다면 조금은 멋이 있다. 비트의 미학. 이런 미학을 우리 동네의 '떡집' 며느리가 알고 있다. 그녀는 저녁때면 워커힐로 출근을 하는 댄서다. 환갑이 넘은 시아버지는 어찌나 인절미를 지긋지긋하게 많이 만들었던지 손가락 끝이 바둑돌처럼 반들반들하다. 시어머니도 그와 비슷한 변형이 호리병처럼 오그라진 잔등이에 나타나 있다. 아들은 한때는 챙이 좁다란, 장동휘가 갱 영화에 쓰고 나오는 모자에 깃털까지 달고 다녔고, 키가 작다고 해서 구두 뒤꿈치를 반 힐처럼 돋우어서 신고 다녔다. 두 내외가 우리 집 앞길을 지나갈 때면, 한때는 우리 내외까지 밥을 먹다 말고 마루로 뛰어나가서 내다보고는 했다. 그들의 필사적인 메이크업과 분장에는 처절한 비장미까지 있다. 마포의 새우젓골로 이름난 완고하고 무식한 동네 사람들이 시아버지한테 그 며느리의 칭찬을 할 리가 없는 것은 뻔한 일이다. 며느리가 나갈 때나 밤늦게 들어올 때, 어쩌다 그 떡집에서 감잣국이나 막걸리를 마시고 있게 되면, 나는 그 며느리의 얼굴에보다도 시아버지의 얼굴 표정에 먼저 눈이 간다. 그것은 시아버지와 며느리의 관계가 아니라 완전한 방관자와 방관자의 관계다. 그래서 우리 집 여편네는 이 시아버지한테 며느리의 칭찬을 은근히 해 주고 그럴 때의 시아버지의 얼굴을 보면 나도 덩달아서 유쾌해진다.

이 며느리가 집 안에 있을 때의 화장을 안 한 얼굴을 보려고 나는 남몰래 관심을 가진 때가 있었고, 한두어 번 그런 민짜 얼굴을 보기는 보았는데, 지금도 시집을 와서 500미터 이내의 근접한 옆집에 살고 있는 지가 4, 5년이 되는데도 그녀의 민짜 얼굴의 정확한 모습을 나는 눈앞에 그릴 수가 없다. 그런데 여자의 얼굴은 여자가 더 잘 알아보는 법인지, 우리 집 여편네는 곧잘 텔레비전 같은 데나 뉴스 영화에 나온 떡집 며느리를 보았다고 나한테 보고를 하고는 했다. 한번은 잡지에 나온 워커힐의 무대 사진에 나온 그녀를 여편네가 가리켜 주어서 유심히 보았는데, 어디 알겠던가. 댄서들의 얼굴이 다 똑같은 얼굴들이다. 비트의 미학은 나병균의 미학일 뿐만 아니라 현미경에 거역하는 미학이며, 개성을 말살한 미학이며, 획일주의에 항거하는 미학이라는 것을 알았다.

떡집 며느리의 또 하나의 특색은 말이 없다. 시아버지나 시어머니하고 말을 하는 것을 한 번도 본 일이 없다. 그녀의 민짜 얼굴은 그녀의 화장을 한 얼굴만큼 표정이 없다. 나는 그녀의 그 고독이 좋다. 나는 그녀의 고독을 분석해 볼 때가 있다. 댄서라는, 몸만 움직이고 입을 사용하지 않는 직업 때문인가. 시아버지나 시어머니나 그 밖의 식구들과 말이 통하지 않아서인가. 요란스러운 몸치장에서 오는 낡은 의미의 가책감에서인가. 무표정한 비트식 메이크업에서 전염된 제1의 천성의 상실 때문인가. 그러나 나는 비트 미학의 소설을 쓰고 싶은 객쩍은 욕망은 삼가는 것이 좋을 것 같다. 떡집 며느리는 떡집 며느리다. 그녀는 그렇게 하고 나가야만 밥벌이를 할 수 있다. 떡집 아들은 요즘 겨우 비어홀인가 무슨 댄스홀인가의 문지기로 취직을 했지만, 내가 보기에는 그것도 여편네 덕분으로 난생처음 취직을 하게 된 것 같다.

나는 무슨 얘기를 하고 있는가. 멋에 대해 쓰고 있는 건가? 그러나 멋이라면 지긋지긋하다. 죽는 것 다음에 싫은 것이 멋이다.

불란서에 다녀온, 불란서 소설 번역을 하는 B. K.는 손가락에 가느다란 금반지를 끼고 담배는 '진달래'를 피우고 있다. 이런 하이브로우한 멋도 피곤하다. 그런데 나는 '파고다'를 피우고 있는데도, 다방의 레지들에게는 B. K.가 나보다 훨씬 인기가 있는 것은 물론이다.

"지금은 와이셔츠라도 하얗게 입고 넥타이라도 하지 않으면 회사나 관청에 가도 들여보내 주지를 않으니……." 하는 푸념의 미학에 나도 하는 수 없이 복종할 수밖에. 그러나 아주 컨디션이 좋을 때는 나는 넥타이를 하지 않고 나간다. 컨디션이 좋다는 것은 원고료가 생기는 날이다.

문학 하는 사람들의 촌티. 사진을 찍기를 좋아하는 소설가나 시인이 너무 많다. 새로 나온 시인들의 처녀 시집에 저자의 사진이 들어 있는 것처럼 천하게 보이는 것은 없다. 멋을 생각하지 않고 있다가도 이런 것을 보게 되면 구역질이 난다. 넥타이를 깍듯이 매고, 혹은 베레모를 쓰고 파이프를 들고 있는 사진. 월간 잡지에 나오는 형형색색의 멋을 피운 포즈. 혹은 멋을 피우지 않은 체하려는 포즈. 문학 전집 신문 광고에 나오는 '예술적'으로 찍은, 소도구까지 동원하고 있는 포즈. 그중에서 가장 세련된 포즈를 취할 줄 아는 K나 H 같은 작가의 사진도 일본의 《쇼세쓰 신쵸〔小說新潮〕》나 《분게이순주〔文藝春秋〕》의 어디에서 본 것 같은 포즈. 돌아간 염상섭 씨 같은 분은 사진을 찍는 데도 일본 작가의 흉내가 아닌 자기의 개성이 있었다. 혹은 개성이 있는 것같이 보였다. 소설이 돼 있으니까 사진도 그렇게 보였는지 모른다. 좌우간 그의 이마의 혹은 일본 작가를 본딴 것은 아니다. 최재서도 친일을 하고, 4·19 후에는 다분히 반동적인 처세를 해서 문학가로서의 체면을 유지하지 못한 사람이지만, 그래도 촌티 나는 포즈의 사진을 찍는 유치한 취미는 없었다. 그의 사진은 그의 얼굴처럼 추남이고 우울하다. 사진을 가장 멋있게 찍을 줄 안 것은 윤백남이다. 마해송도 유파로 말하면 윤백남의 계열이지만, 후자만큼 작위를 보이지 않는 데 성공하지 못하고 있다. 둘이 다 담배를 피우는 사진이 그럴듯한데, 마해송의 꺼먼 안경 밑에 물려진 담배는 어쩐지 수가 좀 얕다. 윤백남은 그런 포즈의 면에서는 영국 시인 오든의 젊었을 때의 담배 피우는 사진보다도 세련되어 있다. 그리고 예술 면에서는 우리나라에서는 추사(秋史)가 누구보다도 세련된 예술가의 태도를 지니고 있었다.

옛날에 본, 뒤비비에가 미국에 건너가서 만든 영화[33]에 찰스 로튼이 작곡가로 분장해서 나오는 것이 있었다. 이 작곡가는 고가 철도의 옆의 소음의 도가니 속 같은 대도회의 빈민굴에 살고 있었고, 이런 시끄러운 방에서 반 다스도 더 되는 아이들이 쌩이질[34]을 하는 틈에서 작곡을 하고 있었다. 이것을 멋있는 장면으로 지금까지도 기억하고 있고, 소음에 시달림을 받고 신경질이 날 때면 나는 이 장면을 생각하면서 약으로 삼고 있다. 그러나 내가 정말 멋있을 때는 이런 소음의 모델의 장면도 생각이 나지 않고 일에 열중하고 있을 때일 것이다. 정신이 집중될 때가 가장 멋있는 순간이다. 그러니까 죽는 때가 가장 멋있는 때가 될 것이고, 그리고 보면 사람은 적어도 일생의 한 번은 멋있는 때를 경험하게 된다. 따라서 모든 사람은 멋쟁이라는 멋의 평등의 귀결이 나오게 된다.

---

33) 「운명의 향연」(Tales of Manhattan, 1942): 한 벌의 야회복에 얽힌 이야기들을 옴니버스 형식으로 그린 영화.
34) 한창 바쁠 때에 쓸데없는 일로 남을 귀찮게 구는 짓.

이처럼 멋에도 절대적인 멋과 상대적인 멋의 두 가지가 있다. 그리고 절대적인 멋의 인식을 체득한 사람에게는 세속적인 멋은 멋을 부리지 않는 것이 멋이 된다. 이런 사람들을 우리들은 괴짜라고 부른다. 한 사회에 문화가 있으려면 이런 괴짜들이 많아야 한다. 그런데 현대의 획일주의는 이런 괴짜를 용납하지 않는다. 이런 부르주아의 획일주의에 의식적으로 반대하는 것이 비트의 화장법이다. 의식적 — 이것이 중요하다. 그런데 대부분의 비트의 아류들은, 화장의 결과만을 중요시하고 화장의 태도를 중요시하지 않는다. 이것은 우리나라의 현대시에도 통하는 말이다. 현대성과 의식과 겸손이 동의어가 된다는 것을 모르는 시인들이 현대시를 쓴다고 으스대고 있다.

1968. 1.

나의 연애시

나는 연애시다운 연애시를 한 편도 써 본 일이 없다. 해방 후에 「거리」라는 구애의 시는 한 편 써 보았지만 그것도 어떤 특정한 애인에 대한 시는 아니다. 그런데 유일한 나의 이 사랑의 시도 그것을 발표한 잡지를 구할 수가 없어서, 나의 소위 처녀 시집이라고 할 수 있는 『달나라의 장난』에는 집어넣지를 못했다. 그래서 그 시집의 후기에까지 수록하지 못한 사연을 써넣었다. 그런데 이 사연이라는 것이 안 써넣느니만큼도 못하게 되었다. 거기에다 나는 오래된 작품일수록 애착이 더하다는 의미의 말을 써넣었는데 이것은 사실은 거짓말인 것이다. 어떻게 되어서 그런, 사실과 정반대 되는 말을 써넣었는지 8, 9년이 지난 지금에도 그 이유를 알 수 없다. 그렇게 약간 엄살을 부려 놓으면 어떤 친절한 독자가 그 작품의 발표지를 가지고 있

는 경우에 보내 줄지도 모른다는 은근한 기대가 있어서 그랬
는지. 시집 후기를 신문의 분실 광고란으로 착각을 하고 그랬
는지. 혹은 귀중한 작품이 분실되고 없다는 것을 광고함으로
써 어떤 권위를 붙여 보려고 한 유치한 허영심에서 그랬는지.
하여간 처녀 시집의 후기에서 식언을 했다는 것은 나의 평생
을 두고 잊어버릴 수 없는 일대 오점이다. 그러나 이 '묵은 작
품일수록 애착이 간다.'는 말은 잘못된 말이지만, 「거리」라는
작품은 연애시가 없는 나로서는 가끔 생각이 나는 작품이다.
지금은 겨우 끝머리만이 기억에 남아 있다.

> 별별 여자가 지나다닌다
> 화려한 여자가 나는 좋구나
> 내일 아침에는 부부가 되자
> 집은 산 너머가 좋지 않으냐
> 오는 밤마다 두 사람 같이 귀족처럼
> 이 거리 걸을 것이다
> 오오 거리는 모든 나의 설움이다

　얼마 전만 해도 나의 시에 연애시가 없다고 지적하는 친구
의 말에 무슨 죄라도 지은 것 같은, 시인으로서의 치욕감을
느끼고는 했지만 이제는 그런 콤플렉스나 초조감은 없다. 박
용철의 「빛나는 자취」 같은 작품들이 보여 주는 힘의 세계가
이성의 사랑보다도 더 크다는 확신이 생겼다. 그러고 보면 나
는 이미 종교의 세계에 한쪽 발을 들여놓고 있는지도 모른다.

아무튼 여자를 그냥 여자로서 대할 수가 없다. 남자도 그렇고 여자도 그렇고 죽음이라는 전제를 놓지 않고서는 온전한 형상이 보이지 않는다. 그리고 이러한 눈으로 볼 때는 여자에 대한 사랑이나 남자에 대한 사랑이나 다를 게 없다. 너무 성인 같은 말을 써서 미안하지만 사실 나는 요즘 이러한 운산(運算)에 바쁘다. 이런 운산을 하고 있을 때가 나에게 있어서는 가장 행복한 시간이다. 나의 여자는 죽음 반 사랑 반이다. 나의 남자도 죽음 반 사랑 반이다. 죽음이 없으면 사랑이 없고 사랑이 없으면 죽음이 없다. 시에 다소나마 교양이 있는 사람이면 나의 이러한 연애관이 결코 새로운 것이 아니라는 것을 알 것이다. 그러나 이것은 키츠[35]에게서 배운 것이 아니라 실제의 체험에서 배운 것이니까 어디까지나 나의 것이다. 새로운 것은 아닐지 모르지만 나의 것이다.

나이가 들어 가는 징조인지는 몰라도 죽음에 대한 생각을 하는 빈도가 잦아진다. 모든 것과 모든 일이 죽음의 척도에서 재어지게 된다. 자식을 볼 때에도 친구를 볼 때에도 아내를 볼 때에도 그들의 생명을, 그들의 생명만을 사랑하고 싶다. 화가로 치면 이제 나는 겨우 나체화를 그릴 수 있는 단계에 와 있는지도 모른다. 잘하면 이제부터 정말 연애시다운 연애시를 쓸 수 있을 것 같다. 그리고 이제 쓰게 되면 여편네의 눈치를 보지 않고 쓸 수 있는 연애시를, 여편네가 이혼을 하자고

---

35) John Keats(1795~1821): 영국의 시인. 낭만파 시 운동을 전개한 대표적 시인으로 탐미주의적 예술 지상주의를 추구했다.

대들 만한 연애시를, 그래도 뉘우치지 않을 연애시를 쓸 수 있을 것 같다.

1968.

와선

선(禪) 중에서 제일 어려운 것이 누워서 하는 선, 즉 와선 (臥禪)이라고 하는 말을 들은 일이 있다. 선에 대해서는 전혀 문외한이면서도 이 누워서 하는 선이 얼마나 어려운 것인가 를 나는 내 딴으로 해석하면서 혼자 좋아하고 있다. 내 딴으 로 생각한 와선이란, 부처를 천지 팔방을 돌아다니면서 구하 는 것이 아니라 자기의 골방에 누워서 천장에서 떨어지는 부 처나 자기의 몸에서 우러나오는 부처를 기다리는 가장 태만한 버르장머리 없는 선의 태도다. 이런 무례한 수용의 창작 태도 로 시를 쓴 사람의 비근한 예가 릴케다. 우리나라에 수입된 릴 케는 소녀 릴케는 많았지만 이런 깡패적인 릴케의 일면을 살 려서 받아들인 사람은 거의 한 사람도 없었던 것 같다.

얼마 전에 크리스마스를 전후해서 라디오에서 틀어 주는 헨델의 음악을 들으면서 나는 이 와선의 미에 한층 더 강한

자신을 가졌다. 헨델은 베토벤처럼 인상에 남는 선율을 하나
도 남겨 주지 않는다. 그의 음은 음이 음을 잡아먹는 음이다.
그의 음악을 낙천주의적이라고 하지만 사실은 소름이 끼치는
낙천주의다. 나는 그의 평화로운 「메시아」를 들으면서 얼마 전
에 뉴스에서 본, 마약을 먹고 적진에 쳐들어와 몰살을 당하는
베트콩의 게릴라의 처절한 모습이 자꾸 머리에 떠오르고는 했
다. 그림으로 말하자면 피카소가 헨델의 계열이고 고흐가 베
토벤의 계열. 그리고 릴케의 안티테제가 보들레르. 보들레르
는 자기의 시체는 남겨 놓는데 릴케는 자기의 시체마저 미리
잡아먹는다. 그런데 릴케의 시체에는 적어도 머리카락 정도는
남아 있는 것 같은데 헨델의 시체에는 손톱도 발톱도 머리카
락도 남아 있지 않다. 완전무결한 망각이다.

선에 있어서도, 바깥에서 들리는 소리가 까맣게 안 들렸다가
다시 또 들릴 때 부처가 나타난다고 하는 말이 있는데, 이 음이
바로 헨델의 망각의 음일 것이다. 그는 자기의 작품을 잊어버릴
것이다. 자기의 작품이 남의 귀에 어떻게 들릴까 하고 골백번씩
운산(運算)을 해 보지 않아도 되는 그의 현명만이라도 나 같은
우둔파 시인에게는 얼마나 귀중한 '메시아'인지 모르겠다. 이번
크리스마스의 유일한 선물이었다고 생각하고 있다.

1968.

3부

시작 노트

시작 노트 1

폭포

폭포는 곧은 절벽을 무서운 기색도 없이 떨어진다

규정할 수 없는 물결이
무엇을 향하여 떨어진다는 의미도 없이
계절과 주야를 가리지 않고
고매한 정신처럼 쉴 사이 없이 떨어진다

금잔화도 인가도 보이지 않는 밤이 되면
폭포는 곧은 소리를 내며 떨어진다

곧은 소리는 소리이다
곧은 소리는 곧은
소리를 부른다
번개와 같이 떨어지는 물방울은
취할 순간조차 마음에 주지 않고
나타와 안정을 뒤집어 놓은 듯이
높이도 폭도 없이
떨어진다

살아가기 어려운 세월들이 부닥쳐 올 때마다 나는 피곤과 권태에 지쳐서 허술한 술집이나 기웃거렸다.

거기서 나눈 우정이며 현대의 정서며 그런 것들이 후일의 나의 노트에 담겨져 시가 되었다고 한다면 나의 시는 너무나 불우한 메타포의 단편들에 불과하다.

우리에게 있어서 정말 그리운 건 평화이고 온 세계의 하늘과 항구마다 평화의 나팔 소리가 빛날 날을 가슴 졸이며 기다리는 우리들의 오늘과 내일을 위하여 시는 과연 얼마만한 믿음과 힘을 돋우어 줄 것인가.

1957.

시작 노트 2

　시 행동을 위한 밑받침. 행동까지의 운산(運算)이며 상승. 7할의 고민과 3할의 시의 총화가 행동이다. 한 편의 시가 완성될 때, 그때는 3할의 비약이 기적적으로 이루어질 때인 동시에 회의의 구름이 가시고 태양처럼 해답이 나오고 행동이 나온다. 시는 미지의 정확성이며 후퇴 없는 영광이다.

　과학이 우주 정복을 진행하고 있다고 해도 시인은 조금도 놀라지 않는다. 그는 오히려 그의 주변의 쇄사(瑣事)에 만족하고 있을 수 있다. 따라서 시의 제재만 하더라도 세계적이거나 우주적인 것을 탐내지 않아도 될 듯하다. 우리나라의 국내적인 제 사건이 이미 충분히 세계성을 띠고 있기 때문이다. 요즈음 보라. 신문 독자들은 우선 국내 기사부터 보고 그다음에 해외 기사는 매우 요긴치 않은 표정으로 훑어보고 있지 않는가. 이런 새 현상은 4·19를 분수령으로 해서 획 달라졌고 5·16 후에 더 자심해졌다. 시의 서정 면도 동일. 우선 우리나라가 가지고 있는 서정을 찾아보자는 경향이 자연히 짙어지고 8·15 후까지도 농후하던 보헤미안적인 기분은 많이 탈피되었다. 이제 우리나라의 시는 어떻게 하면 멋진 세계의 촌부가 되는가 하는 일이다.

시의 형식 나는 시의 형식 문제에 대해서 지극히 등한하다. 나의 경험으로 비춰 볼 때 형식은 '투신'만 하면 간단히 해결될 수 있는 것이기 때문이다. 형식상의 모방도 있을 수 있는 일인데, 한 가지 주의할 점은 심각하게 모방하면 실패하지만 유쾌하게 모방하면 성공할 수 있다는 것을 알아야 한다. 이와 유사한 소리를 엘리엇이 한 것 같고 또 실천하고 있다고 보는데 엘리엇의 고시(古詩)로부터의 인용은 훨씬 의식적인 것이라고 생각된다. 사람마다 모양을 내는 법이 각각 다르지만 나의 취미로서는 모양을 전혀 안 내는 것이 가장 모양을 잘 내는 법이라고 생각된다. 물론 5·16 이전의 우리 사회의 통속성에 대한 반발도 있었겠지만 나는 거지꼴을 하고 다니는 것이 퍽 좋았던 것만은 사실인데, 실은 일반 사회가 건전하고 소박해야지만 시인도 색깔 고운 수건쯤 꽂고 싶은 생각이 들 것이다.

시의 내용 종교적이거나 사상적인 도그마를 시 속에 직수입하고 싶은 충동을 느껴 본 일은 없다. 시의 어머니는 어디까지나 언어. 따라서 나는 시의 내용에 대해서 고심해 본 일이 없고, 나의 가슴은 언제나 무. 이 무 위에서 파괴와 창조가 동시에 이루어진다. 앞으로 남은 문제는 어떻게 하면 생활을 더 심화시키는가 하는 것. 그러나 다음 작품에 대한 기대는 언제나 어그러진다. 이러한 기대가 어그러질수록 작품의 질은 더 좋아질 수 있는 것이 아닐까. 그렇게 속으면서도 기대는 본능적으로 생겨나게 마련이고 창조를 위해서는 이 기대란 놈은 우주 로켓이 벗어 버리는 투껍과 흡사하다.

시어 내가 써 온 시어는 지극히 평범한 일상어뿐이다. 혹은 서적어와 속어의 중간쯤 되는 말들이라고 보아도 될 것이다. 고어도 연구해 본 일이 없고 시조에 대한 취미도 없다. 어느 서구 시인이 시어는 15세까지 배운 말이 시어가 될 것이라고 한 말을 기억하고 있는데, 나의 시어는 어머니한테서 배운 말과 신문에서 배운 시사어의 범위 안에 제한되고 있다.

스승 없다. 국내의 선배 시인한테 사숙한 일도 없고 해외 시인 중에서 특별히 영향을 받은 시인도 없다. 시집이고 일반 서적이고 읽고 나면 반드시 잊어버리는 습관이 있어서 퍽 편리하다. 시인이라는, 혹은 시를 쓰고 있다는 의식을 가지고 있는 것처럼 큰 부담이 없다. 그런 의식이 적으면 적을수록 사물을 보는 눈은 더 순수하고 명석하고 자유로워진다. 그런데 이 의식을 없애는 노력이란 똥구멍이 빠질 정도로 무척 힘이 드는 노력이다.

환경 시의 환경을 만들려고 노력하는 친구도 있는 모양 같은데 나는 오히려 그런 친구들을 경멸한다. 시를 쓸 때는 색색이 잉크를 사용하거나 사치스러운 원고지를 쓰거나 해서 기분을 내는 사람도 옛날에는 있었다고 하지만 나는 그런 장난은 해 본 일이 없다. 나의 기벽이라면 나는 절대로 원고지에 시의 초고를 쓰지 않는다는 것이다. 대체로 휴지에 가까운 종이에 쓰는 것이 편하고 거의 습관처럼 되어 있다. 한마디로 말해서 나의 환경은 지극히 평범하다. 평범한 남편이요, 평범한 아버지요, 평범한 국민이요, 평범한 경제 상태요, 평범한 옷차림이요, 평범한 인인(隣人)이다.

독자 시의 독자. 가장 곤란한 존재는 필리스틴들이다. 소위 대학 교육이나 받았다는 친구들, 시를 쓴다는 친구들, 시를 사모한다는 친구들, 글줄이나 쓴다는 친구들, 이들이 시를 교살하고 있다. 신문사의 문화부, 라디오의 시 감상 시간, 하물며 문학지의 편집인들이나 대학의 문학과 선생님들까지. 그리고 시의 월평. 시를 가장 이해한다는 축들이 사실은 밤낮으로 어떻게 하면 시를 가장 합법적으로 독살시킬 수 있을까 하고 구수회의(鳩首會議)를 열고 있다. 그렇지만 그들은 나를 볼 때에는 누구보다도 자기가 가장 많이 시에 대한 이해력을 가지고 있는 것 같은 은근한 추파를 던진다. 나도 모르는 나의 시에 대해서까지도.

비평 나는 여지껏 나의 작품에 대해서 정확한 판단을 내린 비평을 본 일이 없다. 거기다가 우리나라의 소위 월평이라는 것이 전부가 한결같이 심미적인 것뿐이다. 우리나라의 비평가들처럼 사회성을 과도히 주장하고 있는 사람들도 없지만 우리나라처럼 심미적인 시평이 산적한 나라도 세계에 그 유례가 없을 것이다. 그런데 이들이 실천하는 심미주의가 어떠한 것이냐 하는 문제……. 좌우간 시단 월평이라는 것이 10년 동안만 신문이나 잡지에서 완전히 자취를 감춘다면, 나의 생각 같아서는 시의 질이 에누리 없이 한 백년은 진보할 것 같다.

시 아아, 행동에의 계시. 문갑을 닫을 때 뚜껑이 들어맞는 딸각 소리가 그대가 만드는 시 속에서 들렸다면 그 작품은 급제한 것이라는 의미의 말을 나는 어느 해외 사화집에서 읽은 일이 있는데, 나의 딸각 소리는 역시 행동에의 계시다. 들어맞지 않던 행동의 열쇠가 열릴 때 나의 시는 완료되고 나의 시가 끝나는 순간은 행동의 계시를 완료한 순간이다. 이와 같은 나의 전진은 세계사의 전진과 보조를 같이한다. 내가 움직일 때 세계는 같이 움직인다. 이 얼마나 큰 영광이며 희열 이상의 광희(狂喜)이냐!

예언 시의 예언성. 나는 사후 백년 후에 남을 시를 쓰려고 노력할 수는 없지만, 작품이 끝난 후 반년 정도의 앞을 예언할 만한 시는 쓰고 싶다. 반년 정도의 예언이지만 여기에도 피해가 많다. 원래가 예언자란 들어맞을 때는 상을 안 주고 안 들어맞을 때는 화형을 받는다. 아냐, 그는 들어맞을 때도 안 들어맞을 때도 한결같이 화형을 당하게 마련이다.

장시 장시 같은 것은 써 보려고 한 일도 없다. 시는 되도록 짧을수록 좋다는 것이 나의 지론이고, 장시를 써낼 만한 역량도 제재도 없다. 장시를 쓸 바에야 희곡을 쓰고 싶다. 희곡에는 고료가 정해져 있지만 장시에는 지정된 고료가 없으니 우선 이것부터 불편하다. 또 우리나라에는 몇 매 이상이 장시라는 상식조차도 없다. 엘리엇이 우리나라에서 「황무지」를 발표하였다면 원고료는 역시 잘해야 3000환밖에는 못 받았을 것이고, 그것도 매우 떳떳하지 못하게 받았을 것이다. 나의 동료 중에는 시의 고료는 일체 받지 않기로 작정하고 있는 드문 미덕을 가진 분도 있어서 나도 한 번쯤은 흉내를 내 본다 내 본다 하면서 아직까지도 실행을 해 본 일은 한 번도 없다.

시를 쓰는 시간 일정하지 않다. 성북동에 셋방살이를 할 때 그 집 주인이 이은상 씨와 동경에서 같은 하숙에 있었다고 하면서 씨의 미담을 많이 들려주었는데, 씨는 꼭 밤을 파 가면서 시작(詩作)을 하였다고 해서 나도 흉내를 내 볼까 했는데 한 번도 성공해 본 일은 없다. 이유는 내가 씨보다 몸이 약한 탓이라고 생각하고 있다. 나의 버릇으로는 술을 마시고 난 이튿날 시를 쓰는 기회가 비교적 많았다. 물론 시를 써 보려는 불순한 동기로 술을 마신 일은 한 번도 없었고 나는 시보다도 술을 더 좋아한다. 술은 우리 집 내력이라 아버지는 소주로 돌아갔고 증조할아버지는 마나님이 술을 못 마시게 하느라고

옷을 감추어 놓았더니 마나님의 베속곳을 입고 나가서 술을
마셔서 별명이 '베바지'였다고 한다. 나한테는 무슨 별명이 붙
을지 모르겠다.

1961. 6. 14.

시작 노트 3

후란넬 저고리

낮잠을 자고 나서 들어 보면
후란넬 저고리도 훨씬 무거워졌다
거지의 누더기가 될락 말락 한
저놈은 어제 비를 맞았다
저놈은 나의 노동의 상징
호주머니 속의 소눈깔만 한 호주머니에 들은
물뿌리와 담배 부스러기의 오랜 친근
윗호주머니나 혹은 속호주머니에 들은
치부책 노릇을 하는 종이쪽
그러나 돈은 없다

— 돈이 없다는 것도 오랜 친근이다

— 그리고 그 무게는 돈이 없는 무게이기도 하다

또 무엇이 있나 나의 호주머니에는?

연필쪽!

옛날 추억이 들은 그러나 일년 내내 한번도 펴 본 일이 없는

죽은 기억의 휴지

아무것도 집어넣어 본 일이 없는 왼쪽 안호주머니

— 여기에는 혹시 휴식의 갈망이 들어 있는지도 모른다

— 휴식의 갈망도 나의 오랜 친근한 친구이다……

　　내 시는 '인치키'다. 이 「후란넬 저고리」는 특히 '인찌끼'다. 이 시에는 결구가 없다. "낮잠을 자고 나서 들어 보면/ 후란넬 저고리도 훨씬 무거워졌다"에 기간적(基幹的)인 이미지가 걸려 있기는 하지만 이것이 과연 결구를 무시한 흠점을 커버해 줄 만한 강력한 투영을 가졌는지 의심스럽다. 나는 이 시의 후반은 완전히 절단해 버렸고 총 40여 행의 초고가 청서를 하고 났을 때는 19행으로 줄어 버렸다. 너무 짧아진 것이 아깝고 분해서 고민을 한 끝에 한 행씩 떼 가면서 청서를 할까 하다가 너무 장난이 심한 것 같아서 그만두었다.

　　다음에는 "친근"이란 말이 세 번 나오는데 이것이 두 번이 아니고 세 번 나오는 게 도무지 불만스럽다. 세 번째의 "나의 오랜 친근한 친구이다……"는 완전한 타성이다. 도대체 친구면 친근한 것인데 구태여 '친근한 친구'라고 불필요한 토를 박은 것이 싱겁다. 이것도 궁여지책으로 '친구'를 고딕체로 할까 하

다가 비겁한 것 같아서 그만두었다.

그러면 이 시의 기간적인 이미지인 벽두의 제1, 2행 자체는 완전한 것이란 말인가? 그러나 그것도 장담할 수 없다. 맨 처음에는 "낮잠을 자고 나서 들어 보니/ 후란넬 저고리도 무겁다"로 되어 있던 것이, '보니'가 '보면'이 되고, '무겁다'가 '무거워졌다'라는 과거로 변하고, 게다가 '훨씬'이라는 강조의 부사까지 붙게 되었다. 그리고 보니 이 이미지의 OK 교정이 나왔을 때는 이것은 교정이 아니라 자살이 되고 말았고, 본래의 '이데아'인 노동의 찬미는 자살의 찬미로 화해 버렸다. 그래서 나는 에스키스의 윗난에다 아래와 같은 낙서를 했다.

$$갱생 = 변모 = \frac{'자기 개조'}{생리의 변경} = 력(力) = 생 = \frac{자의식의}{괴멸} = 애정$$

그러나 내 시가 그래도 '인찌끼'인 줄 모르는 '인찌끼' 독자들에게 참고로 몇 마디 더 해 둘 말이 있다. 나의 후란넬 저고리는 — 정확하게 말해서 후란넬이라는 양복지는 — 색이 변하지 않는다. 적어도 6년 이상을 입어서 팔뒤꿈치가 허발창이 났는데도 색만은 여전히 푸르다. 그리고 여전히 가볍고 여전히 보드럽다. 당신들의 구미에 맞게 속 시원히 말하자면 후란넬 저고리는 결코 노동복다운 노동복이 못 된다. 부끄러운 노동복이다. 그러면 그런 고급 양복을 — 아무리 누더기가 다된 것일망정 — 노동복으로 걸치고 무슨 변변한 노동을 하겠느냐고 당신들이 나를 나무랄 것이 뻔하다. 그러나 당신들의

그러한 모든 힐난 이상으로 소중한 것이 나의 고독 ─ 이 고
독이다.

1963.

시작 노트 4

적

제일 피곤할 때 적에 대한다
바위의 아량이다
날이 흐릴 때 정신의 집중이 생긴다
신의 아량이다

그는 사지의 관절에 힘이 빠져서
특히 무릎하고 대퇴골에 힘이 빠져서
사람들과
특히 그가 가장 사랑하는 사람과의 관련을 해체시킨다

시는 쨍쨍한 날씨에 청랑한 들에
환락의 개울가에 바늘 돋친 숲에
버려진 우산
망각의 상기다
성인(聖人)은 처를 적으로 삼았다
이 한국에서도 눈이 뒤집힌 사람들
틈에 끼여 사는 처와 처들을 본다
오 결별의 신호여

이조 시대의 장안에 깔린 기왓장 수만큼
나는 많은 것을 버렸다
그리고 가장 피로할 때 가장 귀한
것을 버린다

흐린 날에는 연극은 없다
모든 게 쉰다
쉬지 않는 것은 처와 처들뿐이다
혹은 버림받은 애인뿐이다
버림받으려는 애인뿐이다
넝마뿐이다

제일 피곤할 때 적에 대한다
날이 흐릴 때면 너와 대한다
가장 가까운 적에 대한다

가장 사랑하는 적에 대한다
우연한 싸움에 이겨 보려고

절망

풍경이 풍경을 반성하지 않는 것처럼
곰팡이 곰팡을 반성하지 않는 것처럼
여름이 여름을 반성하지 않는 것처럼
속도가 속도를 반성하지 않는 것처럼
졸렬과 수치가 그들 자신을 반성하지 않는 것처럼
바람은 딴 데에서 오고
구원은 예기치 않은 순간에 오고
절망은 끝까지 그 자신을 반성하지 않는다

적

우리는 무슨 적이든 적을 갖고 있다
적에는 가벼운 적도 무거운 적도 없다
지금의 적이 제일 무거운 것 같고 무서울 것 같지만
이 적이 없으면 또 다른 적 — 내일
내일의 적은 오늘의 적보다 약할지 몰라도
오늘의 적도 내일의 적처럼 생각하면 되고

오늘의 적도 내일의 적처럼 생각하면 되고
오늘의 적으로 내일의 적을 쫓으면 되고
내일의 적으로 오늘의 적을 쫓을 수도 있다
이래서 우리들은 태평으로 지낸다

세계 여행을 하는 꿈을 꾸었다. 김포 비행장에서 떠날 때 눈을 감고 떠나서, 동경, 뉴욕, 런던, 파리를 거쳐서(꿈속에서도 동구라파와 러시아와 중공은 보지 못하게 되어 있었기 때문에 착륙하지 못했다.) 홍콩을 다녀서, 다시 김포에 내릴 때까지 눈을 뜨지 않았다. 눈을 뜬 것은 비행기와 기차와 자동차를 오르내렸을 때뿐, 그리고 호텔의 카운터에서 돈을 지불할 때뿐 그 이외에는 일절 눈을 뜨지 않았다. 말하자면 나는 한국에서도 볼 수 있는 것만은 보았지만 그 이외의 것은 일절 보지 않았다.

꿈에서 깨어서, 김포에서 내려서 집에 올 때까지의 일을 생각해 보았다. 꿈에서와는 달리 나는 여간 마음이 흐뭇하지 않았다. 요컨대 나는 이런 속물이다. 역설의 속물이다.

시에서도 이런 치기가 아직 가시지 않고 있다. 여편네를 욕하는 것은 좋으나, 여편네를 욕함으로써 자기만 잘난 체하고 생색을 내려는 것은 치기다. 시에서 욕을 하는 것이 정말 욕이 되는 것은 아니지만, 하여간 문학의 악의 언턱거리[36]로 여편네를 이용한다는 것은 좀 졸렬한 것 같은 감이 없지 않다. 이

---

36) 억지로 떼를 쓸 만한 핑계.

불 속에서 활개를 치거나 아낙군수[37) 노릇을 하기는 싫다. 대개 밖에서 주정을 하는 사람이 집에 들어오면 얌전하고, 밖에서는 샌님 같은 사람이 집 안에 들어오면 호랑이가 되는 수는 많다고 하는데 내가 그 짝이 아닌지 모르겠다.

아무튼 요즘은 집에 들어앉아 있는 시간이 많고, 자연히 신변잡사에서 취재한 것이 많이 나오게 된다. 그래서 그 반동으로 '우리'라는 말을 써 보려고 했는데 하나도 성공한 것이 없는 것 같다. 이에 대한 자극을 준 것은 C. 데이루이스의 시론이고, 《시문학》 9월호에 발표된 「미역국」 이후에 두어 편가량 시도해 보았는데, 이것은 '나'지 진정한 '우리'가 아닌 것 같다. 엘리엇이 '나'도 여러 가지 '나'가 있다는 말을 어디에서 한 것을 읽은 일이 있는데, 지금의 나의 경우에는 그런 말은 호도지책(糊塗之策)도 되지 못한다. 진정한 해답은 좀 더 시간을 두고 기다려 봐야겠다. 그런 의미에서는 「잔인의 초」(《한양》에 발표)가 작위(作爲)가 없이 자연스럽게 나온 것 같지만 역시 소품이다.

아직도 한 1, 2년 침묵을 지키고 준비를 갖출 만한 환경도 안 되어 있고 용기도 부족하다. 한 달이나, 기껏해야 두 달의 간격을 두고 쓰는 것이 큰 작품이 나올 수가 없다. 나는 보통 한 달이나 보름에 한 편은 쓰는 꼴인데, 어쩌다 한 달이 못 되어서 나오는 작품이 있고, 이런 작품은 후에 보아도 그 무게가 드러난다.

---

37) 늘 집 안에만 있는 사람.

요즘 시론으로는 조르주 바타유의 『문학의 악』과 모리스 블랑쇼의 『불꽃의 문학』을 일본 번역책으로 읽었는데, 너무 마음에 들어서 읽고 나자마자 즉시 팔아 버렸다. 너무 좋은 책은 집에 두고 싶지 않다. 집의 서가에는 고본옥에서도 사지 않는 책만 꽂아 두면 된다. 이왕 속물근성을 발휘하려면 이류의 책이나 꽂아 두라.

나는 한국말이 서투른 탓도 있고 신경질이 심해서 원고 한 장을 쓰려면 한글 사전을 최소한 두서너 번은 들추어 보는데, 그동안에 생각을 가다듬는 이득도 있지만 생각이 새어 나가는 손실도 많다. 그러나 시인은 이득보다도 손실을 사랑한다. 이것은 역설이 아니라 발악이다.

노상 느끼고 있는 일이지만 배우도 그렇고, 불란서 놈들은 멋있는 놈들이다. 영국 사람들은 거기에 비하면 촌뜨기다. 바타유를 보고 새삼스럽게 그것을 느낀다. 그러나 당분간은 영미의 시론을 좀 더 연구해 보기로 하자.

1965.

시작 노트 5

잔인의 초

한번 잔인해 봐라
이 문이 열리거든 아무 소리도 하지 말아 봐라
태연히 조그맣게 인사 대꾸만 해 두어 봐라
마룻바닥에서 하든지 마당에서 하든지
하다가 가든지 공부를 하든지 무얼 하든지
말도 걸지 말고 — 저놈은 내가 말을 걸 줄 알지
아까 점심때처럼 그렇게 나긋나긋할 줄 알지
시금치 이파리처럼 부드러울 줄 알지
암 지금도 부드럽기는 하지만 좀 다르다
초가 켜 있다 잔인의 초가

요놈 — 요 어린놈 — 맹랑한 놈 — 6학년 놈 —
에미 없는 놈 — 생명
나도 나다 — 잔인이다 — 미안하지만 잔인이다 —
콧노래를 부르더니 그만두었구나 — 너도 어지간한 놈이
다 — 요놈 — 죽어라

*

포기의 소리가 들린 뒤에 시작된다. "한번 잔인해 봐라"의
첫 글자, '한' 이전에 포기의 소리가 들렸다. 죽음의 총성과 함
께 스타트한 시.

요 시초의 계시가 들리기 전에, 다음과 같은 글이 나의 초
고에 적혀 있는 것이 있다. —

우리는 아무것도 안 하고 쳇바퀴 속에서
돈다
또 다른 머리카락이 튀어든다
그럼 그렇지
잔인의 말단 — 용케 내가 서 있다
그럼 그렇지
적은 벌써 저렇게 죽어 있다 — 콧노래를 부르고 있다
잔인도 절망처럼 끝까지 그 자신을 반성하지 않는다

말하자면 "한번 잔인해 봐라" 이전의 말살된 부분이다. 말

살의 직접적인 원인은 "적"이라는 낱말과 "잔인도 절망처럼 끝까지 그 자신을 반성하지 않는다"이다. "적"이라는 낱말이 불가한 이유는 이 「적」이라는 제목으로 된 작품이, 이 「잔인의 초」보다 전 작품으로, 지난 2개월 내에 된 것으로 두 편이 있다. 그러니까 다시 이 이미지를 사용하는 것이 시들해졌다. 그리고 "잔인도 절망처럼 끝까지 그 자신을 반성하지 않는다"의 구절이 불가한 이유는 — 이것은 좀 복잡하다. 「잔인의 초」의 전 작품이 「적」이고 「적」의 전 작품이 「절망」이라는 것인데, 이 「절망」이라는 작품 속의 끝줄이 "절망은 끝까지 그 자신을 반성하지 않는다"로 되어 있다. 그런데 「잔인의 초」의 초고의 말살된 부분의 최종행이 "잔인도 절망처럼 끝까지 그 자신을 반성하지 않는다"로 되어 있으니까, 이 다른 두 작품의 비슷한 두 시 행간에는 나의 비밀의 통화가 있다. 아니, 이것은 비밀의 통화이기도 한 동시에 비밀의 통화의 공개이기도 하다. 그리고 '비밀의' '공개'는 자살을 뜻한다. 그것은 「절망」을 죽이고 지금 진행되는 작품(즉, 「잔인의 초」가 되려다가 만 것 — 그러나 「잔인의 초」라는 제목은 먼저 붙인 게 아니라 작품을 다 쓴 뒤에 붙인 제목이고, 나는 작품의 제목에 대해서는 그다지 신경을 쓰지 않는 사람이다.)을 죽이고 나 자신을 죽인다. 아니 죽여야 한다. 그런데 이 초고의 시행, "잔인도 절망처럼……"은 나 자신을 죽이지 못했다.

여기에서 막혀서 고민하고 있는 나를 구제해 준 것이 이웃집에서 공부하러 오는 6학년 놈이다. 이 6학년 놈은 자기 집이 시끄럽다고 저녁 6시부터 9시까지 우리 집에 와서 공부를 하다가 가는, 우리 여편네의 사업 관계의 친구의 조카뻘 되는 아이이다. 이놈이 들어왔다. 나는 또 난도질을 당한다. 난도질의 난도질이다. 포기의 소리는 이때 들렸다. 엄격히 말하자면 이것도 포기를 포기하라는 소리, 포기의 포기다. 포기의 포기의, 또 포기도 되고 그 뒤에 '……또 포기'가 무수히 계속될 수 있는 마지막 포기다. 이것을 김춘수 같은 사람은 '역설'이라고 간단히 말해 버리지만 그는 현대에 있어서의 역설의 진정한 의미를 모른다. 역설의 현대적 의미를 아는 사람이 우리 평단에는 한 사람도 없다. 내가 보기에는 직접 문예 평론은 안 했지만 이것을 알고 있는 것은 죽은 박기준 정도였다.

그러나 나는 이 「잔인의 초」에 대해서는 사실 자신이 없다. 이 작품은 지옥에서 천사를 만난 것처럼 일사천리로 써 갈겼다. 약간 막힌 곳은 12행의,

에미 없는 놈 ─ 생명

의 "생명"에서하고, 맨 끝줄의 "죽어라"뿐이다. 그리고 "생명"보다도 "죽어라"에서 좀 더 오래 망설인 것 같다. 그리고 "죽어라"의 뒤에 또 한 2행가량(가량이라고 한 것은 이 말살된 2행 이외에 "……이 시를 쓰고 나서" 운운의 전혀 알아볼 수 없는 말살된 글자가 몇 자 더 있기 때문이다.)이 있는데, 이것은 상당히 망설인 끝에 지워 버렸다. 그리고 "생명"과 "죽어라"를 대치시키려는 내심이 있었다. 이것으로 이 작품의 리얼리즘의 백 본을 삼으려는 음흉한 내심이 있었다. 내가 싫은 것은 이것이다. 이 공리

성이 싫다. 그런데 풋내기 평론가들과 나의 적들은, 사실은 나를 보고 이 공리성이 모자란다고 탓하고 있는 것이다. 말하자면 나의 작품에는 '시'가 없다는 것이다. 그리고 나는 '대담한' '시도'를 하고 있다는 것이다. 이 '시도'라는 말이 얼마나 의미심장한 말인가! 그리고 이 '시도'라는 말이 우리 평단에서는 얼마나 헤프게 쓰이고 있는가. 아무래도 이것은 선의의 낱말은 아닌 것 같다. 미안하지만 나는 좋은 의미에서나 나쁜 의미에서나 시도를 하고 있다는 생각이 없다. 이것이 작품으로 됐느냐 안 됐느냐 그것뿐이다.

이 「잔인의 초」는 나의 최신작이다. 아직 운산(運算)의 시기가 미흡하다. 그러나 나는 이 미흡한 시간 동안이 가장 행복하다. 작품이 되었는지 안 되었는지 모르는 이 불안의 시간은 나의 궁극의 용기를 필요로 한다. 하지만 이 궁극의 용기도 지나친 용기가 되어서는 안 된다.

몇 년 전의 「만용에게」라는 제목의 작품을 쓴 것이 있는데, 생명과 생명의 대치를 취급한 주제 면에서나 호흡 면에서나 이 「잔인의 초」는 그 작품의 계열에 속하는 것이라고 생각된다. 너와 나는 '반반(半半)'이라는 의미의 말이 그 「만용에게」의 모티프 비슷하게 되어 있는데, 그러한 일 대 일의 대결 의식이 이 「잔인의 초」에도 들어 있다. 그리고 「만용에게」를 쓰고 나서 이 대결 의식이 마야콥스키의 「새로 1시에」라는 작품에서 온 것이라고 생각했는데, 이 「잔인의 초」에서 무의식중에 그것이 또 취급된 것을 보니 그것은 아무래도 나의 본질에 속하는 것 같고 시의 본질에 속하는 것 같다.

그러나 물론 이런 대결 의식이 시의 본질에 속한다고 해서 이 「잔인의 초」가 성공을 했다는 말은 아니다. 「만용에게」와 비교해 볼 때, 이 작품은 리얼리즘의 냄새가 상당히 엷게 되었다. 공리성이 상당히 희박해졌다. 성공이라면 이런 점이 성공이다. 불안의 책임 — 이제 나는 이 책임을 정면으로 지고 혹은 딛고 일어설 단계에 와 있다.

이 「잔인의 초」는 나의 가장 아끼는(출판사에서 '가장 아끼는 자작시 한 편'이라고 요구한 것은 나의 해석으로는 가장 자신 있는 시라는 뜻으로 생각되지만) 작품도 아니고 가장 자신 있는 작품도 아니고 가장 불안한 작품도 아니다. 다만 가장 최근에 쓴 작품이기만 할 뿐이다. 「잔인의 초」의 '초'는 초(醋), 즉 식초의 뜻이라는 것을 노파심에서 적어 둔다.

1965. 11. 1.

시작 노트 6

이 한국문학사

지극히 시시한 발견이 나를 즐겁게 하는 야밤이 있다
오늘 밤 우리의 현대문학사의 변명을 얻었다
이것은 위대한 힌트가 아니니만큼 좋다
또 내가 '시시한' 발견의 편집광이라는 것도 안다
중요한 것은 야밤이다

　　우리는 여지껏 희생하지 않는 오늘의 문학자들에 관해서
　　너무나 많이 고민해 왔다
　　김동인, 박승희 같은 이들처럼 사재(私財)를 털어놓고
　　문화에 헌신하지 않았다

김유정처럼 그 밖의 위대한 선배들처럼 거지짓을 하면서
소설에 골몰한 사람도 없다……

그러나 덤핑 출판사의 20원짜리나 20원 이하의 고료를
받고 일하는
14원이나 13원이나 12원짜리 번역일을 하는
불쌍한 나나 내 부근의 친구들을 생각할 때
이 죽은 순교자들을 어떻게 생각해야 하나
우리의 주위에 너무나 많은 순교자들의 이 발견을
지금 나는 하고 있다

나는 광휘에 찬 신현대문학사의 시를 깨알 같은 글씨로 쓰
고 있다
될 수만 있으면 독자들에게 이 깨알만 한 글씨보다 더
작게 써야 할 이 고초의 시기의
보다 더 작은 나의 즐거움을 피력하고 싶다

덤핑 출판사의 일을 하는 이 무의식 대중을 웃지 마라
지극히 시시한 이 발견을 웃지 마라
비로소 충만한 이 한국문학사를 웃지 마라
저들의 고요한 숨길을 웃지 마라
저들의 무서운 방탕을 웃지 마라
이 무서운 낭비의 아들들을 웃지 마라

H

H는 그전하곤 달라졌어
내가 K의 시 얘기를 했더니 욕을 했어
욕을 한 건 그것뿐이었어
그건 그의 인사였고 달라지지 않은 것은 그것뿐
그 밖에는 모두가 좀 달라졌어

우리는 격하지 않고 얘기할 수 있었어
훌륭하게 훌륭하게 얘기할 수 있었어
그의 약간의 오류는 문제가 아냐
그의 오류는 꽃이야
이 무엇이라고 말할 수 없는 나라의 수도의
한복판에서

우리는 그 또 한복판이 되구 있어
그도 이 관용을 알고 이 마지막 관용을 알고 있지만
음미벽(吟味癖)이 있는 나보다는 덜 알고 있겠지
그러니까 그가 나보다도 아직까지는 더 순수한 폭도 되고
우리는 월남의 중립 문제니 새로 생긴다는 혁신정당 얘기를
하고 있었지만
아아 비겁한 민주주의여 안심하라
우리는 정치 얘기를 하구 있었던 게 아니야

우리는 조금도 흥분하지 않았고
그는 그전처럼 욕도 하지 않았고
내 찻값까지 합해서 백 원을 치르고 나가는
그의 표정을 보고
나는 그가 필시 속으로는 나를 포기하고
있다는 것을 알았어

그는 그전하곤 달라졌어
그는 이제 조용하게 나를 경멸할 줄 알아
석 달 전에 결혼한 그는 그전하곤 모두가 좀 달라졌어
그리고 그가 경멸하고 있는 건 나의
정치 문제뿐이 아냐

눈

눈이 온 눈이 온 뒤에도 또 내린다

생각하고 난 뒤에도 또 내린다

응아 하고 운 뒤에도 또 내릴까

한꺼번에 생각하고 또 내린다

한 줄 건너 두 줄 건너 또 내릴까

폐허에 폐허에 눈이 내릴까

*

There is no hope of expressing my
vision of reality. Besides, if I did,
it would be hideous something to
look away from

내 머리는 자코메티의 이 말을 다이아몬드같이 둘러싸고
있다. 여기서 hideous의 뜻은 몸서리나도록 싫다는 뜻이지
만, 이것을 가령 '보이지 않는다'라는 뜻으로 해석하여 to look
away from을 빼 버리고 생각해도 재미있다. 나를 비롯하여 범
백의 사이비 시인들이 기뻐할 것이다. 나를 비롯하여 그들은
말할 것이다. 나는 말하긴 했지만 보이지 않을 것이다. 보이지
않으니까 나는 진짜야, 라고. 이에 대해 심판해 줄 자는 아무
도 없다. 정동의 지방 법원에 가서 재판을 받는 것과 비슷하
다. 말도 되지 않는다. 그 증거로는 신문사의 신춘문예 응모
작품이라는 엉터리 시를 오백 편쯤 꼼꼼히 읽은 다음에 그대
의 시를 읽었을 때와, 헤세나 릴케 혹은 로스케의 명시를 읽
은 다음에 그대의 시를 읽었을 때와는 그대의 작품에 대한 인
상·감명은 어떻게 다를 것인가. 그대는 발광해 버릴 것이다.

그러나 이 발광을 노래하라.

요즘 보부아르의 『타인의 피』를 읽으면서 그중에서 가장 감격한 문구는 이것이다.

요 몇 해 동안 마르셀은 생활을 위한, 타인의 눈을 즐겁게 해주는 그런 그림을 그리는 일을 중지해 버렸다. 그는 참된 창조를 하고 싶어 했다…….

이것을 읽고 그대는 말라르메와 간조를 상기할 것이다. 이런 때에는 너무나 많은 상념이 한꺼번에 넘쳐 나와 난처하다. 나는 자본주의보다도 처와 출판업자가 더욱 싫다. 그대는 사실주의적 문체를 터득했을 때 비로소 비사실로 해방된다. 웃음이 난다. 이 웃음의 느낌. 이것이 양심일 것이다. 나는 또 자코메티에게로 돌아와 버렸다. 말라르메를 논하자. 독자를 무시하는 시. 말라르메도 독자를 무시하지 않았다 — 단지 그만이 독자였었지 않았느냐는 저 수많은 평론가들의 정석적인 이론에는 넌더리가 났다. 제기랄! — 정말로 독자를 무시한 시가 있다. 콕토 류의 분명히 독자를 의식한 아르르칸의 시도 — 즉, 속물주의의 시도 — 독자를 무시하는 시가 될 수 있는 성공적인 경우가 있다. 그러나 정말 독자를 무시한 시는 불성실한 시일 것이다. 침묵의 한 걸음 앞의 시. 이것이 성실한 시일 것이다.

나는 이 시 노트를 처음에는 수전 손태그(Susan Sontag)의 「스타일론」을 초역한 아카데믹한 것을 쓰려고 했다. 그러고는

쓰지 않으려고 했다. 다시 손태그를 초역(抄譯)하려고 했다. 그러나 스티븐 마커스(Steven Marcus)의 「현대영미 소설론」을 번역한 후 생각해 보니 손태그가 싫어졌다. 게다가 잊어버렸다. 손태그의 「스타일론」은 한마디로 말한다면 Style is the soul이다. 메리 매카시(Mary McCarthy)는 이를 Style-non style이라 말하고 있다. 나는 번역에 지나치게 열중해 있다. 내 시의 비밀은 내 번역을 보면 안다. 내 시가 번역 냄새가 나는 스타일이라고 말하지 말라. 비밀은 그런 천박한 것은 아니다. 그대는 웃을 것이다. 괜찮아. 나는 어떤 비밀이라도 모두 털어내 보겠다. 그대는 그것을 비밀이라고 생각할 것이다. 그것이 그대의 약점이다. 나의 진정한 비밀은 나의 생명밖에는 없다. 그리고 내가 참말로 꾀하고 있는 것은 침묵이다. 이 침묵을 지키기 위해서라면 어떤 희생을 치러도 좋다. 그대의 박해를 감수하는 것도 물론 이 때문이다. 그러나 그대는 근시안이므로 나의 참뜻이 침묵임을 모른다. 그대는 기껏 내가 일본어로 쓰는 것을 비방할 것이다. 친일파라고, 저널리즘의 적이라고. 얼마 전에 고야마 이도코(小山いと子)가 왔을 때도 한국의 잡지는 기피했다. 여당의 잡지는 야당과 학생 데모의 기억이 두려워서, 야당은 야당의 대의명분을 지키기 위해서.《동아일보》라면 전통 때문이라고 할 것이다.《사상계》도 사장의 명분을 위해서. 이리하여 배일(排日)은 완벽이다. 군소리는 집어치우자. 내가 일본어를 쓰는 것은 그러한 교훈적 명분도 있기는 하다. 그대의 비방을 초래하기 위해서이기도 하다. 그러나 인기 때문만은 아니다. 어때, 그대의 기선을 제(制)하지 않았는가. 이제 그

대는 일본어는 못 쓸 것이다. 내 다음에 사용하는 셈이 되니까. 그러나 그대에게 다소의 기회를 남겨 주기 위해 일부러 나는 서투른 일본어를 쓰는 정도로 그쳐 두자. 하여튼 나는 해방 후 20년 만에 비로소 번역의 수고를 던 문장을 쓸 수 있었다. 독자여, 나의 휴식을 용서하라.

그러나 생각이 난다. T. S. 엘리엇이 시인은 2개 국어로 시를 쓰지 말아야 한다고 말한 것을. 나는 지금 이 노트를 쓰는 한편, 이상(李箱)의 일본어로 된 시 「애야(哀夜)」를 번역하고 있다. 그는 2개 국어로 시를 썼다. 엘리엇처럼 조금 쓴 것이 아니라 많이 썼다. 이것을 어떻게 생각해야 할 것인가. 내가 불만스럽게 생각하는 것은 이상이 일본적 서정을 일본어로 쓰고 조선적 서정을 조선어로 썼다는 것이다. 그는 그 반대로 해야 했을 것이다. 그는 그렇게 할 수 있었을 것이다. 그러함으로써 더욱 철저한 역설을 이행할 수 있었을 것이었다. 내가 일본어를 사용하는 것은 다르다. 나는 일본어를 사용하고 있는 것이 아니라 망령(亡靈)을 사용하고 있는 것이다. 아무도 사용하지 않는 것에는 동정이 간다 —— 그것도 있다. 순수의 흉내 —— 그것도 있다. 한국어가 잠시 싫증이 났다. —— 그것도 있다. 일본어로 쓰는 편이 편리하다. —— 그것도 있다. 쓰면서 발견할 수 있는 새로운 현상의 즐거움, 이를테면 옛날 일영사전을 뒤져야 한다. —— 그것도 있다. 그러한 변모의 발견을 통해서 시의 레알리테의 변모를 자성하고 확인한다.(자코메티적 발견) —— 그것도 있다. 그러나 가장 새로운 집념은 상이하게 되는 것이 아니라 동일하게 되는 것이다. 약간 빗나간 인용처럼 생각키울지 모르지만 보부아르 가운데에 이러한 일절(一節)이 있다.

　"프티 블의 패들은 모두 독창적으로 되려는 버릇이 있다."라고 볼이 말했다. "그것이 역시 서로 닮는 방식이라는 것을 모르고 있어." 그는 치근치근히 또한 기쁜 듯이 자기 생각을 되풀이하고 있었다.
　"노동자는 독창성 같은 건 문제 삼지도 않고 있어. 나는 내가 그치들과 닮아 있다고 느끼는 것이 오히려 기쁘단 말이야."

　발뺌을 해 두지만 나는 정치사상을 이야기하고 있는 것은 아니다. 시의 스타일에 관해 이야기하고 있는 것이다. 상이하고자 하는 작업과 심로(心勞)에 싫증이 났을 때 동일하게 되고자 하는 정신(挺身)의 용기가 솟아난다. 이것은 뱀 아가리에서 빛을 빼앗는 것과 흡사한 기쁨이다. 여기 게재한 3편 중에서 「눈」이 그것이라고 생각된다. 이 시는 '폐허에 눈이 내린다'의 여덟 글자로 충분하다. 그것이, 쓰고 있는 중에 자코메티적 변모를 이루어 6행으로 되었다. 만세! 만세! 나는 언어에 밀착했다. 언어와 나 사이에는 한 치의 틈서리도 없다. "폐허에 폐허에 눈이 내릴까"로 충분히 '폐허에 눈이 내린다'의 숙망(宿望)을 달(達)했다. 낡은 형(型)의 시다. 그러나 낡은 것이라도 좋다. 혼용되어도 좋다는 용기를 얻었다. 완전한 희생. 아니 완전한 희생의 한 걸음 앞의 희생. 독자여, 우쭐거려 미안하다. 그러나 내가 의외로 '낡은 것'만은 확실하다. 이 시에서도, 그 밖의 시에서도 나는 앨런 테이트의 시론을 충실히 지키고 있다. Tension(긴장)의 시론이다. 그러나 그의 시론은 검사(檢査)를 위한 시론이다. 수동적 시론이다. 진위를 밝히는 도구로서는 우선 편리하지만 위대성의 여부를 자극하는 발동기의 역할은 못한다. 이것은 오히려 시론의 숙명이다. 이런 때는 시를 읽는 게 최상이다. 예를 들자면 보들레르의 「고양이」를 읽어 보라. 「파리의 우울」보다도 「고양이」가 더욱 위대하다. 「파리의 우울」도 「고양이」도 둘 다 모두 Tension의 시론의 두레박으로 퍼낼 수 있지만, 「고양이」는 「파리의 우울」보다도 팔이 아프도록 퍼내지 않으면 바닥이 보이지 않는다.

독자여, 시의 이야기를 생각하면서 지금 비로소 내가 이것을 일본어로 쓰는 진정한 의의를 발견한 것을 끝으로 보고하지 않으면 안 된다. 나는 시 노트를 쓰기가 쑥스러운 것이다.

1966. 2. 20.

시작 노트 7

풀의 영상

고민이 사라진 뒤에
이슬이 앉은 새봄의 낯익은 풀빛의 영상이
떠오르고 나서도
그것은 또 한참 시간이 필요했다
　　시계를 맞추기 전에
　　라디오의 시종(時鐘)이 나오기를 기다리는 것처럼
　　안타깝다

봄이 오기 전에 속옷을 벗고 너무 시원해서 설워지듯이
성급한 우리들은 이 발견과 실감 앞에 서럽기까지도 하다

전 아시아의 후진국 전 아프리카의 후진국
그 섬 조각 반도 조각 대륙 조각이
이 발견의 봄이 오기 전에 옷을 벗으려고
뚜껑이 열렸다 닫히는 소리

라디오의 시종을 고하는 소리 대신에 서도가(西道歌)와
목사의 열띤 설교 소리와 심포니가 나오지만
　　이 소음들은 나의 푸른 풀의 가냘픈
　　영상을 꺾지 못하고
그 영상의 전후의 고민의 환희를 지우지 못한다

나는 옷을 벗는다 엉클 샘을 위해서
아시아와 아프리카의 무거운 겨울옷을 벗는다
　　겨울옷의 영상도 충분하다 누더기 누빈 옷
　　가죽옷 융옷 솜이 몰린 솜옷……
그러다가 드디어 나는 월남인이 되기까지도 했다
엉클 샘에게 학살당한
월남인이 되기까지도 했다

엔카운터지(誌)

빌려드릴 수 없어. 작년하고도 또 틀려.
눈에 보여. 냉면집 간판 밑으로 ─ 육개장을 먹으러 ─

들어갔다가 나왔어 ― 모밀국수 전문집으로 갔지 ―
매춘부 젊은 애들, 때묻은 발을 꼬고 앉아서
유부우동을 먹고 있는 것을 보다가 생각한 것
아냐. 그때는 빌려드리려고 했어. 관용의 미덕 ―
그걸 할 수 있었어. 그것도 눈에 보였어. 엔카운터
속의 이오네스코까지도 희생할 수 있었어. 그게
무어란 말야. 나는 그 이전에 있었어. 내 몸. 빛나는
몸.

그렇게 매일을 믿어 왔어. 방을 이사를 했지. 내
방에는 아들놈이 가고 나는 식모아이가 쓰던 방으로
가고. 그런데 큰놈의 방에 같이 있는 가정교사가 내
기침 소리를 싫어해. 내가 붓을 놓는 것까지
자리에서 일어나는 것까지 문을 여는 것까지 알고
방어 작전을 써. 그래서 안방으로 다시 오고, 내가
있던 기침 소리가 가정교사에게 들리는 방은 도로
식모아이한테 주었지. 그때까지도 의심하지 않았어.
책을 빌려드리겠다고. 나의 모든 프라이드를
재산을 연장을 내드리겠다고.

그렇게 매일을 믿어 왔는데, 갑자기 변했어.
왜 변했을까. 이게 문제야. 이게 내 고민야.
지금도 빌려줄 수는 있어. 그렇지만 안 빌려줄 수도
있어. 그러나 너무 재촉하지 마라. 이 문제가 해결

되기까지 기다려 봐. 지금은 안 빌려주기로 하고
있는 시간야. 그래야 시간을 알겠어. 나는 지금 시간
과 싸우고 있는 거야. 시간이 있었어. 안 빌려주
게 됐다. 시간야. 시간을 느꼈기 때문야. 시간이
좋았기 때문야.

시간은 내 목숨야. 어제하고는 틀려졌어. 틀려
졌다는 것을 알았어. 틀려져야겠다는 것을 알
았어. 그것을 당신한테 알릴 필요가 있어. 그것
이 책보다 더 중요하다는 걸 모르지. 그것을
이제부터 당신한테 알리면서 살아야겠어 ― 그게
될까? 되면? 안 되면? 당신! 당신이 빛난다.
우리들은 빛나지 않는다. 어제도 빛나지 않고,
오늘도 빛나지 않는다. 그 연관만이 빛난다.
시간만이 빛난다. 시간의 인식만이 빛난다.
빌려주지 않겠다. 빌려주겠다고 했지만
빌려주지 않겠다. 야한 선언을
하지 않고 우물쭈물 내일을 지내고
모레를 지내는 것은 내가 약한 탓이다.
야한 선언은 안 해도 된다. 거짓말을 해도
된다.

안 빌려주어도 넉넉하다. 나도 넉넉하고,
당신도 넉넉하다. 이게 세상이다.

전화 이야기

여보세요. 앨비의 아메리칸 드림예요. 절망예요.
8월달에 실어 주세요. 절망에서 나왔어요.
모레면 다 돼요. 200매예요. 특종이죠.
머릿속에 특종이란 자가 보여요. 여편네하고
싸우고 나왔지요. 순수하죠. 앨비 말예요.
살롱 드라마이지요. 반도호텔이나 조선호텔에서
공연을 하게 돼요. 절망의 여운이에요.
미해결이지요. 좋아요. 만족입니다.
신문회관 3층에서 하는 게 낫다구요. 아녜요.
거기에는 냉방 장치가 없어요. 장소는 200명가량
수용될지 모르지만요. 절망의 연료가 모자
란다구요. 그래요! 반도호텔 같은 데라야
미국놈들한테서 입장료를 받을 수 있지요.
여편네하고는 헤어져도 되지만, 아이들이
불쌍해서요, 미해결예요.

코리언 드림이라구요. 놀리지 마세요.
아이놈은 자구 있어요. 구원이지요. 나를
방해를 안 하니까요. 절망의 물방울이
튄 거지요.
내주신다면, 당신의 잡지의 8월호에 내주신다면,
특종이니깐요, 극단도 좋고, 당신네도

좋고, 번역하는 사람도 좋고, 나도 좋은

일을 하는 폭이 되지요.

앨비예요, 앨비예요. 에이·엘·삐·이·이 네.

그래요. 아아, 그렇군요.

네에, 그러실 겁니다. 아뇨. 아아, 그렇군요.

이런 전화를, 번역하는 친구를 옆에 놓고,

생색을 내려고, 하고 나서, 그 부고(訃告)를

그에게 전하고, 그 무지무지한 소란 속에서

나의 소란을 하나 더 보탠 것에 만족을

느낀 것은 절망에 지각하고 난 뒤이다.

    소음에 대해서 한 편의 논문을 너끈히 쓸 수 있을 것 같다. 소음이라면 너무 점잖다. 시끄러운 것이다. 시끄럽다는 것도 추상적이다. 우리 집 바로 옆의 철창 만드는 공장의 땜질하는 소리다. 이 공장이 무허가로 선 지가 자유당 말기 때니까 여러 해 된다. 그동안에 소음의 철학을 얻었다. 소음에 초연할 수 있는 사람은 참 드물다. 땜질하는 소리는 매미 우는 소리보다 좀 더 큰데, 그것이 계속적으로 들리기 때문에 골치가 아프다. 여름에는 바깥 창문을 열어 놓기 때문에 더 크게 들린다. 지잉 ― 지이잉 ― 지이이잉 ― 잉잉잉잉. 이 소리가 나면 문학 하지 말라는 소리로 들어야 한다. 이 소리를 듣고도 안 들릴 만한 글을 써야 한다.

    나의 시 속에 요설(饒舌)이 있다고들 한다. 내가 소음을 들을 때 소음을 죽이려고 요설을 한다고 생각해 주기 바란다. 시를 쓰는 도중에도 나는 소음을 듣는다. 한 1초나 2초가량 안 들리는 순간이 있을까. 있다고 하기도 없다고 하기도 말하기 어려운 문제다. 이것을 말하면 '문학'이 된다. 그러나 내 시 안에 요설이 있다면 '문학'이 있는 것이 된다. 요설은 소음에 대한 변명이고, 요설에 대한 변명이 '문학'이 된다고 말할 수 있다. 「시 노트」 같은 것을 원수같이 생각하는 이유가 여기 있다.

그들은 ― 그들이란, 출판업자나 잡지 편집자나 신문 기자들 ― 우리들이 얼마만큼 시를 싫어하는지를 모른다. 공연히 겸손해서 하는 말로 생각하고 있다. 현대의 작가들은 자기들의 문학을 불신한다는 카뮈의 선언은, 시는 절대적으로 현대적이어야 한다는 랭보의 말만큼 중요하다. 이것이 오늘의 척도다. 그러나 이런 건 말로 하면 싱겁다. 그냥 혼자 알고 있으면 된다. 이런 고독을 고독대로 두지 않기 때문에 '문학'이 싫다는 것이다. 침묵은 이행(enforcement)이다. 이 이행을 용서하지 않는다. 이오네스코는 이것을 '미친 문명'이라고 규탄하고 있다. 좀 비약이 많은 것을 용서해 준다면, 나에게 있어서 소음은 훈장이다. 그래도 수양이 모자라는 나는 글 쓰는 친구들이 우리 집에 간혹 놀러 와서 너의 집도 조용하지 않구나 하는 소리를 하면 본능적으로 부끄러워진다. 불안해지는 것이다. 역시 내 머릿속에는 내가 글 쓰는 사람이라는 선입견이 뿌리 깊이 들어 있는 모양이다. 아직도 나는 이 정도로 허영이 있고 속물이다.

「전화 이야기」에 나오는 "절망에 지각"한다는 말은 이런 속물의 변명이다. 글을 쓰는 것과 돈벌이를 혼돈하지 않은 지드 같은 문인에 대한 — 즉 돈에 대한 — 선망은 피상적이다. 글을 써서 돈을 벌 필요가 없을 만큼 돈이 있다 해도 편안하지 않을 것이다. 그 돈은 어디서 생겼는가? 누가 어떻게 해서 번 것인가? 그러니까 역시 글을 써서 돈벌이를 하면서, 글을 써서 돈벌이를 하는 자기 자신과 싸워 가는 수밖에 없다. 요는 휴식을 바라서는 아니 되고 소음이 그치는 것을 바라서는 아니 된다. 싸우는 중에, 싸우는 한가운데에서 휴식을 얻는다. 이 말도 말로 하면 싱겁게 된다.

「엔카운터지」 중의 소음은 "모밀국수"를 먹는 "매춘부 젊은 애들"이나 "식모"와 "가정교사"의 얘기뿐만이 아니다. 가장 귀에 거슬리는 소음은 "시간의 인식만이 빛난다."의 "시간의 인식" 같은 말이다. 우리 동네의 소음에 비한다면 그것은 땜질하는 소리가 아니라, 급행 버스 주차장에서 들려오는 배차계의 스피커 소리다. 아니면 다리 건너 언덕 위에 있는 농아 학교의 스피커의 음악 소리다.

「풀의 영상」 중의 스피커 소리는 "엉클 샘에게 학살당한/월남인"이다. 로버트 프로스트의 시론에 이런 말이 있다. "More than once I should have lost my soul to radicalism if it had been the originality it was mistaken for by its young converts." 나도 이런 과오를 많이 저지른 셈이다. 그러나 그렇다고 앞으로 이런 과오를 다시 저지르지 않겠다는 장담은 할 수 없고, 그런 과오를 더 저지르게 될 것을 두려워하지도 않는다. 어떻게 하겠다, 이런 말이 시의 제작에서는 일체 통하지 않기 때문이다. 다만 역시 프로스트가 말한 이런 말은 기억해 둘 필요가 있다. "For myself the originality need be no more than the freshness of a poem run in the way I have described: from delight to wisdom." 여기에서 '희열에서 지혜로 — 라는, 내가 말한 방식으로'가 어떤 방식인지는 그의 시론의 앞부분을 읽어 보지 않은 독자에게는 이해가 안 가겠지만, 그런 독자는 '신선(freshness)'이라는 말만 보아 두면 된다. 여기의 '신선'이라는 것이 감각적인 의미가 아닌 것은 물론이다. 시에 있어서의 진정한 신선은 직관과 감동이 분리되지 않은 신선이다. 그때에 그것이 독창적인 것이 될 수 있다.

나는 아직도 나의 시론을 전개할 만한 준비가 되어 있지 않다. 나의 운산(運算)은 내 작품을 검토하기 위한 것인데, 시론을 꾸밀 만한 주밀한 운산이 되어 있지 않다. 시론도 문학이다. 그런데 나의 운산은 침묵을 위한 운산이 되기를 원하고 그래야지만 빛이 난다. 시론이 빛이 나는 것이 아니라 시가 빛이 난다. 이런 말도 해서는 아니 되는 말이다.

하나 더 프로스트의 말을 인용하면, 이런 것이 있다. "Our problem is, as modern abstractionists, to have the wildness pure; to be wild with nothing to be wild about." 이런 말을 「풀의 영상」의 스피커 소리에 적용해 볼 때, 어떨까? 독자 여러분의 감정을 바랄 뿐이다.

그러나 아직도 나는 떠 있다. 가라앉아 있지 않다. 문학에 시에 진정으로 절망하고 있지 않다. 진정으로 절망해야겠다는 것조차가 벌써 야심이 있어서 하는 말이다. 우리들은 발가

벗어야 한다. 부단히 발가벗어야 한다. 이 부단히 발가벗어야
겠다는 욕구조차도 없어질 때까지 발가벗어야 한다. 이것은
이오네스코의 말이다. 나에게 있어서는 역시 다음의 작품을
쓰기 위한 몸부림 정도로 그치는 것이 고작이다.

1966.

시작 노트 8

판문점의 감상

31일까지 준다고 한 3만 원

29일까지는 된다고 하고 그러나 넉넉잡고 내일까지 기다리
라고 한 3만 원
이것을 받아야 할 사람은 1·4 후퇴 때 나온
친구의 부인
이것을 떼먹은 년은 우리 여편네가 든 계(契)의 오야가 주재
하는
우리 여편네는 들지 않은 백만 원짜리 계의 멤버로 인형을
만들어 파는 년이라나

이 3만 원을 달러 이자라도 내서 갚아 달라고 대드는 바람에
집문서를 갖고 가서 무이자로 15개월만
돌려달라고 우리가 강청한 사람은 이 돈을 받을 사람과 한
고향인 함경도 친구

이 돈이 31일까지 나올 가망성이 없다
전화를 걸어 보니 아직도 해결이 안 됐느냐고
오히려 반문하는 품이 벌써 이상스럽다
이것이 안 되면 어떻게 하나 그 생각을
그 마지막 대책을 나는 일부러 생각하지
않고 있다
31일까지!

31일 오오 나의 판문점이여
벌판이여 암흑의 바보의
장막이여 이 돈은 원은 10월 말일이
기한이고
내 날짜로는 그것이 기한이고
38선의 날짜로는 8월 15일이 기한인데
3만 원을 돌려 달라고 우리가 부탁한 친구가
돈을 받을 1·4 후퇴의 친구 부인하고
한 고향이라는 것을
31일까지 돌려주겠다고 아니 29일까지
돌려주겠다고 집문서를 가지고 간 친구에게

말한 것이 잘못이었나 보다
이것이 이남 사람인 우리 부부의 오산이었나 보다
38선에 대한
또 한 해의 터무니없는 감상이었나 보다
그렇지?

범한 진실과 안 범한 과오
── 시 「판문점의 감상」에 대한 비시인(非詩人)들의 합평에
작자로서

졸시 「판문점의 감상」은 신문사의 '송년시'를 써 달라는 주
문을 받고 쓴 것이다.[38] 사진 밑에 넣을 것이라고 해서 무슨
사진이냐고 물으니 판문점의 벌판의 야경을 찍은 것이라고 한
다. 주문을 받고 쓰는 것은 산문은 또 몰라도 시라는 이름이
붙는 것은 일절 거절하는 것을 원칙으로 삼고 있으나 의지가
약한 탓인지 때가 묻어 가는 탓인지 그것마저 지킬 수가 없
다. 이번에도 주제넘은 송년시를 쓰게 되기까지에는 내 딴에
는 피치 못할 그만한 이유가 있었다. 이런 내막 얘기까지 늘어
놓는 것은 모처럼 호의를 베풀어 준 신문사 측에 대해서는 매
우 미안하지만, 이것은 어디까지나 시 얘기를 하기 위한 것이
니 양해해 주기 바란다. 이번의 송년시를 쓰기 전에 나는 이

---

38) 「판문점의 감상」은 《경향신문》 1966년 12월 30일자에 게재되었다.

신문사의 지난해의 여름의 '계절시'를 써 달라는 청탁을 사양하였고, 신춘문예의 심사를 보아 달라는 요청을 사양하여서, 이번의 청탁은 차마 거절할 수 없는 궁지에 놓여 있었다. 그래도 거절을 하려면 못하는 것은 아니었지만, 작년에 다른 신문사에 '신년시'도 쓴 전과가 있는 몸이라 행사시는 못 쓰겠소 하고 크게 나올 수가 없었고, 또 한편으로는 무슨 잘난 지조라도 지키겠다고 그렇게 도사리고만 앉아 있겠느냐는 반순수의 자학벽이 작용한 것도 있었다.

시트웰 여사는 한국의 고아의 사진을 보고 시를 쓴 일도 있고, 그녀의 유명한 히로시마의 원폭에 대한 시도 사진 정도를 보고 쓴 것이다. 그런데 미국에 산 시트웰과 히로시마와의 관계를 서울에 사는 서푼짜리 시민과 판문점과의 관계에 비해 보는 것은 좀 이상하지만, 사실은 나는 여태껏 판문점을 실제 육안으로 본 일이 한 번도 없다. 글 쓰는 친구들 중에는 수없이 38선을 구경한 친구들이 많은데 나한테는 한 번도 그런 기회가 없었다. 그런 의미에서는 시트웰이 히로시마를 사진으로 본 인상으로만 읊은 이방감이나 거리감은 나의 판문점에 대한 경우에도 다를 게 없다. 오히려 오늘날의 정치적 상황에서 보면 상상 속에서의 나와 판문점과의 거리는 시트웰의 히로시마와의 거리보다도 더 멀지도 모른다.

그러나 판문점에 대한 작시상(作詩上)의 고민을 한 것은 시간적으로는 훨씬 후의 일이고, 신문사에서 판문점의 사진 밑에 들어갈 송년시를 써 달라는 전화 연락을 받고 나는 우선 또 행사시를 써야 할 것이냐 아니냐의 문제를 해결하지 못해

하룻밤을 꼬박 고민했다. 이튿날 아침에 술이 깬 머리로 다시 생각을 해 보고 나는 이 시를 쓰기를 단념했다. 그러자 신문사에서 또 독촉의 전화가 왔다. 9시 반경이었을 것이다. 못 쓰겠다고 나는 손을 들었다. 상대방의 반응은 뻔하다. 오점까지 꼭 써 주어야지, 아니면 큰 낭패라는 것이다. 이런 절망의 자극은 시를 쓰는 경우에 잘만 이용하면 전화위복이 되는 수도 있다. "시야 안 되겠지만 시 비슷한 거라면 어디 써 봅시다." 하고 마지막 반승낙을 하고 한 시간가량 걸려서 쓴 것이 지난 호의 《주간한국》에서 뜻밖에 시비의 대상에 오른 「판문점의 감상」이다. 하찮은 작품답지도 않은 작품으로 소란을 끼치게 된 데 대해서 평을 해 주신 여러분이나 독자들에게 면구스럽고 죄송하다.

이 글 역시 쓸까 말까 하고 몇 번이나 망설인 끝에 붓을 들게 된 것인데 처음부터 이것은 '시 비슷한' 것이지 시가 아니라고 발뺌을 하고 나오면, 필자의 시인으로서의 망신은 어찌 되든 간에 평을 해 주신 분들이 우선 모욕감을 느낄 것이고, 필자 한 사람만이 욕을 먹는 것이 아니라 다른 동업 시인들에게까지, 나아가서는 역대의 시인들에게까지 크나큰 누를 끼치게 될 것 같아 지나치게 저자세로만 임하는 것도 옳지 않을 것 같다. 그러나 이런 경우에 내 시가 시가 아니라고 간단히 말할 수는 없는 반면에 내 시가 시라고도 말할 수 없는 것이 또한 시인의 예절이요, 숙명이다. 또한 창작을 하는 사람의 긍지로서 남의 시비를 받을 때에 칭찬은 물론이고 비난에 대해서도 다소곳이 듣고 있는 것이 ── 비난의 경우일수록 더한층 약으로 삼고 겸손하게 듣고 있는 것이 — 원칙이지만 이번 경우에는 필자의 개인적인 공과(功過)의 문제 이상의 어떤 오늘의 시의 본질 문제와 겹쳐지는 데가 있어, 그 정도의 해명을 시도하는 짓은 무익한 일이 아니라고 느껴지기 때문에 감히 붓을 들게 된 것이다.

그러나 이 글을 쓰면서도, 외국의 경우를 생각해 볼 때, 시의 문제를 토의하는 데는 오늘날의 신문이란 것이 합당치 않다는 생각을 떼어 버릴 수가 없다. 신문에서는 기껏해야 북 리뷰 난에 시집 소개 정도나 해 주면 되지, 차분한 시문학의 문제는 역시 문학잡지나 시지에서 다루는 것이 좋을 것 같다. 오늘의 사회에 있어서는 매스컴을 대표하는 신문이나 라디오나 텔레비전은 시와 문학과는 대적 관계에 놓이게 되는 것이 정칙처럼 되어 있고, 이런 관념을 낡은 것이라고 생각하고 매스컴을 역이용해서 대중에 시를 근접시키려는 적극적인 운동이 있어야 한다고 주장하는 존 웨인 같은 사람들의 주장도 없는 것은 아니지만, 우리나라의 경우에는 우선 문학잡지나 시지의 진지한 기반부터 만들어 놓는 것이 순서라고 생각된다. 문학지나 시지의 착실한 소지(素地)가 없기 때문에 매스컴이 시의 문제에까지 과대하게 개입하는 간섭이 생겨나는지 모르고, 결과적으로 이런 현상이 유해하다고만 볼 수 없을지도 모르지만, 이번의 졸시 「판문점의 감상」의 경우처럼, 대부분의 경우는 매스컴과 뮤즈의 시의 거래는 후자가 반드시 손해를 보게 마련이다.

「판문점의 감상」의 송년시만 하더라도 이쪽이 버질까 보아 상당히 조심성스럽게 준비를 했는데도 역시 이쪽 연이 버지고 말았다. 30일날 석간에 신문이 나온 것을 보니 송년시 「판문점의 감상」 위에 나온 사진은 내가 염두에 그리고 있던 판문점의 야경이 아니라 서울 장안의 만화경 같은 야경의 사진이었다.

나중에 알고 보니, 애초에 청탁을 할 때 신문사 측의 계획은 사진은 판문점의 사진을 내되 시는 판문점이 아닌 다른 주제를 위한 것인데, 판문점의 사진을 낸다는 말을 듣고 이쪽에서는 시도 판문점에 유관한 것을 쓰라는 줄 알고, 제목까지 판문점 운운이라고 해 준 것이다. 그런데 「판문점의 감상」이란 제목을 보고 신문사에서는 사진과 시의 제목이 부합되는 것을 피하기 위해서 사진을 바꾸어서 서울의 야경의 사진을 내놓은 모양이다.

그러니까 결과적으로는 나의 「판문점의 감상」은 사진의 설명을 겸한 ─ 좋게 말하면 사진에서 인스피레이션을 받은 ─ 시가 되지 않고 순전한 독자적인 발상으로 된 판문점에 관한 송년시가 되었다. 그런데 피해는 시의 발상에만 그친 것이 아니라 내용에까지 뿌리 깊이 미치었다.

이제부터가 시의 얘기로 들어선다. 나는 판문점의 사진에 첨부될 시라는 상대방의 말을 듣고, 내 연이 버지지 않게 하려고 사금파리를 갈아 넣은 아교물을 든든하게 연실에다 먹여 놓았다. 될 수 있으면 판문점에 관한 것을 정면으로 쓰지 않고 오늘의 판문점의 현실을 그려 보려고 했던 것이다. 이것이 종래의 행사시의 매너리즘을 깨뜨리는 효과도 있을 것이라고 생각했다. 판문점, 38선, 이런 말은 자유니 정의니 하는 말처럼 우리의 머릿속에서는 이제 너무나 진력이 나는 케케묵은 추상어같이 되었다. 민족의 지상 과제라는 남북통일보다도 우리들의 머릿속에는 돈에 대한 걱정이 더 크다.

이것이 오늘날의 실감이며 아이러니다. 적어도 나는 그렇게 생각을 하고 그런 생각을 송년시의 내용으로 삼으려고 했다. 우리의 38선은 돈이다. 돈을 앞에 놓고 이남과 이북이 싸우고, 이남과 이남이 싸우고, 이북과 이북이 싸운다. 38선은 반발의 경계선인 동시에, 그만큼 치열한 친화력의 경계선이다. 돈도 그렇다. 이 송년시를 쓰려는 나의 몸부림도 그렇다. 송년시 같은 행사시를 쓰지 않으려는 힘과 쓰려고 하는 힘이 나의 내부에서 피투성이가 되어 싸우고 있다. 그것은 우리들의 외부에서 벌어지는 연극인 동시에 우리들의 내부에서도 또 같은 양상으로 벌어지고 있는 희비극이다. 이런 아우트라인을 ── 의식적이라기보다도 무의식적으로 ── 대충 세우고, 판문점의 사진의 안티테제로 삼으려던 것이 사진의 변경으로 연줄을 서로 대보기도 전에 TKO를 당했다.

그러나 우수한 시의 경우에는 이런 따위의 좌절 같은 것이 문제가 되지 않을 것이다. 사진이 나든 안 나든, 무슨 사진이 붙든 간에, 시는 시로서 독립된 구실을 해야 한다. 따라서 이런 외적 경위를 설명한 것이 작품의 변명을 위한 것이 아닌 것은 물론이다. 그런 의미에서는 이 송년시에 붙을 사진이 변경된 것이 오히려 다행한 일이다.

행사시에 대해서는 사람에 따라서 여러 가지 의견이 있겠지만, 나로서는 행사시는 시로서 인정하지 않으려는 것이 솔직한 고백이다. 그러면 나는 시인으로서 하지 못할 일을 한 폭이 된다. 아까 '반순수의 자학벽'이란 말을 했지만, 사실은 행사시가 싫어서 써 보았는지도 모른다. 그러나 이런 말은 함부로 해서는 안 될 말이다. 시인의 진지성이란, 남이 인정해 주는 것이 좋은 때도 있고 나쁜 때도 있다.

시인은, 너는 진지하지 않은 시인이라는 말을 듣기도 싫지만, 너는 진지한 시인이라는 말도 듣기 싫어한다. 시인과 독자, 시인과 평론가와의 관계는 이 진지성을 에워싼 숨바꼭질이다. 위험하다, 위험해, 진지성에 대해서 일체 함구할 것이다.

이 졸문을 쓰고 나서, 나도 판문점의 상징이 좀 빈약하지 않았나 하는 감이 없지 않았다. 빚 타령과 38선과의 연결도 좀 억지가 있지 않았나 하는 불만도 있었다. 그러나 사실은 그보다도 단결심이 강하다는 이북 친구가 이북 친구를 돕겠다는 선의에 응하지 않는 현실에 대한 배반감을 읊으려고 한 것인데, 그것이 철저하게 노출되지 않은 것이 가장 큰 불만이었다. 그러나 이 작품을 쓰고 난 뒤의 정신상의 소득이라면, 여태까지 품고 있던 이북 친구들에 대한 어떤 외경감 ─ 이것은 38 이북 전체에서 오는 전 압력이 부지중에 작용하고 있었던 것에 틀림없다 ─ 이 난센스였다는 것을 느낀 것이다.

나로서는 이것은 커다란 지혜다. 거의 혁명에 가까운 지혜다. 도대체가 나라는 사람은 어찌나 약한지 내 고향을 바른 대로 대지 못할 정도로 수줍고 겁이 많다. 함경도 사람이고 경상도 사람이고를 막론하고 도대체가 타도 사람들을 대할 때면 이상한 중압감을 느끼고 콤플렉스를 느낀다. 이런 허약의 타성에 메스를 집어넣기 시작한 것만 해도 이 송년시의 덕을 보았다. 나를 욕하는 사람이, 「판문점의 감상」을 욕하는 사람이 경애하는 함경도 출신의 친구들이 아니기를 바랄 뿐이다. 그들에 대한 허구의 외경심을 없애려고 하는 것은 진정으로 그들을 사랑해 보고 싶기 때문이니까.

1967. 1. 15.

4부

월평

모더니티의 문제

모 문학잡지사에 가서 오래간만에 일본 문학지를 들춰 보다가 《분가카이》에 나온 시 평론을 읽어 보았다. 필자도 제명도 기억에 없지만 시를 대하는 겸허하고 친절한 노력에 대한 감명만은 술에서 깨어나지 않은 아침의 두통처럼 가슴에 얼얼하다. 자성(自省)하건대 나는 나 자신에 가혹·자학하듯이 우리 동료들을 너무 지나치게 학대만 한 것 같아 한없이 부끄럽다. 이것은 우리네 시를 무조건 아첨하겠다는 의미가 아니라 좀 더 섬세하고 따뜻하게 보살펴 주지 못했고 보살펴 줄 수 없었던 것에 대한 뉘우침이다. 얼마 전에 박남수 씨는 신문의 시평란을 통해서 졸자가 작년도 연평(《사상계》, 1963년 12월호)에서 우리 시단이 폐일언하고 썼었다고 한 말을 가리켜, 아닌 밤에 홍두깨 내놓는 식으로 증거도 제시하지 않고 그런 폭언을 하면 모르는 독자들이 오해를 할 게 아니냐고 꾸지람을 하셨지만, 나는 지금도 우리 시단이 썩었다는 시적 소신에는 변함이 없고 그러한 말이 독자의 오해를 살 것을 두려워하는 생각은 더욱 없지만, 다만 증거를 제시하지 않았다는 씨의 비난이 나의 뿌리 깊은 우리 시단에 대한 불신에 연유된 비평적 델리커시(delicacy)의 결핍이나 무의식적인 태만을 지탄한 것이라면 나는 스스로 나의 투박한 오기(傲氣)와 태만에 겸허한 책임감을 느끼지 않을 수 없다. 나는 어쩌면 빈약하고 불성실한 우리 사회에 대한 불만의 책임을 과람하게 우리 시단에다 쏟았는지 모르고, 정치인의 영역에 속하는 책임을 성급하게 시인에게 뒤집어씌우려는 시대착오를 범했는지도 모르지만, 우리나라와 같은 뒤떨어진 미숙한 사회에서는 아무래도 시인의 현실적 책임이 시의 기술 면에만 치중될 수 없는 애로와 불행이 있지 않은가 한다.

시인의 스승은 현실이다. 나는 우리의 현실이 시대에 뒤떨어진 것을 부끄럽고 안타깝게 생각하지만, 그보다도 더 안타깝고 부끄러운 것은 이 뒤떨어진 현실을 직시하지 못하는 시인의 태도이다. 오늘날의 우리의 현대시의 양심과 작업은 이 뒤떨어진 현실에 대한 자각이 모체가 되어야 할 것 같다. 우리의 현대시의 밀도는 이 자각의 밀도이고, 이 밀도는 우리의 비애, 우리만의 비애를 가리켜 준다. 이상한 역설 같지만 오늘날의 우리의 현대적인 시인의 긍지는 '앞섰다'는 것이 아니라 '뒤떨어졌다'는 것을 의식하는 데 있다. 그가 '앞섰다'면 이 '뒤떨어졌다'는 것을 확고하고 여유 있게 의식하는 점에서 '앞섰다'.

세계의 시 시장에 출품된 우리의 현대시가 뒤떨어졌다는 낙인을 받는 것을 두려워하기 전에, 우리들에게는 우선 우리들의 현실에 정직할 수 있는 과단과 결의가 필요하다. 우리의 현대시가 우리의 현실이 뒤떨어진 것만큼 뒤떨어지는 것은 시인의 책임이 아니지만, 뒤떨어진 현실에서 뒤떨어지지 않은 것 같은 시를 위조해 내놓는 것은 시인의 책임이다.

얼마 전에 비하면 소위 모더니스트들의 비현대적인 시도 많이 줄어진 것 같고, 영월파(詠月派)의 색채가 진한 젊은 시인들의 모더니티에 접근하려는 은근한 기도가 엿보이게 된 것도 같은데, 이달의 시만 보더라도 확고한 우리의 모더니티의 기반에서 우러나온 시라고 볼 수 있는 것이 없다. 시의 모더니티란 외부로부터 부과하는 감각이 아니라 내면에서 우러나오는 지성의 화염(火焰)이며, 따라서 그것은 시인이 ─ 육체로서 ─ 추구할 것이지, 시가 ─ 기술 면으로 ─ 추구할 것이 아니다. 그런 의미에서 젊은 시인들의 모더니티에 대한 태도가 근본적으로 안이한 것 같다.

이수복의 「나목」《현대문학》 ─ 이 시를 읽는 사람은 우선 첫머리의,

孑孑
지리국 사막쯤에라도 가 있어 보면

의 "孑孑"에 놀란다. 이것이 '혈혈'이라고 읽는 것이며 뜻은 우뚝하게 외로이 선 모양이라는 것을 자전을 보고 비로소 알았

다. 그런데 종련(終聯)에 가서,

> 휴식은 대지
> 위
> 나목에는
> 나목으로 있게 하며 있는 공간감이 차게 열리다.

의 "나목으로 있게 하며 있는 공간감이 차게 열리다"가 독자를 또 당황하게 한다. 이런, 문법을 무시한 시구는 이 작품뿐 아니라 이 작자의 다른 작품 —「바다의 율동」, 「……아려 앓다 자다」, 「황소 사설」 등 — 에도 허다하게 나타나 있다. 이를테면 「황소 사설」의 "허리에 장검(長劍) 대신 청을 처로이 뽑던", 「……아려 앓다 자다」의 "금요일의 해 질 녘을 심방 돌고 돌아와/ 발바닥에 못질하는 티눈이 아려 앓다 자다", 「바다의 율동」의 "말곳 말곳 별들 맑는 자정(子正)"이라든가 "되풀이 되풀이하여 노래 불러 무장 깊어 드는" 같은 것이 그것이다. 이러한 불가해한 구절은 신동집의 작품에도 가끔 나오는데 이번 달 작품 「또 한번 대지여」(《사상계》)만 하더라도 그 초련의

> 사람은 언제
> 펄럭이지 않는 그것이 되는가
> 낳아야 할
> 가장 아름다운 말이 달려졌을 때
> 사람은 할 수 있는 그것이 되고 만다

중의 "사람은 할 수 있는 그것이 되고 만다"라는 구절이 그 대표적인 예다. 그런데 이상한 것은 똑같이 알 수 없는 구절이면서도 전자의 경우는 자기만은 알고 쓴 것 같은 감이 드는데, 후자의 경우는 자기도 모르고 쓴 것 같은 인상을 준다. 전자는 단순히 자구(字句)와 문맥을 무시하고 있는데, 후자는 이미지를 무시함으로써 문법을 무시하는 결과를 낳고 있다. 위에 인용한 구절만이 아닌, 양자의 작품의 나머지 부분을 통합해 볼 때 느껴지는 전체적인 인상이 그렇다. "나목으로 있게 하며 있는 공간감이 차게 열리다"만 하더라도 "있게 하며 있는"은 이미지의 필연성이 뒤에 스며 있다면 있다고 볼 수 있고 이런 수법으로 성공할 수 있는 가망성도 시적 상식으로 충분히 인정할 수 있는데, "사람은 할 수 있는 그것이 되고 만다"의 "할 수 있는"과 "그것"은 무엇을 "할 수 있는"지 "그것"이 무엇인지 이미지의 기반이 결핍되어 있다.

따라서 전자의 경우에는 전지(全知)·독단적인 자구의 사용보다도 그러한 부호(符號)가 어떤 모티프에서 나온 것인지 그 모티프의 중량이 시의 중량을 결정하게 된다. 그것은 모티프의 중량과 부분적인 자구의 횡포 사이의 밸런스 정도가 시의 성공 여부를 결정한다는 말도 된다. 그런 점에서 보면 「황소사설」, 「영춘부(迎春賦)」 같은 것이 비교적 성공한 편에 들어가고, 「……아려 앓다 자다」, 「풍우석(風雨夕)」은 시가 모더니티를 추구하고 있는 폐단의 일례로 볼 수 있다.

박성룡의 「동양화집1(東洋畵集1)」(《문학춘추》) ─ 시가 아닌 시인이 추구하고 있는 자세에 있는 작품은 그것이 문법이나 이미지에 재래적인 책임을 지고 있다는 점에서 우선 안심하고 읽을 수 있다.

> 그를 표출하려는 아버지의 언어는
> 흩어진 화투짝 같은 그 선명한 혼돈에서부터 시작되어
> 때로는 유·무한의 화서(花序)를 이루어 갔으나
> 반 고흐의 귀처럼
> 나는 자꾸 내 언어를
> 학대할 수밖엔 없었다

"그를 표출하려는 아버지의 언어는/ 흩어진 화투짝 같은 그 선명한 혼돈에서부터 시작되어"로 시작되는 이 작품은 위와 같은 반복이 붙은 종련으로 끝나고 있다. 그런데 이 작자의 집요한 '내 언어'의 추구와 '학대'가 "튤립 혹은 앉은뱅이 화판(花瓣)만 한 그 표정을/ 나는 끝내 알뜰히는 그려 낼 수가 없다"의 염원을 전제로 한 것이라고 볼 때, 우리들은 이 작자가 추구하는 것이 모더니티가 아니라는 것을 확지(確知)할 수 있다. 다른 작품에서도 그렇지만 이 작품에서도 현대적인 단어 — "표출", "선명한 혼돈", "유·무한", "천체", "가구류", "반 고흐", "표정" — 를 과부족 없이 배합해서 소기의 성과를 거두고 있지만, 이러한 맵시 있는 신선한 표면적인 모더니티는 사실상 이 작자가 모더니티를 추구하지 않고 있는 데 대한 — 의식적이든 무의식적이든 간에 — 변명이나 장식 같은 인상을 준다. 그런 점에서는 김해강의 「조카」(《현대문학》)가 좀

더 시크하고, 구자운의 「주(酒)」(《계간 시문》, 1호)가 훨씬 성실하다. 구자운은 의식적으로 현대어를 쓰는 법이 없고, 「주」에만 하더라도, 오히려 "신라"니 "무릉도원색(武陵桃源色)" 같은 낡은 것을 표시하는 단어가 거리낌없이 나와 있다. 그러나 박성룡이 "내 언어"를 "학대"하는 자기를 객관시할 수 있는 여유를 갖고 있는 데 반하여, 구자운은 스스로를 학대하는 바로 "내 언어" 그 자체가 되고 있다. 구자운을 성실하다고 한 것은 이런 의미이다. 물론 이 성실과, 이 성실을 효과적으로 작품으로 형성시키는 문제는 다른 문제이지만 그러나 이런 성실성이 없이는 진정한 모더니티는 바라볼 수 없는 것이다.

김해강 씨의 「조카」는 이런 방향으로 좀 두드러진 의도의 풍자시를 쓰면 성공할 것 같다. 이 작품에도 희미한 풍자의 기미는 엿보이지만 전체적으로 풍자시로 보기에는 불경제적인 데가 너무 많다. 허술한 낭비 속에도 숨은 진주의 비밀이 있지만 이 작품만 보고는 그것을 대중 잡을 수 없다.

김춘수의 「붕(鵬)의 장(章)」(《문학춘추》), 김남조의 「기쁨」(《문학춘추》)은 평범한 이미지의 답보 같은 따분한 감을 주며, 박목월의 「동정(冬庭)」은 일본식 단가(短歌)의 복귀 같은, 아무런 새로운 것도 느껴질 수 없는 것이다. 김광림의 「석쇠」(《사상계》)는 착안은 알 수 있는데 미숙하다. "몇 토막의 단죄(斷罪)가 있은 다음"의 "단죄", "고기는 젓가락 끝에서/ 만나는 분신(分身)이지만"의 "분신", "나란히 선/ 계집아이들의 종횡"의 "종횡"의 사용 등이 어색하다. 이 점에서는 박성룡은 좀처럼 이런 실수를 하지 않는다. 박성룡은 자기의 한계를 잘 알고 있다.

다만 그가 앞을 향한 과감한 전진을 못하는 것은 이러한 자기의 한계를 의식하고 있는 것 이상으로 거기에 애착(내지는 자랑)을 느끼고 있기 때문이다. 그의 한계는 언어가 아니라 "내 언어"이며, 자기가 요리할 수 있는 내용과 대척될 수 있는 언어인데, 이런 기술상의 변증법적인 언어는 배경의 역할을 하는 내용(그의 경우에는 낡은 내용)이 없이는 — 즉, 내용이 새로워지면 생채(生彩)를 띨 수 없게 된다. 그의 딜레마가 여기 있다고 본다.

1964. 4.

'현대성'에의 도피

이달에는 송욱의 작품이 「포옹무한(抱擁無限)」(《문학춘추》)과 「찬가」(《사상계》) 두 편이 나와 있다. 그의 「하여지향(何如之鄉)」, 「혁명 환상곡」 같은 계열의 작품이 적극적·풍자적인 것이라면 이 두 작품은 「내가 다닌 봉래산」, 「영자(影子)의 안목」, 「알림 어림 아가씨」 등의 계열에 속하는, 소극적·정서적인 것들이다. 평자들이 흔히 쓰는 말을 빌리자면, 전자는 실험적인 것들이고 후자는 순수시에 속하는 것들이다. 그런데 이 두 갈래의 작품을 볼 때, 그의 경우에는 그 사이의 차질이 너무 심하다. 「포옹무한」이나 「찬가」를 「하여지향」과 비교해 볼 때 그것이 같은 작자의 작품이라는 것이 좀처럼 납득이 안 간다. 그다지도 다변하고 스피디하고 래디컬한 스타일을 가진 「하여지향」의 작자가 어떻게 그 왕성한 외향적인 의욕을 죽이고 이렇게 숨소리도 안 들릴 정도로 소극적 내지는 고식적 (姑息的)인 작품을 쓸 수 있는지 의아스럽다. 그의 작품의 질을 따지기 전에 우선 그의 변모의 방식이 그의 작품을 주시해 보는 독자들에게 그리 유쾌한 인상을 주지 않는다는 것을 이 작자는 알고 있는지 모르겠다. 지난달 월평에서 박목월의 작품의 변모에 대해서 잠깐 언급했지만 가령 그의 「동정(冬庭)」과 「동물시초」를 비교해 보더라도 그의 변모는 순전한 형태상의 변모이며 아무리 변모의 차도가 심한 경우에도 언제나 그 작품 속에 스며 있는 생리나 시의 핵에는 변질이 오지 않는다. 나는 변하기 어려운 그의 생리에 대한 교정을 말하기까지도 했지만 그는 앞으로도 그의 시의 핵이 위태로울 정도의 생리의 변모는 하지 않을 것이다. 단적으로 말해서 그는 송욱과 같은 스테이트먼트는 기도하지 않을 것이다. 그에 비하면 송욱의 변모는 형태상의 변모라기보다는 시의 핵, 즉 시질(詩質)의 변모이다. 그의 변모의 방식이 불쾌한 인상을 주는 것은 이런 데서 오는 것이다. 이와 비슷한 변질을 한 것으로 김구용이 또 있다. 그가 초현실주의를 기도했을 때도 이런 이상한 비약을 했다. 그런데 김구용은 순수시에서 초현실주의로 옮겨 오고 아직은 다시 순수시로 재변모한 것 같지는 않은데, 송욱은 내가 알기에도 여러 차례 실험적인 시에서 순수시로 옮겨 왔다. 그리고 그럴 적마다 그는 신기하게도 실험적인 작업이 주는 유산을 하나도 지니고 있지 않다.

「포옹무한」과 「찬가」를 보더라도 여기에는 주지주의적인 실험을 겪고 나온 흔적이 너무나도 없다. 「찬가」만 해도,

그대는 말없이 새롭게
늘 서 있다
그대는 시간을 막고
공간을 빚어낸다
그대는 공간을 마시고
시간과 합쳐
몸짓을 잃는다
그대는 내 몸을 알려 준다
그대는 내가 설 땅을
점지해 준다
별들에게
자리를 잡아 주는
그대이기에……

　내용으로 보아서는 이렇다 할 새로운 특질이 조금도 보이지
않는 너무나도 재래적인 정서가 풍기는 것이다. 「포옹무한」에
서는

두 팔을 펴 든 넓이가
삼천육천세계보다
오히려 알찬데

의 "삼천육천세계" 같은 것도 「하여지향」 같은 데에서 구사되
는 모던한 낱말의 대조가 없이는 고색창연한 효과밖에는 안

난다. 이렇게 되면 순수시의 질로 따져 볼 수밖에 없게 되는데, 그럴 때에 그의 작품이 한 세대 전의 순수시의 노장들의 중량 있는 작품과 신선한 주지주의적인 신진들의 작품 사이에서 얼마만한 관록을 유지해 나갈 수 있을지 의심스럽다. 서정주는 「시의 체험」(《문학춘추》)에서 송욱의 이런 경향의 작품을 "체념의 지혜의 내용"이 들은 "이 나라에선 새로운 정신 부면(部面)의 노력"이라고 했지만, 내 생각으로는 "체념의 지혜의 내용"은 어떨지 몰라도 "새로운" 정신 부면의 노력은 분명히 아닌 것 같다.

내가 보기에는 송욱도 실험을 위한 실험을 난행(亂行)하다가 지쳐 떨어진 수많은 소위 모더니스트들과 정도의 차이는 있지만 똑같은 실수를 범하고 있는 것 같다. 만약에 그의 실험이 실험을 위한 실험이 아니라면 그는 당연히 그의 스테이트먼트의 장기(長技)를 발전시켜 나가야 할 것이다. 그리고 그의 발전은 순수시로의 퇴보가 아니라, 풍자적인 스테이트먼트의 순화(세련)의 방향을 취해야 할 것이다. 오늘날 우리들의 시적 풍토가 스테이트먼트의 시를 발전시켜 나가는 데 가장 불리하고 힘이 든다는 것을 우리들은 잘 알고 있다. 우선 우리들은 세계 문제와 직결되어 있지 않다. 우리들의 주위에는 불필요한 장벽이 너무 많고 언론의 자유도 충분한 것이 못 된다. 그러나 그런대로 우리들은 장벽의 조건과 맞서서 제대로의 스테이트먼트를 할 수 없다는 스테이트먼트라도 해야 한다. 혹자는 오늘날의 세계시의 유행이 진술의 시의 단계를 졸업한 지 오래라고 하지만, 그것은 세계시(즉, 서구시)의 사정이지 우리들의 사정은 아니다.

이제하의 「밤의 추억(抄)」《현대문학》)은 그런 의미의 기백의 새로운 호흡을 보여 준 믿음직한 감을 주는 작품이었다.

죽은 애기들은 알지
밤은 마지막 그 살 한복판에서
희디흰 한줌의 뼈를 게운다

거울 속에서 뼈는 자란다
죽은 장님들은 다 알고 있지
세계는 밤이 보던 한 장의 거울
칠색(七色)의 넥타이를 자꾸만 매는
나는 옆구리에서 삐어진 허무한 사나이
(왜 이런 생각만 하는 것일까?)
헛청, 헛청, 헛청, 헛청, 찾아서 간다

로 시작되는 이 작품은 끝까지 호흡으로 그치고 있다. 엄격한 의미에서 스테이트먼트라기보다는 꿈의 독백에 가깝지만, 요설이 아닌 이 독백의 뒤에는 뜨거운 발언의 의욕이 숨어 있다. 마종기나 박이도가 갖고 있는 정리감(整理感)은 없지만, 미친 말처럼 거센 호흡이 어디인가 우리의 주위의 현실과 같은 오욕과 위기에 찬 숨막힐 듯한 미해결의 매력을 준다. 여기서 말해 두어야 할 것은, 스테이트먼트가 시에 노출될 때 그 작품의 현대성의 성질과 방향과 진위가 가장 뚜렷하게 파악될 수 있는 기회를 제공한다는 것이다. 대체로 신진들의 작품을 볼 때 호흡의 시까지는 좋으나 그것이 발언의 영역으로 좀 더 발전을 보게 되면, 현대성이 터무니없이 동떨어진 기형적인 작품을 낳는다. 4월 월평의 서두에서도 지적한 것처럼 그것은 시가 모더니티를 추구하고 있는 데서 오는 치명적인 결함이다. 장일우가 《한양》에서 매번 강조하고 있듯이, 우리 시단은 "현대가 제출하는 역사적 과제를 해결"하려는 열의가 희박하며, 이것이 우리 시단이 전체적으로 썩었다는 인상을 갖게 한다. 기성인들은 모두가 이 과제를 고의적으로 회피하고, 신진들의 작품은 아직 제대로의 발언을 할 만한 성숙에까지 도달하지 못했다.

박이도의 「모자(帽子)」(《현대문학》)만 하더라도 솜씨는 제법 깔끔하고, 이제하에 비해서 발언도 되어 있어 보이는데 시의 내용이 도무지 한국의 현실 같지가 않다.

나의 친구

나의 숙녀

나의 선생들에게

엄숙한 인사를 하고

다시 바라보는 그들을 위해서

나는 모자를 벗어 들고

열변을 토해야지

그러나 나의 결론은

아듀!

하늘 높이 모자를 흔들며

작별을 고해야지

　　이것이 한국의 현실이라고 볼 수 있는가? 어릿광대의 유희
도 분수가 있다. 이러한 시대착오는 단적으로 말해서 '신라'에
의 도피나 '순수'에의 도피와 유(類)를 같이하는, 현대성에의
도피라고 볼 수밖에 없다. 그리고 이 현대성에의 도피 안에도
구색은 제대로 다 차 있다. 「모자」에의 도피를 위시해서 「토
요일」에의 도피, 「매축지(埋築地)」에의 도피, 「온실」에의 도피,
「하여지향」에의 도피 등등.

1964. 6.

요동하는 포즈들

　지난 호에서는 송욱의 시의 변모를 이야기했는데 이번 달에는 김구용이 역시 종래의 형태와 일변한 작품을 두 편 발표하고 있다. 그는 한동안 1930년대의 오소독시컬한 쉬르레알리슴[39]의 시를 그대로 본받은 것 같은 작품들을 발표해 왔다. 이번 달에 나온 「거울을 보면서」(《문학춘추》)나 「맹(盲)」(《사상계》)을 보면 우선 작품의 길이가 종래의 것보다 상당히 단축되고, 어구의 구사나 밀도나 성질이 훨씬 묽고 유하고 부드러워진 것이 눈에 뜨인다. 정신 분석적인 파괴성도 훨씬 가다듬어지고, 제법 의식 면에서의 포즈를 취하려는 기미도 엿보인다. 이 작자에 한한 일만이 아니라, 색다른 실험을 거듭하던 시인

---

39) 초현실주의.

이 형태를 바꾸게 되면 우선 개의하게 되는 것은, 그가 종래의 실험 단계에서 어떠한 자양분을 몸에 지니고 나왔느냐 하는 것이다. 그리고 송욱의 경우와 같이 김구용의 경우도 실험 후의 작품의 시적 가치가 실험 기간 중의 미평가 작품들의 성질을 ─ 심한 경우에는 그 진위까지도 ─ 판단하는 척도의 역할까지도 하게 된다는 것은 어찌할 수 없는 일일 것이다. 표면상으로 보면 김구용의 실험은 송욱의 그것보다 한층 더 파괴적인 것이었지만, 블루프린트가 내다보일 정도의 직수입적인 작품 형태를 강행했다는 점에서는, 전자는 후자보다 어느 면에서는 훨씬 순진하고 생경했다. 그런데 실험 후의 작품을 볼 것 같으면 김구용의 경우는 송욱보다 순진하거나 생경하지가 않다. 이것은 말을 바꾸어 하자면 송욱의 작품이 결과적으로 실험기의 흔적을 전혀 유지하지 않고 있는 데 비해서, 김구용의 것은 실험기의 유산을 상당히 물려받고 있고 새로운 방향으로 그 유산을 활용해 보겠다는 어느 정도의 능동적인 노력이 엿보인다는 것이다. 송욱의 경우는 변모가 아니라 시질(詩質)이 바뀌었다는 인상을 받게 된다는 말을 했지만, 김구용의 경우는 시질이 돌변한 것 같은 인상은 없다. 오랫동안 껍질 속에 몸을 웅크리고 있던 달팽이가 우후(雨後)의 진창으로 서서히 고개를 내밀고 뿔을 솟쳐 보듯이 김구용의 이달의 두 작품은 모두가 상당히 조심성 있는 것들이다. 얼마 동안 '무의식'의 유희에 젖어 있던 붓으로 의식의 세계를 그려 보려고 할 때 그의 붓에서는 갑자기 무의식의 녹이 슬기 시작한다. 어찌 할까? 거북하니 다시 돌아갈까? 이왕 여기까지 왔는데 더 좀 밀고 나가 볼까? 이런 식의 주저와 회의가 군데군데 엿보이지만 오히려 그러한 의식의 수치 같은 것이 「거울을 보면서」에서는 신선한 매력을 발산하고 있다. 그런데 이러한 매력은 어쩐지

녹빛 귀를 기울이면
피곤한 날개는 돌아온다.
거울 속에서…….
이리하여 말〔言〕은
스스로 부정하면서 생겨난다.

의 종련에 가서 별안간 김이 빠져 버렸다. 수치가 강간을 당한 것 같고, 의식이 다시 파산을 선고한 것 같다. 작자는 어떻게 생각하고 있는지 모르지만 이 시는 의미의 연결을 찾아서는 아니 된다. 아직도 이 시는 의미의 연결을 담당할 만한 구조의 전제나 기조적 자세를 갖추지 못하고 있다. 그런 데다가 성급하게

애초에 말〔言〕은 섬〔島〕처럼 눈을 뜬다.

의 초행의 모멘트를 "이리하여 말〔言〕은 스스로를 부정하면서 생겨난다"의 종2행과 연결시켜 보려고 했으니까 될 리가 없다.
　「거울을 보면서」에 비하면 「맹」이 오히려 이 작자의 본질이 비교적 정직하게 나타나 있다. 여기에서는 무리한 연결의 책임을 포기하고 그저 둔주곡적인 수법으로 엮어 나가고 있는

데, 그러나 이러한 수법은 현대시의 과정에서 볼 때는 벌써 오래전에 한풀 꺾인 유행이다. 지금 이 작자가 처해 있는 곤경은 단적으로 말해서 우리나라의 현대시 전체가 처해 있는 곤경이라고 볼 수 있다. 전호(前號)에서도 말한 것처럼 우리의 현대시는 아직도 제대로의 발언을 못 갖고 있다. 자기의 언어를 못 갖고 있다. 피부 속까지 스며드는 뼈저린 언어를 못 갖고 있다. "이리하여 말은/ 스스로를 부정하면서 생겨난다"—우리들이 필요한 것은 이러한 말의 규정이 아니라 이러한 말을 하는 우리들 자신이다.

장호의 「우리들의 얼굴은」(《현대문학》)은 그런 의미에서 「거울을 보면서」보다는 일보 앞선 세계다.

  망건이라도 좋다
  도포 자락을 펄렁여도 그만
  어떤 차림이면 어떠랴
  계면쩍어하지 말고 쳐다보게 서로
  우리들의 얼굴을.

  노새를 타거나
  새나라를 타거나
  어떤 걸 몰고서든 거리에 나서서
  잠시 거울 삼아 바라보게
  낭패한 얼굴들을.

지극히 의젓한, 우리들의 공명을 자아낼 수 있는 다정스러운 호흡의 발언이다. 그런데 이 시는 곧 계속해서

흡사, 달이 안 찬 애기를 낳아 놓고
어쩔 줄 몰라 하는 산모의 얼굴,
아니면 인도교 위에서 오줌을 누이다가
애기를 떨어뜨린 엄마의 얼굴,

혹은 또, 복징어[40] 알을 주워 먹고 돌아온 열 살배기 앞에,
눈에 흰 창을 들내는 엄마의 얼굴.

과 같은 너무나도 멜로드라마틱한 얼굴을 설명함으로써 모처럼 싹트려던 발언의 희망을 무참하게 깨뜨려 버리고 말았다. 그리고 이 작품은 끝까지 비참한 얼굴의 비속한 설명으로 그치고 말았다. 새삼스럽게 말할 필요도 없지만 설명은 발언이 아니다. 그리고 설명이 아닌 발언을 하기 위해서는 사상과 사상의 여과가 필요하다. 우리의 현대시가 겪어야 할 가장 큰 난관은 포즈를 버리고 사상을 취해야 할 일이다. 포즈는 시 이전이다. 사상도 시 이전이다. 그러나 포즈는 시에 신념 있는 일관성을 주지 않지만 사상은 그것을 준다. 우리의 시가 조석으로 동요하는 원인의 하나가 여기에 있다. 시의 다양성이나 시의 변화나 시의 실험을 나는 두려워하지 않는다. 오히려 그것

---

40) 복어.

은 어디까지나 환영해야 할 일이다. 다만 그러한 실험이 동요나 방황으로 그쳐서는 아니 되며 그렇지 않기 위해서는 지성인으로서의 시인의 기저에 신념이 살아 있어야 한다. 이러한, 누구나 다 아는 소리를 새삼스럽게 되풀이하지 않으면 아니 되는 것도 사실은 우리 시단의 너무나도 많은 현대시의 실험이 방황에서 와서 방황에서 그치는 너무도 얄팍한 포즈 같은 인상을 주기 때문이다.

김현승의 「무형의 노래」(《현대문학》)는 과욕한 그 나름의 표정이 잘 나타나 있다. 이것저것 힘에 겨운 작품들을 읽다가 이런 작품을 보면 우선 자기의 분수를 안다는 것만 해도 여간 크고 어려운 미덕이 아니라는 생각이 든다.

고국에서나
이역에서도
그 하늘을 내 검은 머리 위에,
고요한 꿈의 이바지같이
내게 달린 풍물과 같이
이고 가네!
이고 넘었네!

한국 사람만이 가질 수 있는 이 탈속한 애감은 거짓말이 아니다.

빛이 잠드는

땅 위에

라일락 우거질 때

하늘엔 무엇이 피나,

아무것도 피지 않네

　거짓말이 아니다. 이 시에서 문명 비평이니 잠재의식이니
발언이니 하는 것은 찾을 수 없지만, 거짓말이 없다는 것만
해도 얼마나 다행한 일이랴. 거짓말이 없다는 것은 현대성보
다도 사상보다도 백배나 더 중요한 일이다.

1964. 7.

'낭독반(朗讀盤)'의 성패

이달에는 문학지와 종합지에 게재된 20명의 작품 30편을 읽어 보았다. 이 밖에 시집으로는 이탄의 처녀 시집 『바람 분다』, 이추림의 『탄피 속의 기(旗)』, 김대규의 『양지동 946번지』가 나왔고, 권오운, 김광협, 이탄, 최하림 등의 사화집 『시학』이 나왔다. 또한 우리나라에서는 최초의 기도(企圖)인 시 낭독 레코드가 LP 4장을 한 벌로 국내외 저명 시인들의 작품을 수록해서 발간되었다.

레코드를 통해서 독자의 범위를 확대하고 거리를 단축시켜 보려는 현대시의 시장 확장을 위한 시도는 미국 같은 데에서는 이미 상당한 성과를 거두고 있고, 시인이나 비평가 들의 진지한 논의 대상으로 되고 있는 것을 알고 있는데, 외국 시와는 달리 음률이나 한자 혼용에서 오는 '읽는 시'로서의 핸디캡을, 현대시의 고유한 본질적 난해성과 더불어 활자 위주의 시각 본위에서 오는 핸디캡과 함께 어떻게 극복·발전시켜 나갈 수 있느냐 하는 문제가 여기에 필연적으로 수반된다. 종래의 라디오를 통한 시 낭독 프로나 간혹 열리는 기념행사 같은 때의 낭독회 같은 것이 좋은 표본이 될 수 있는데, 그런 낭독회가 구색이나 쇼 정도로 그치고 독자의 광범위한 획득을 위한 의식적인 운동으로까지 발전하지 못한 것은 시인들의 낭독시에 대한 무지와 참여 의식의 결핍에 우선 큰 원인이 있었다고 볼 수 있다. 따라서 시 낭독 레코드의 아이디어만 하더라도 이것이 기(奇)를 노리는 영리적인 상가의 뜨내기 제물로 타락하지 않기 위해서는 시인들의 '읽을 수 있는 시'를 위한 적극적 노력이 병행되어야 할 것이고, 필자의 생각으로는 우선 이런 운동에 관심이 있는 시인들의 시 낭독회가 자주 열려 거기에서 어느 정도 성공을 거둔 작품들을 레코드로 해서 보급하는 것도 한 방법이 될 수 있다고 본다. 좌우간 시 낭독 레코드의 성과는 시인들의 작품의 본질적 반성과 발전적 변형 없이는 기대하기 어렵고, 이런 성과는 단시일에 이루어질 수 있는 것도 아니며, 한두 출판사의 자의적 상행위로 시정될 간단한 문제가 아니라는 것을 감히 말해 두고 싶다.

이달의 작품에서는 양명문의 「민락기(民樂記)」《동서춘추》, 황명걸의 「Seven days in a week」《세대》, 신동엽의 「우리가 본 하늘」《현대문학》, 김재원의 「못 자고 깬 아침」《자유공론》, 이탄의 「소등24」《현대문학》, 김춘수의 「부두에서」《현대문학》가 눈에 띄었다.

이탄의 작품은 재치 있는 발랄한 단편적 이미지의 발산이 매력적이기는 하지만 이제는 좀 그 매력을 훨씬 절제해야 할 시기에 와 있다는 것을 알아야 진전이 있을 것 같고, 김재원의 「못 자고 깬 아침」은 오래간만의 그의 역작이 뚜렷한 윤곽을 갖지 못한 것이 애석하다. 이에 비하면 황명걸의 무절조한 오늘의 세태상을 여유 있게 풍자한 「Seven days in a week」는 과부족 없는 지적인 세련된 희화로서 그 나름의 뚜렷한 진전을 보여 준 근래에 보기 드문 반가운 작품이다. 양명문의 「민락기」도 그의 본령이 유감 없이 발휘된 생기에 찬 원숙한 경지를 과시한 작품으로서 이달의 귀중한 수확임에 틀림없다.

1967. 9.

'죽음과 사랑'의 대극은 시의 본수(本髓)

　　사랑과 죽음의 소재는 우리나라의 시에 있어서도 무수히 취급되어 왔고 또 오늘날도 취급되고 있지만 그중에 성공한 작품이 지극히 희소하고, 또한 그중에서도 자기 나름으로 성공한 작품이 전 시사를 통해서 가뭄에 콩 나기 정도밖에 없는 것을 보면, 이 흔한 소재가 얼마나 어렵고 높은 시의 절정인가를 새삼스럽게 깨닫고 놀라지 않을 수 없다. 죽음과 사랑의 문제는 말할 필요도 없이 만인(萬人)의 만유(萬有)의 문제이며, 만인의 궁극의 문제이며, 모든 문학과 시의 드러나 있는 소재인 동시에 숨어 있는 소재로 깔려 있는 영원한 문제이며, 따라서 무한히 매력 있는 문제이다. '사람은 죽을 곳을 알아야 한다.'고 하지만 이 말은 시에도 통한다. 어떻게 잘 죽느냐 ── 이것을 알고 있는 시인을 '깨어 있는' 시인이라고 부르고, 이것을 완수한 작품을 '영원히 남을 수 있는 작품'이라고 우리들은 항용 말한다.

그런데 조금 더 따지고 보면 '사람은 죽을 곳을 알아야 한다.'는 말은, 사람은 자기만이 죽을 수 있는 장소와 때를 알아야 한다는 말이 되는데 이 말을 시에다 적용하는 경우에는 '자기 나름'으로, 즉 자기의 나름의 스타일을 가지고 죽어야 한다는 말이 된다.

이렇게 말하면 영리한 독자는 또 독창성에 대한 '다람쥐 쳇바퀴 도는' 식의 강화(講話)로구나 하고 눈살을 찌푸릴지 모르지만 모든 시는 ─ 마르크스주의의 시가지도 합해서 ─ 어떻게 자기 나름으로 죽음을 완수했느냐의 문제를 검토하는 방법이라고 해도 과언이 아니다. 그리고 모든 시론은 이 죽음의 고개를 넘어가는 모습과 행방과 그 행방의 거리에 대한 해석과 측정의 의견에 지나지 않는다. 죽음과 사랑을 대극(對極)에 놓고 시의 새로움이라는 것을 생각해 볼 때 시라는 것이 얼마만큼 새로운 것이고 얼마만큼 낡은 것인가의 본질적인 묵계를 알 수 있다. 이렇게 말하는 것을 보고 필자의 말을 너무나 정통파적이고 고루하다고 반박할 사람이 있을지 모르지만 사실은 필자의 갈망은 훨씬 미래의 편에 서 있다. 그리고 그러한 실험적인 미래의 시의 관점에서 들여다볼 때, 우리 시단의 작품들이 주는 환멸을 미연에 방지하기 위해서 자기도 모르게 소위 정통파적인 방어적 위장을 쓰고 있을는지는 모르지만 이것이 막상 고의적인 것이라 치더라도 그다지 유해한 것이 아니라는 것을 필자는 알고 있다.

이러한 인내를 가지고 이달의 작품을 살펴볼 때에도 급제점에 달하는 작품은 겨우 한 편.

김현승의 「파도」《현대문학》 정도이다. 이 정도의 작품이면 죽음을 딛고 일어선 자기의 스타일을 가진 강인한 정신의 소산이라고 말할 수 있다.

이보다 훨씬 젊은 층의 작품으로는 이성교의 「산으로 올라가는 집들을 위하여」《현대문학》가 미숙한 대로 알찬 내용을 보여 주고 있다. 너무 급한 호흡을 한꺼번에 내쏟느라고 그런지 단속(斷續)의 부자연한 점이 보이기는 하지만 서민 생활의 건전한 '궁상(窮狀)'을 '통일'에의 꿈으로 치켜올린 뜨거운 정열이 차디찬 억제의 스타일 사이로 귀엽게 점화되고 있다. 그의 종래의 고식적인 세계에 뚜렷한 균열이 생긴 것 같고 그것만으로도 스타일에의 접근에 진전이 있었다고 보아야겠다.

1967. 10.

한국 현대문학의 거대한 뿌리

이영준(문학평론가)

김수영의 시와 산문은 한국 현대문학의 거대한 뿌리다. 자신이 시에서 쓴 그대로, 그 뿌리는 "까치나 까마귀 따위는 감히 응접도 못하는 시꺼먼 가지를 가진" 거대한 뿌리였다. 사후 50년이 지난 지금에 와서도 그 뿌리는 조금도 노쇄한 것 같지 않다. 그의 작품에서 아직도 살아 숨쉬는 듯한 "탕진됨을 모르는 젊음"(유종호)을 21세기의 독자들도 뚜렷이 느끼고 있다. 그가 살았던 시대는 지금과는 많이 달랐지만 김수영이 추구한 문학과 예술의 근본적인 주제와 표현들은 여전히 한국어의 보석으로 남아 있다.

자신의 작품에 대해 정확한 판단을 내린 비평을 본 일이 없다고 김수영이 토로한 것이 60년 전이다.[1] 김수영이 당대 문학과 불화한 것은 그의 산문을 보면 잘 알 수 있다. 그는 동시대의 한국문학이 썩었다고 탄식하곤 했다. 자칫하면 그 말을 오해하기 쉽다. 당시 무시받던 김수영의 시가 근자에 와서 재평가된 것은 결코 아니다. 정확히 그 반대다. 당대 한국문학이 그를 무시한 것이 아니라 그가 한국문학의 후진성을 직설적으로 타매했다.

1950년대나 1960년대에 발간된 잡지나 선집 속에서 김수영의 시와 산문을 찾아보면 동시대의 다른 시인들과 얼마나 달랐는지 실감이 난다. 문장뿐만이 아니다. 그는 문인들이 책에다 사진 싣는 것을 좋아하는 촌티를 보면 구역질이 난다고 쓴바 있다. 1957년에 발간된 『평화에의 증언』이나 1961년에 발간된 『전후한국문제시집』을 보면, 다른 시인들은 모두 사진을 싣고 있는데, 김수영 혼자서만 사진 대신 펜화 드로잉 초상을 싣고 있다. 사진을 찍더라도 염상섭 정도의 포즈를 취할 수 있어야 한다고 일갈한 그는 과연, 이거야말로 시인의 사진이라고 할 만한 포즈를 두어 장 남겨 놓았다. 당대 비평가들에게 이해받지 못했다고 징징대는 예술가들의 불평에 정색할 필요는 없다. 어느 시인인들 충분히 이해받았다고 느낄까마는 김수영의 경우는 사정이 좀 다르다. 그는 등단하자마자 곧바로 남한 문학의 한가운데 우뚝 섰다고 할 수 있다.

김수영은 6·25 전쟁 후 1957년에 결성된 한국시인협회가 제정한 문학상의 1회 수상자였다. 당시 신문에 시인협회상 심사경위가 요즘 문학지 심사경위보다 더 상세하게 실린 것은 이

---

1) 김수영, 「시작노우트」, 『한국전후문제시집』(신구문화사, 1961), 353쪽.

채롭다.[2] 1930년대에 시인으로 이름을 알린 서정주나 유치환 같은 선배가 아니라 시집 한 권 출판한 적이 없고 전쟁 기간에 는 포로수용소에 억류되었던 김수영이 수상자가 된 것도 파격 이었다. 어쩌면 그래서 수상자 결정 과정을 상세하게 공개하는 것이 필요했는지도 모른다. 하지만 일간지 지면이 겨우 4면뿐 인 시절에 이틀에 걸쳐 수상 결정 과정을 보도한 것은 예사롭 지 않다. 그것이 그럴만한 가치가 있다고 판단한 언론사 데스 크의 결정은 당시 한국 사회에서 차지하고 있는 시와 시인의 위치를 잘 보여 준다.

김수영이 시인협회상 1회 수상자가 된 것은 그의 불평과 달 리 그의 작품이 당대 문학인들로부터 높은 평가를 받고 있었 다는 사실을 말해 준다. 당시 문필 활동의 무대는 매우 집중되 어 있었다. 그는 1960년대 지식인 사회에서 진보적 매체로 높 이 평가되던 《민족일보》나 《사상계》의 주요 필자였다. 그리고 각 일간지나 문학지에서 월평이나 토론회, 심사, 사회-정치 문 제에 대한 사회지도층의 입장 표명에도 자주 등장했다. 당시 문단에서 시대의 새로운 움직임을 주도하는 중심적 인물이었 던 김수영은 문단을 참여와 순수로 일도양단하던 당시의 어법 을 쓰자면 참여시의 대표 시인이었던 것이다. 그는 50년대 이후 우리 문학의 텃밭에 천천히 그러나 깊이 뿌리 내리고 있었다.

김수영은 1968년 6월 16일 교통사고로 사망했다. 그의 작 고 소식은 각 일간지에 일제히 보도되었고 문인장이 치러졌으

---

2) 《조선일보》 1957년 12월 30일, 31일, 4면.

며 며칠에 걸쳐 대부분의 신문이 추모 기사를 게재했다. 뒤이어 계간지 《창작과 비평》과 《현대문학》을 포함한 여러 문학지들이 추모특집을 마련했다. 당시 한국 사회가 시인 한 사람에게 표할 수 있는 최상의 예우라 해도 과언이 아니다. 김수영은 자신의 작품이 제대로 평가받지 못하고 있다고 불평했지만 그것은 작품 자체의 이해에 국한된 불만이라고 할 수 있다.

한동안 김수영은 잊혀진 듯했다. 그를 아꼈던 시인 신동문의 주선으로 신구문화사에서 전집을 발간하고자 했으나 실행되지 못했다. 1959년에 『달나라의 장난』이라는 단 한 권의 시집밖에 출판하지 않았던 그의 문학 세계는 일반 독자들에게는 미지의 영역에 있었고 시간이 흐름에 따라 김수영이라는 이름도 잊혀지고 있었다.

김수영이 화려하게 부활한 것은 1974년이다. 민음사가 시와 독자가 만나는 새로운 플랫폼인 '오늘의 시인총서'를 출범시켰고 이때 1권으로 내세운 것이 김수영 시선집 『거대한 뿌리』다. 발간되자마자 매진되어 판을 거듭하는 현상이 벌어졌다. 이후 김수영 시인의 시와 산문 선집이 차례로 출판되었고 1981년에는 전집이 발간되었다. 이러한 사태 전개는 많은 사람들을 놀라게 했다.

전집이 발간되고 나서 2년 후 김수영의 문학 세계에 대한 평론선집 『김수영의 문학』을 엮은 황동규는 "지난 15년간 이 땅에서 일어난 중요한 문화현상"의 하나로 김수영 문학의 진화를 꼽았다. 김수영 정도의 시인이 생전에 비평적 검토를 받은 적이 거의 없다는 사실은 기이하다고 그는 썼다. 사실 이 평론선집이야말로 김수영을 한국문학의 정전으로 만드는 신호탄이었다. 이 선집에 실린 평론들은 김수영 연구의 출발점이다. 1970년대 한국 비평계의 두뇌들이 총출동한 이 선집에서 김수영은 화려한 조명을 받고 있다. 가령 김우창은 김수영이 우리 시대의 의미를 밝혀 주고 예술가의 전범을 보여 준다고 썼다. 김수영 문학의 핵심적 주제를 잘 드러내고 있다는 느낌을 주는 몇몇 평론들 속에 김수영 문학의 한계를 지적하는 것도 눈에 띈다. 하지만 그것이 얼마나 거대한 드라마의 시작인지 40년 전의 그들은 몰랐을 것이다. 이 선집을 엮은이도 그 후 몇십년 간 한국문학의 현장에서 김수영 문학이 얼마나 깊은 뿌리를 내리게 될지, 어떤 진화 과정을 거치게 될지 몰랐을 것이다. 1980년대 이후, 일반 독자들과 한국문학 연구자들은 물론, 한국문학의 현장에서 김수영의 존재감은 점점 더 확고해졌다.

어떤 시인이 작고한 뒤 그의 작품 전집이 발간되면 추도 분위기 속에서 얼마간 그 책을 찾는 독자들이 있지만 몇 년 후에는 절판되는 것이 예사다. 그래서 전집을 읽으려는 연구자들은 고서점이나 도서관을 찾는 것이 보통이지만 김수영의 경우는 전집 출판 이후 지금까지 40년간 한 번도 절판된 적이 없다. 오히려 2018년에 발간된 전집 3판은 과거보다 판매량이 더 증가했다. 난해하기로 유명한 김수영의 작품을 찾아 읽는 독자들이 줄어들기는커녕 늘어나는 현상의 배후에는 문학 작품을 전문적으로 읽고 연구하는 전문 독자층의 형성이라는 현상이 있다. 최근 20년간의 김수영에 대한 문학 연구자들의 관심은 강렬하다. 한국문학 연구 동향을 조사한 자료에 의하면 최근 20년간 한국문학 연구로 생산된 박사학위논문은 모두 1,528편, 그중에서 가장 많은 박사학위 논문이 씌어진 문인 1위가 김수영(46편), 2위가 이상(43편)이었다.[3]

김수영의 시와 산문은 20세기 한국문학이 처한 난경의 한복판에서 태어났다. 세계문학사에서 유례를 찾기 힘들 만큼 특이한 환경에서 변모를 거듭한 한국 현대문학은 지금도 다른 언어권과는 매우 다른 문학 현상을 보여 주고 있다. 현대문학이라고 하면 19세기에서 20세기를 넘어서면서 시작된 것으로 보는 것이 일반적이다. 표현 매체가 한자에서 한글로 바뀌는 과정으로 시작된 한국 현대문학은 그 전환이 채 이루어지기도 전에 일본의 식민지로 전락하면서 문화적으로 일본어에 의해 점령당했다. 일제 강점기가 계속되는 동안 한국인들의 문자생활은 일본어의 압도적 힘 앞에 무력했으며 대부분의 관념어를 일본어로부터 빌려다 써야 했다. 2차대전의 종전을 맞아 해방된 한국은 한글 교육을 시작했으나 이미 일본어에 의해 의식이 형성된 기성 지식인들에게 이는 적응하기 쉽지 않은 일이었다. 거기다 일본어가 사라진 자리에 영어가 나타난 형국은 한국의 지식인들이 감내해야 할 난경이었다. 이 난경의 한복판에 김수영의 문학이 탄생했다.

---

3) 김병준, 천정환, 「박사학위논문 (2000-2019) 데이터 분석을 통해 본 한국 현대문학 연구의 변화와 전망」, 《상허학보》 60집, 2020, 469쪽.

김수영 스스로 자신이 시를 쓸 때 '사전을 보며 쓰는' 것을 토로하거니와[4] 한국인이 겪은 매체의 혼란은 심각했다. 김수영은 자신이 속한 세대는 한글로 글쓰는 데 서투름을 피할 길이 없었다. 젊은 세대는 언어 장벽으로 문학적 자양을 얻는 데 심각한 곤란을 겪고 있음을 지적했다. 즉 자신의 세대나 앞 세대가 일본어 서적에서 교양을 취한 것에 비하면 아래 세대의 사람들은 한글로 교육받아서 일본어로 된 서적을 읽지 못하고, 그렇다고 해서 영어로 미국 문학을 읽을 준비도 되어 있지 않았다. 자신이 속한 세대나 그보다 젊은 세대 모두 어디 앉을 데가 없는 처지, 그래서 '히프레스'의 세대로 명명했다.[5]

---

4) 「시」, 『김수영 전집1』(민음사, 2018), 260쪽. 그는 「시작 노트4」에서도 한국말이 서툴러서이기도 하고 신경질이 심해서 원고 한 장을 쓰는데도 사전을 서너번 들쳐본다고 쓰고 있다. 「시작 노트4」, 『김수영 전집2』(민음사, 2018), 542쪽.

5) 《사상계》에 발표한 「히프레스문학론」에서 '히프레스'가 무슨 의미로 사용된 말인지 아직 밝혀진 바 없다. 시인의 동생인 김수명 선생은 당시 '토플리스'라는 말이 유행하던 때여서 그 말을 비틀어서 '히프레스'라고 쓴 것이 아닌가하고 생각한다고 추정하였다. 필자는 그 판단이 믿을 만하다고 생각한다. 검색해 보면 경향신문은 1964년 7월 24, 27일, 8월 5, 14, 17일에 '토플리스' 관련 기사를 보도하고 있다. 7월 기사는 토플리스 차림의 여성이 체포되었다는 기사지만 특히 8월 14일 기사는 국내 패션 디자이너가 토플리스를 거론하면서 앞으로는 팔뚝의 예방 접종 자국을 고민해야 하겠다는 인터뷰를 전하고 있다. 8월 17일 기사는 토플리스 여왕을 선발한다는 기사다. '토플리스'라는 말이 유행한 것을 알 수 있다. 「히프레스문학론」이 말하고자 하는 요지는 젊은 세대에게는 문학적 교양의 바탕이 없다는 진단이다. 시 「거대한 뿌리」에서 '앉는 법을 모른다'는 표현이 있는데, 「거대한 뿌리」에서 화자가 문학적 바탕의 빈곤을 그런 식으로 표현했다고 본다면, '히프레스'를 'hipless'로 읽는 것이 그럴 듯한 독법으로 여겨진다. 서양에선 옷을 벗어젖

이런 맥락에서 보면 20세기 초반에 시작된 언어의 혼란, 매체의 혼란은 20세기 후반에도 계속되고 있음을 알 수 있다. 한국의 20세기 문학이 세계문학의 맥락에서 보면 매우 특이한 조건에서 쓰이고 읽혀졌으며, 이런 상황은 상대적으로 문학인들의 사회적 중요성이 강조되는 현상을 가져왔다고 할 수 있다. 문명전환의 시기를 맞은 한반도에서 한국어 사용자들은 새로운 문명을 한국어로 자기화해야 했고 한국어로 표현해야 하는 현실적 필요를 해결해야 했다.

김수영은 이러한 언어상황에서 한국어가 감당해야 했던 핵심적 기능, 한국인들이 자신의 삶을 표현하고 타인들과 교류하는 기능을 깊이 생각하면서 시작 활동을 한 시인이다. 김수영이 처했던 삶의 조건에서 우리는 식민지 경험과 한국전쟁을 두 가지 핵심적 요소로 상정할 수 있다. 이 두 가지 경험의 공통점은 일상을 지배하는 억압과 그 억압의 힘을 행사하는 타자의 존재다. 김수영 스스로 토로했듯이 그는 시작 생활에서 사전에 의지하지 않고는 불안했던 세대이다. 일본어로 교육받은 세대가 그러했듯이 김수영 또한 이중언어사용자로서 작품 활동을 시작했으며 한국어에 대한 이질감, 불편함, 정서법의 혼란을 고스란히 감내해야 했다. 여기에다 국토분단과 전쟁을 통해 형성된 냉전 갈등은 의식의 족쇄로 작용했다. 식민지 경험과 전쟁 참전이라는 두 가지 배경은 김수영 개인뿐만 아니라 20세기에 한반도에서 생활한 모든 사람들의 삶에 가장 큰

힐 정도가 되었는데 우린 궁둥이 붙일 데도 없다. 그런 심정이 아니었을까.

강제력을 행사한 요인이다.

김수영은 이러한 사회-정치적 조건에 대응하는 강력한 언어를 만들어 내었다. 그것은 김수영이 '언어의 주권 회복'이라 부른 김수영 특유의 언어관, 시학에서 나온다. 김수영은 「히프레스문학론」에서 다음과 같이 썼다.

심금의 교류를 할 수 있는 언어, 오늘날의 우리들이 처해 있는 인간의 형상을 전달하는 의무를 이행할 수 있는 언어, 인간의 장래의 목적을 위해서 선택이 이루어질 수 있는 자유로운 언어 — 이러한 언어가 없는 사회는 단순한 전달과 노예의 언어밖에는 갖고 있지 않다. 그리고 그러한 인간사회의 진정한 새로운 지식이 담겨 있는 언어를 발굴하는 임무를 문학하는 사람들이 이행하지 못하는 나라는 멸망하는 나라다.[6]

또한 「가장 아름다운 우리말 열 개」라는 산문에서 그는 다음과 같이 쓰고 있다.

언어는 원래가 최고의 상상력이지만 언어가 이 주권을 잃을 때는 시가 나서서 그 시대의 언어의 주권을 회수해 주어야 한다. 그런 의미에서 모든 시간의 언어는 언어가 아니다. 그것은 잠정적인 과오다. 수정될 과오. 이 수정의 작업을 시인이 해야 하는 것이다. 그래서 최고의 상상인 언어가 일시적인 언어가 되

---

6) 전집 2권, 374쪽.

어서 만족할 수 있게 해야 한다. 아름다운 낱말들, 오오 침묵이여, 침묵이여.[7]

이런 인용에서 우리가 알 수 있는 것은 김수영이 당대의 한국어에 대해 느끼는 불안이다. 이 불안은 20세기 한국어가 처한 근본적인 조건이며 한국전쟁에서 드러난 이념 갈등과 그 후의 독재정권 치하에서 자행된 언어 왜곡과 억압으로 더욱 심화되었다. 위의 인용에서 우리가 분명히 알 수 있는 것은 김수영이 촉구하고 있는 한국어 사용자의 주권 선언이다. 그는 1964년 7월 시평 「요동하는 포즈들」에서 "우리의 현대시는 아직도 제대로의 발언을 못 갖고 있다. 자기의 언어를 못 갖고 있다. 피부 속까지 스며드는 뼈저린 언어를 못 갖고 있다"고 쓰고 있거니와, 그가 보기에 한국어의 선두에서 한국어를 이끌어야 할 한국 현대시는 '심금의 교류를 할 수' 없는 노예의 언어 상태에 머물러 있다. 이러한 노예 상태의 언어에서 벗어날 방법은 없는가? 시인만이 그 방법을 알고 있다. 그는 이렇게 쓴다.

오늘날 우리들은 인간의 상실이라는 가장 큰 비극으로 통일되어 있고, 이 비참의 통일을 영광의 통일로 이끌고 나가야 하는 것이 시인의 임무다. 그는 언어를 통해서 자유를 읊고, 또 자유를 산다. 여기에 시의 새로움이 있고, 또 그 새로움이 문제

---

7) 전집 2권, 472쪽.

되어야 한다. 시의 언어의 서술이나 시의 언어의 작용은 이 새로움이라는 면에서 같은 감동의 차원을 차지하게 된다. 따라서 우리의 생활 현실이 담겨 있느냐 아니냐의 기준도, 진정한 난해시냐 가짜 난해시냐의 기준도 이 새로움이 있느냐 없느냐에서 결정되는 것이다. 새로움은 자유다, 자유는 새로움이다.[8]

　　　　　　　　　　　　　　　　　　　　—「생활 현실과 시」

　김수영이 추구한 시의 이상은 자유다. 시적 이상이 자유라는 것을 열광적으로 천명한 것이 「시여, 침을 뱉어라」이다. 자유를 이행하는 것이야말로 시의 책무다. 자유를 이행하는 시는 '전에 없던 세계가 펼쳐지는 충격'을 준다. 그 충격의 순간은 시가 자유에 도달하는 순간에 펼쳐진다. 그 자유는 고독한 것이다. 그리고 장엄한 것이다. 김수영이 자유에 도달하는 방법은 언어가 소음을 넘어, "지루한 횡설수설을 그치고, 당신의, 당신의, 당신의 얼굴에 침을 뱉는" 순간에 일어난다. 동시에, 그것은 침묵에 도달할 때이다. 그에게 침묵이란 개념이 얼마나 지대한 중요성을 가지고 있는가는 그의 산문 여러 군데서 확인할 수 있다.

　가장 진지한 시는 가장 큰 침묵으로 승화되는 시다.

　　　　　　　　　　　　　　　—「제 정신을 가지고 사는 사람은 없는가」

----

8) 전집 2권, 355쪽.

모든 진정한 시는 무의미한 시이다. 오든의 참여시도, 브레히트의 사회주의 시까지도 종국에 가서는 모든 시의 미학은 무의미의 — 크나큰 침묵의 — 미학으로 통하는 것이다. 이것은 예술의 본질이며 숙명이다.

—「변한 것과 변하지 않은 것」

나의 진정한 비밀은 나의 생명밖에는 없다. 그리고 내가 참말로 꾀하고 있는 것은 침묵이다. 이 침묵을 지키기 위해서라면 어떤 희생을 치러도 좋다. 그대의 박해를 감수하는 것도 물론 이 때문이다. 그러나 그대는 근시안이므로 나의 참뜻이 침묵임을 모른다.

—「시작 노트 6」

시론도 문학이다. 그런데 나의 운산은 침묵을 위한 운산이 되기를 원하고 그래야지만 빛이 난다. 시론이 빛이 나는 것이 아니라 시가 빛이 난다.

—「시작 노트 7」

새싹이 솟고 꽃봉오리가 트는 것도 소리가 없지만, 그보다 더한 침묵의 극치가 해빙의 동작 속에 담겨 있다. 몸이 저리도록 반가운 침묵. 그것은 지긋지긋하게 조용한 동작 속에 사랑을 영위하는, 동작과 침묵이 일치되는 최고의 동작이다.

가라앉은 얼음을 겨우내 굳어온 근심이라고 생각할 때, 이 불행의 잠수 행위는 희열에 찬 풍자까지도 풍겨주고, 어지러운 현실의 걱정이야 어찌되었든 우선 까닭 모를 안도의 한숨이 나온다. 수돗가에 씻어놓은 저녁쌀이 튀어나올 듯이 하얗게 보이고, 마루에 올라와 난롯가에서 손을 비벼보면 손의 두께까지도 제법 두툼하게 느껴진다.

피가 녹는 것이라고 생각해 본다. 얼음이 녹는 것이 아니라 피가 녹는 것이다. 그리고 목욕솥 속의 얼음만이 아닌 한강의 얼음과 바다의 피가 녹는 것을 생각해 본다. 그리고 그 거대한 사랑의 행위의 유일한 방법이 침묵이라고 단정한다.

──「해동」

그렇다면 그 침묵에 도달하는 방법은 무엇인가? 이 질문에 대한 방법론적 탐구는 김수영의 시적 편력의 전시기를 관통하고 있다. 시가 진정한 의미의 시가 되려면 그 시의 언어는 '전에 없었던 세계가 펼쳐지는 충격'을 주는 새로운 의미로 가득 차야 한다. 그가 정말로 기도하는 것이 침묵이라고 말할 때 그 침묵은 말이 말하기를 멈추고, 즉 기존의 의미가 작동하기를 정지하고 새로운 의미가 탄생하는 지점에 서 있기 때문에 침묵하는 것이다. 그 침묵이 다시 말하기를 시작할 때 그 말은 침묵 이전의 말과는 완전히 다르게 '전에 없었던 세계가 펼쳐지는 충격'을 주는 새로운 말이다. 그 충격은 침을 뱉는 것과 같다. 꽃이 죽음을 넘어 새로운 시간을 예비하는 것처럼 시가 언어의 꽃이 되는 것은 여태껏 없었던 새로운 세계가 언어를 통해 열리기 때문이다.

시선집 『거대한 뿌리』의 해설 첫 문장은 기념비적 선언으로 시작한다. "김수영의 시적 주제는 자유이다." 김현이 쓴 이 문장은 지금도 강력한 울림으로 남아 있다. 하지만 뒤이어 그는 김수영이 자유를 자유 자체로 노래하지 않고 자유를 불가능하게 하는 여건에 대해 노래한다고 썼다. 이 부분은 절반만 옳았다. 이런 인식은 김수영을 독재 체제에 저항하는 참여시인으로 제한해서 이해하는 쪽으로 독자들을 이끌었다. 고쳐 말하자. 김수영에게 시란 자유를 추구하는 것이었다. 그 자유는 미국이 선점한 '자유세계'에서 의미하는 자유가 아니라 한국의 시인이 찾아낸 자유였다. 그 자유는 외적 여건에 의한 부자유, 그 압제에 저항하는 절규가 외치는 함성을 포함하지만 그러한 피압제의 의식을 뛰어넘어 무한한 가능성으로 열린 자유다.

식민지를 벗어난 나라의 시인은 새로운 국가를 상상한다. 그 상상은 최고의 상상이다. 억압과 압제 속에서 고통 받을 때 상상하던, 억압과 압제가 없는 상태를 말하는 수동적이고 피동적인 자유가 아니라, 새로운 가능성의 최고치를 상상하는 자유, 그런 자유를 김수영은 상상한다. 이러한 자유의 의미를 알기 위해 미국이 제공한 책을 읽을 필요가 없다고 한 것을 기억할 필요가 있다.[9] 육이오 전쟁을 자유를 찾기 위한 우리의 전쟁으로 부른 그는 그 자유의 표현이 울음과 웃음으로 시작되는 것으로 그려졌다. 풍뎅이와 거미와 까마귀를 거쳐 짐승의 울음소리와 구별되지 않는, 한국인이 상상하는 세계, 한 번도 들어 보지 못했던 그런 소리를 듣는다. 그리고 드디어

---

9) 「조국에 돌아오신 상병포로 동지들에게」, 전집 1, 50쪽 참조.

는 대지에 뿌리 내린 풀이 울고 웃는 소리를 듣는다. 이러한 귀를 가진 자가 이 땅에 내린 뿌리는 거대하다. 그 뿌리의 거대한 크기는 보이지 않는 사랑의 호흡으로 부풀어 오르는 침묵의 크기다. 한국어로 상상하는 세계의 크기가 이렇게까지 커진 적이 있었던가. 이토록 커지는 세계는 김수영이 말하는 힘의 세계다. 그 힘의 세계를 만드는 힘이 사랑의 힘이라는 것을 우리는 이제 조금씩 알아가고 있다.

김수영이 말하는 사랑이란 무엇인가. 일상 생활에선 남의 아이를 내 아이처럼, 내 아이를 남의 아이처럼 볼 수 있는 마음, 즉 개인의 욕심을 넘어서서, 남과 나의 경계를 넘어가게 하는 힘이 사랑이다. 이러한 사랑의 마음에 의해 내가 알던 세계가 지워지고 침묵 속에서 전에 없던 세계가 펼쳐진다. 새로운 세계로 넘어가기 위해서는 기존 세계가 지워지는 언어의 침묵, 즉 죽음을 통과해야 한다.

죽음은 김수영의 시에서 꽃 이미지로 자주 나타나거니와, A에서 B의 상태로 바뀌는 변화의 결절점을 가리킨다. 김수영이 말하는 "죽음의 깊이"란 기존 세상이 소멸하고 새로운 세상이 태어나는 사태를 가리킨다. 그러므로 죽음은 옛것이 죽고 새로움이 나타나는 변전의 상징이다. 그가 사랑이 없으면 죽음이 없고 죽음이 없으면 사랑이 없다고 한 것은 바로 이러한 사랑의 변증법을 가리킨다. 우리는 어떻게 자기를 죽이고 딴 사람이 될 수 있을까. '딴 사람', 이 말에 그는 입을 맞추었다. 이 변전의 사상은 사랑의 사상이며 김수영으로 하여금 시와 혁명과 자유를 동의어로 만드는 근본 동력이었다. 그는 사물을 고정된 관점에서 보지 말라고 갈파한다. 「생활의 극복」이라는 산문에서 말한, "사물을 고정된 사실"로 보지 말고 "흘러가는 순간에서 포착"할 때, 즉 "사물을 외부에서 보지 말고 내부에서 볼 때" 냉전을 극복하게 된다고 김수영은 말한다. 모든 사물이 시간의 변화 속에 놓인 것을 발견하는 김수영의 시선은 세계와 언어를 새로이 규정한다

언어는 현실 속에서 끝없이 변하는 것을 우리는 알고 있다. 하지만 우리는 사전 사용자처럼, 종이 위에 인쇄된 어떤 어휘의 뜻이 변하지 않는 어떤 의미를 지닌 듯 이해하고 행동한다. 김수영은 현재 눈 앞의 현상이나 사물을 그 내부에서, 동기에서 파악하라고 권고한다. 외부에서 부과한 관념에 의지한 말들은 김수영에 의하면 모두 소음이다. 소음을 넘어서는 것은 쉬운 일이 아니지만 동시에 또한 쉬운 일이다. 그것은 눈을 감았다 뜨는 것만큼이나 간단하고 쉬운 것이지만(「사랑의 변주곡」) 우리의 일상은, 우리의 관념은 그것을 포착하지 못한다. 김수영이 포착한 언어들은 모두 아름답게 피었다가 시간이 지나면 비틀어지고 떨어지고 밟히는 꽃잎과도 같다.(「꽃잎」) 언어가 최고의 상상이면서도 동시에 수정될 과오라고 부른 이유가 바로 그것이다. 그런 과오의 언어를 넘어 한번도 말해진 적이 없는 세계를 만들어 내는 언어, 얼핏 보기엔 침묵을 지키는 것 같은 언어, 그런 언어로부터 시가 탄생한다. 이런 관점을 택한 김수영은 시간의 발견자다. 동시대 시인들이 변치 않는 의미를 발견하려 애쓴 반면에 김수영이 언어를 시간의 관점에서 포착한 지점은 한국어가 도달한 근대성의 한 극점일 것이다. 그는 그 지

점에서 시와 사랑과 자유와 혁명을 하나로 만들었다. 그러니 그것이 얼마나 거대한 뿌리인가. 얼마나 깊은 뿌리이겠는가.

추천의 글
다시, 김수영으로부터 희망의 불꽃을

김행숙(시인)

나는 "과거로부터 희망의 불꽃을 점화할 수 있는 재능"(발터 벤야민, 「역사철학테제 6」)을 김수영에게서 구하곤 했다. 그가 죽기 두 달 전에 어느 문학 세미나에서 발표했다고 하는 산문 「시여, 침을 뱉어라」는 지금껏 내가 가장 여러 번 읽었던 텍스트라고 할 수 있다. 이렇게 다시, 다시 읽게 만드는 '힘'은 어디에 있을까. 이렇게 다시, 다시 그의 글을 읽으면서 나는 어떤 희망의 불꽃을 보았던 것일까.

그의 글은 희망의 '내용'을 서술하지 않는다. 차라리 희망의 '형식'을 발생시킨다고 해야 할 것이다. 문자 그대로 '힘'을 만들어 내는 것이다. 그러므로 그의 글을 다시 읽는 것은 내용의 재확인이 아니라, 운동의 형식을 매번 새롭게 가동시킨다. 길을 찾게 하는 것이 아니라 길을 떠나게 한다. 지도 없이 시적 모험을 떠나게 한다. 지도가 있다면 그건 모험이 아닐 것이다. 김수영이 사랑했던 단어, '모험'. 그의 글을 읽으면 가슴이 두근거리고 머리가 뜨거워진다. 나는 다시 또 그의 글을 펼쳐놓을 것이다.

그러나 그의 글은 그 '무엇을' 가르쳐 주지 않는다. 그가 말하고 있다면, 그것은 시적 '모호성'과 시적 '정확성'이 '온몸'이 되는 모험은 온전히 나의 것이라는 것. '시적인 것'과 '정치적인 것'이 '온몸'이 되는 각개의 모험은 온전히 나의 것, 온전히 너의 것일 수밖에 없다는 것. 그러므로 김수영의 그림자를 의식할 필요는 없다. '의식'보다 더 깊은 곳에서 우리는 김수영을 읽는다.

「시여, 침을 뱉어라」를 다시 읽는다. 나는 이번에도 첫 문단에 첫 번째 밑줄을 긋는다. "모호성은 시작(詩作)을 위한 나의 정신 구조의 상부 중에서도 가장 첨단의 부분을 차지하고 있는 것이고, 이것이 없이는 무한대의 혼돈에의 접근을 위한 유일한 도구를 상실하는 것". 자기 정신의 최첨단에서 김수영이 발견한 "모호성"에는 끝내 미지의 영역까지 밀고 나간 정신의 도약이 깃들어 있다. 시의 몸은 세계의 지평선을 지그시 바라보는 포즈로 나타나는 것이 아니라, 내가 아는 세계의 지평선을 뜯고 "무한대의 혼돈" 속으로 투신함으로써 비로소 살아 움직인다. 무한대의 혼돈 속에서 "미지의 정확성"(「시작 노트 2」)에 닿는 순간이 '시적 순간'이다. 이 순간 머릿속에서 "딸깍" 소리가 난다면, 너는 "딸깍" 소리를 들었는가, 들은 척하는가. 김수영이 내게 묻는 것이 아니다. 오직 내가 나에게, 당신이 당신에게 묻고 답해야 한다.

"딴사람 — 참 좋은 말이다. 나는 이 말에 입을 맞춘다."(「생활의 극복 — 담뱃갑의 메모」) 다시, 밑줄 긋는 문장이다. 이는 김수영이 자신의 시의 "진경(進境)"을 "딴사람의 시같이" 되는 데서 찾으면서 한 말이다. 문학사적으로 '낯선 시'가 되는 문제 이전에, 스스로에게 '낯선 시'를 쓰는 것이 시인의 일일 것이다. 시의 시간은 "영원히 나 자신을 고쳐 가야 할 운명과 사명에 놓여 있는 이 밤"(시 「달나라의 장난」)의 시간이다. '모호성'과 '혼돈'의 접촉이 만들어 내는 시적 사건은 나의 동일성을 해체하여 타자가 되어 가는 사랑의 계속인 것이다. 김수영은 "온몸에 의한 온몸의 이행이 사랑"이며 "그것이 바로 시의 형식"(「시여, 침을 뱉어라」)이 된다고 했다. 새로운 것을 시에 쓰는 것이 아니라, 시를 쓰면서 우리는 새로워진다.

시 쓰기에는 봄의 동작이 깃들어 있다. 견고한 얼음(고체)의 세계가 해빙(解氷)의 봄의 동작과 함께 물처럼 출렁이며 흐른다. 얼음이 물로 변하는 순간, 해빙의 소리와 모양에 김수영은 어린아이처럼 감동한다. 그 액체적 움직임, 그것은 이데올로기로 나뉘어지지 않고, 온갖 경계와 국경을 온몸으로 가로지른다. 이렇게 '봄의 동작'은 '정치적인 동작'을 함축한다. 나와 세계의 유동성을, 자유와 모험과 예술을 가동하는 것은 '불화'의 정신이다. 김수영은 "온갖 적들과 함께/ 적들의 적들과 함께/ 무한한 연습과 함께"(「아픈 몸이」) 가자고 한다. 적은 외부에만 있는 것이 아니다. 아이러니의 몸으로 아이러니의 세계를, 불화의 몸으로 불화의 세계를 다시, 다시 또 가자고 한다. 싸우자고 한다. 끝내 사랑하기 때문에, 우리의 사랑을 위하여!

치열한 시인 김수영,
정확한 산문가 김수영

이응준(소설가·시인)

　누군가를 이해한다는 것은 무엇일까. 그의 가장 큰 괴로움이 무엇인지를 안다는 뜻이다. 김수영에게는 인민군포로수용소와 반공이데올로기 등이 그런 것이었다며 그를 현실참여시인쯤으로 떠받드는 일은 문학적 날조다. 훌륭한 리얼리스트는 자신의 모더니티를 이용해 자신의 리얼리즘을 증명하고, 훌륭한 모더니스트는 자신의 리얼리티를 동원해 자신의 모더니즘을 실현한다. 후자가 시인 김수영이다. 게다가 "어떠한 책도 정치적 편견으로부터 자유로울 수 없다. 예술이 정치와 관계가 없다고 하는 의견 자체가 정치적 태도다."라는 조지 오웰의 말처럼, 살아 있다는 것 자체로 현실에 참여하지 않는 삶이란 없으며 때로는 죽음조차도 영원히 현실에 참여하게 되는 게 예술가의 숙명이기 때문이다. 김수영은 혁명마저 시적 철학의 도구로 삼았으며 바로 이 과정에서 그를 정치 상황에 매몰된 시인으로 착시하는 오해가 발생한다.

수억의 고통들 속에서 인간은 존재하지만, 그것들 가운데 무엇을 자신의 가장 큰 괴로움으로 받아들이느냐가 우리 각자 인생의 정체를 드러낸다. 누군가의 가장 큰 괴로움을 상상해 본다는 것은 무엇일까. 명동의 위스키바에서 영미와 유럽의 현대문학에 관해 고매한 토론을 일삼고 거리로 나섰을 때, 비 내리는 비포장 진창의 1950년대와 1960년대를 새삼 화들짝 마주해야 하는 그 고통이 시인 김수영에게는 그런 것이 아니었을까. 그는 한반도 문학과 자신과의 수준 차이에 치를 떨었고 절망했다. 일개 육신으로서도 그는 전쟁 뒤 폐허와 개발도상의 '남한'에 감금된 코스모폴리탄이었다. 김수영은 그런 고통에 이중으로 선택당했고, 자기학대에 가까운 솔직함과 얌전하지 않은 문학으로 거기에 저항했다. 이 세계의 허위와 착종을 비웃는 것에서 더 나아가 자신의 어둠을 까발리는 데에도 주저하지 않았다. 그는 이해까지는 바라지도 않았다. 다만 자신의 모더니즘을 검열하는 시대를 용서할 수 없었으며 무엇보다 자기검열을 짜증내고 증오했다. 뼛속까지 모더니스트인 그는 완전한 자유를 달성하지 못하는 현실의 좌절과 실패 속에서 이윽고 '사랑'이라는 자신의 시적, 산문적 핵심에 도달한다. 이는 전술과 전략이기도 했지만, 진심일 뿐이기도 했다. 그런 의미에서라면 그는 현실참여시인, 특히 '이상한 혁명시인'이 맞다.

한 인간으로서 김수영은 괴팍하고 나약했지만, 한 문인으로서는 용감한 영혼이었다. 그는 현대문학과 모더니즘이 무엇이고 또 무엇이 되어야만 한다는 것을 고작 전근대 속에서도 환하게 알고 있던 사실상 거의 유일한 한국인이었다. 그는 억울했고 분통터졌고 우울했고 서서히 미쳐 갔다. 필경 그는 한국보다는 한국인을 더 싫어하고 한국인들 중에서는 자신을 제일 미워했을 것이다. 그래서 그는 자신의 시를 계속 쓰기 위해 산문을 많이 썼다. 그는 위대한 시인의 제일 난제인 '위대한 산문가'였다. 김수영의 산문은 김수영의 난해한 전위시를 서정시처럼 읽히게 만든다. 치열한 시인으로서의 김수영은 정확한 산문가 김수영으로부터 나오고, 치열한 산문가 김수영은 정확한 시인이었다. 굉장히 공학적이고 치밀한 횡설수설을 홀린 듯 백번 읽게 만들고 늘 새로운 의미를 목격하게 하는 산문의 힘이 거기에 있다. 그의 시는 시인들로 하여금 시에 대해 질문하는 것을 넘어서 시를 쓰고 싶게 만든다. 그의 산문은 사람들로 하여금 시를 읽는 것을 넘어서 세상 모든 것들 안에 시가 숨어 있음을 깨닫게 해 준다. 예술가가 죽어서 불멸일 수는 있다. 그러나 요절했거나, 랭보처럼 어려서 창작을 접은 채 멀리 떠나 버린 경우를 제외하고, 1968년 당시로서는 적지 않은 나이인 48세에 죽어서도 이렇게 영원히 청년의 느낌을 자아내는 작가는 드물다. 한국현대문학사의 고전들 가운데 적잖은 분량은, 우리 현대문학에도 어쨌든 고전이 필요하기에 억지로 끼워 맞춰졌다고 봐야 한다. 그러나 김수영의 산문은 결단코 한국현대문학사의 온전한 고전이며 영미, 유럽 문학의 수준과 견주어보아도 당당히 그러하다. 그런 의미에서 그는 그의 가장 큰 괴로움을 자신의 문학으로 해결한 '시간여행자'다.

누구라도 상처를 안 입고 살아갈 순 없다. 하지만 누군가는 그 상처들로 아름다운 무늬를 만든다. "문인은 세상의 적(enemy)이다."라고 주장했던 것은 보들레르였으니, 이 책은 그 증거이자, '세상의 적들의 경전(經典)'이다.

김수영이라는 정초석

황인찬(시인)

　이렇게 말해도 좋을지 모르겠지만, 김수영은 내게 목에 걸
린 가시 같은 존재다. 항시 나를 불편하게 하고, 무슨 시를 읽
든 어떤 책을 읽든 김수영이 목에 걸려 좀처럼 편하게 넘어가
지를 못한다는 말이다. 세상에 나를 이렇게나 번거롭고 피곤
하게 하는 작가는 김수영 외에는 없다고 할 수 있겠다.

　그리고 그건 김수영의 산문 때문이다. 시와 현실에 대해 논
하는 김수영의 산문을 읽고 마음이 불편하지 않을 시인이 어
디 있을까. 그가 천명한 "온몸으로 밀고 나가는 것"으로서의
시를 부정할 수 있는 시인은 없을 것이고, 자신이 좀처럼 거기
에 미치지 못하는 시를 쓰고 있음을 의식하지 않을 시인 또한
없을 것이다. 그가 제시하는 시의 비전은 그만큼이나 이상적
이고 또 압도적이다. 그러니 시를 쓸 때도, 다른 이들의 글을

읽을 때도 눈을 가늘게 뜨고 보게 될 수밖에. 과연 이 글(나의 글이든 타인의 글이든)이 김수영이 말하는 시의 프론티어에 걸맞은 것인지, 혹은 김수영의 비전 너머를 향하고 있는 것인지 말이다.

아마 김수영도 그랬으리라. 이 산문집에 실린 그의 시론과 월평들을 읽고 있자면 이 고약한 성미의 시인이 자신과 자신의 시를, 그리고 동시대의 시인들과 그들의 시를 얼마나 엄격하게 대했는지 알아차릴 수 있을 것이다.(이 꼬장꼬장함은 요즘 비평에서는 좀처럼 만날 수가 없는 것이므로 그 자체만으로도 충분한 재미가 되긴 한다.) 그것은 그가 시에 품은 비전과 사랑이 얼마나 큰 것이었는지, 자유에 대한 그의 열망이 얼마나 깊은 것이었는지 그 반증이 되기도 한다.

그는 시란 현실에 발을 딛고 있어야 하는 것이며, 시인이란 현실을 온몸으로 살아 내는 것이라 말한다. 이 당연하고도 자명한 이야기가 얼마나 어려운 일인지 시를 쓰는 이라면 누구나 잘 알고 있을 것이다. 시는 현실에 발을 딛고 있으면서도 현실과 자꾸 미끄러지는 것이고, 현실이란 시 따위 왜소한 것은 얼마든지 쉽게 으스러뜨릴 수 있을 정도로 강력하다. 김수영의 온몸의 시학이란 그 현실과 시의 길항을 시인이라는 매개를 통해 융화하는 한편, 시인 자신의 삶을 통해 그 길항을 심화해야 함을 뜻한다. 그러니 쉽지 않은 일일 수밖에.

김수영은 시와 현실을 아우르는 거대한 주제를 제시하고 얼마 지나지 않아 세상을 떠났다. 질문을 던져 놓고 답은 내리지도 않은 채 떠나 버리다니, 정말이지 야속한 노릇이다. 그가 조금 더 오래 살았더라면 이 어려운 질문에 그가 스스로 답을 내릴 수 있었을까? 물론 그렇지는 않았으리라. 그가 말하는 온몸으로 밀고 나가는 시란 결코 어딘가에 도달할 수 없는 것이므로, 결국 그는 어떤 답을 도출하는 대신 새로운 의제를 던지는 방향으로 나아갔겠지.

21세기에 김수영을 읽는 일이란 부러 자신의 목에 가시를 걸어 두는 것과도 같은 일이다. 김수영의 시론이란 결코 소화될 수 없는 부류의 것이기 때문이다. 해답을 찾는 일이 아니라 해답을 파괴하고 더 많은 혼란을 향해 기꺼이 걸어 들어가는 일이 김수영이 말하는 시 쓰기이며 시인 되기인데, 어떤 해답이 어떻게 가능하겠는가. 그러나 김수영을 통과하지 않고 시와 현실을 사유하기 또한 어려운 일이다. 우리는 여전히 그가 정초한 시와 현실의 관계항 아래 시를 이해하고 있으므로, 21세기에 시를 읽고 쓴다는 것은 김수영이라는 정초석을 기준으로 하여 이뤄질 수밖에 없다. 우리에게 선택지는 두 가지뿐이라고 할 수도 있겠다. 김수영을 계승하여 다음을 향하거나, 김수영을 부정하고 다른 길을 찾아 떠나가거나.

문학과 현실이 맺어 온 종래의 관계를 검토하고, 이전과는 다른 방식의 관계 맺기를 모색할 것이 요구되는 오늘날, 김수영이 남긴 시와 시론은 귀중한 참조가 될 것이다. 김수영을 우리가 지금 다시 읽어야만 하는 이유 또한 바로 여기에 있다.

작가 연보

1921년   11월 27일(음력 10월 28일) 서울 종로2가 58-1에
서 아버지 김태욱(金泰旭)과 어머니 안형순(安
亨順) 사이의 8남매 중 장남으로 태어났다. 증조
부 김정흡(金貞治)은 종4품 무관으로 용양위(龍
驤衛) 부사과(副司果)를 지냈으며 할아버지 김
희종(金喜鍾)은 정3품 통정대부(通政大夫) 중
추의관(中樞議官)을 지냈다. 당시만 해도 집안
은 부유했던 편으로 경기도의 파주, 문산, 김포
와 강원도의 홍천 등지에 상당한 토지를 소유하
고 있어서 연 500석 이상의 추수를 했다. 그러나
김수영(金洙暎)이 태어났을 때는 일제가 조선 지
배 정책의 일환으로 실시한 조선 토지조사 사업

의 여파로 인해 가세가 급격히 기울어지기 시작
하여 종로6가 116번지로 이사한다. 김수영의 아
버지는 그곳에서 지전상(紙廛商)을 경영한다.

1924년   조양(朝陽) 유치원에 들어간다.

1926년   이웃에 사는 고광호(高光浩)와 함께 계명서당(啓
明書堂)에 다닌다.

1928년   어의동(於義洞) 공립보통학교(현 효제초등학교)
에 들어간다.

1934년   보통학교 6년 동안 줄곧 성적이 뛰어났으나 9월,
가을 운동회를 마치고 난 뒤 장질부사에 걸린다.
폐렴과 뇌막염까지 앓게 되었고, 이로 인해 서너
달 동안 등교하지 못함은 물론 졸업식에도 참석
하지 못하고 진학 시험도 치르지 못한다. 1년여
요양 생활을 계속한다. 그사이 집안은 다시 용두
동(龍頭洞)으로 이사한다.

1935년   간신히 건강을 회복하여 경기도립상고보(京畿
道立商高普)에 아버지의 강권으로 응시하나 불
합격한다. 2차로 선린상업학교(善隣商業學校)에
응시하나 역시 불합격한다. 결국 선린상업학교
전수부(專修部, 야간)에 들어간다.

1938년   선린상업학교 전수부를 졸업하고 본과(주간) 2학
년으로 진학한다.

1940년   용두동의 집을 줄여 다시 현저동(峴底洞)으로
이사한다.

1941년	12월 일본의 진주만 공격으로 태평양전쟁 발발. 영어와 주산, 상업미술 등에서 우수한 성적을 거두며 선린상업학교를 졸업한다.
1942년	일본 유학 차 도쿄로 건너간다. 선린상업학교 선배였던 이종구(李鍾求: 영문학자)와 함께 도쿄 나카노(中野區街吉町54)에서 하숙하며 대학입시 준비를 위해 조후쿠[城北] 고등예비학교에 들어간다. 진학 공부보다는 문학과 예술 서적을 폭넓게 섭렵하며 연극에 많은 관심을 기울였다.
1943년	태평양전쟁으로 서울 시민의 생활이 극도로 어려워지자 집안이 만주 길림성(吉林省)으로 이주한다.
1944년	2월 초, 김수영은 조선학병(朝鮮學兵) 징집을 피해 귀국, 가족이 있는 만주로 가지 않고 종로6가 고모집에서 머물면서 연극 활동에 몰두한다. 함세덕 원작 「낙화암」의 조연출을 맡는 등 연극에 열정을 쏟아붓는다.
1945년	겨울날 부민관의 연극 무대 뒤에서 졸도를 한 뒤 가족들이 있는 만주 길림성으로 간다. 그곳에서 길림극예술연구회 회원으로 있던 임헌태, 오해석 등과 만난다. 6월, 길림 공회당에서 「춘수(春水)와 함께」라는 3막극을 상연한다. 김수영은 이 작품에서 권 신부 역을 맡는다. 8월 15일 광복. 9월, 김수영 가족은 길림역에서 무개차를 타고 압록

강을 건너 평안북도 개천까지, 개천에서 트럭을 타고 평양으로, 평양에서 열차를 타고 서울에 도착하여 종로6가의 고모집으로 간다. 서너 달 뒤 충무로 4가로 집을 구해 옮겨 간다. 아버지의 병세가 악화되어 어머니가 집안 살림을 도맡기 시작한다. 11월 연희전문 영문과에 편입.

1946년   시 「묘정(廟庭)의 노래」를 《예술부락(藝術部落)》(1946. 3. 1.)에 발표하면서 시작 활동을 시작한다. 6월 연세대 영문과를 자퇴하고 이종구와 함께 성북영어학원에서 강사, 박일영과 함께 간판 그리기, ECA통역 등을 잠깐씩 한다.

1949년   김현경(金顯敬)과 결혼, 돈암동에 신혼살림을 차린다. 김경린, 박인환, 임호권, 양병식 등의 신시론 동인에 합류, 동인지 『새로운 도시와 시민들의 합창』을 발간하며 '명백한 노래'라는 소제목 아래 「아메리카 타임지」 「공자의 생활난」 두 편의 시를 발표한다.

1950년   서울대 의대 부속 간호학교에 영어 강사로 출강한다. 6월 25일, 한국전쟁 발발. 28일, 서울이 이미 점령되고, 월북했던 임화, 김남천, 안회남 등이 서울로 돌아와 종로2가 한청 빌딩에 조선문학가동맹 사무실을 연다. 김수영은 김병욱의 권유로 문학가동맹에 나갔고 8월 3일 의용군에 강제 동원되어 평남 개천군 북원리의 훈련소로 끌려가 1개월간 군사 훈련을 받는다. 9월 28일 훈련소를 탈출했으나 중서면에서 체포, 10월 11일 다시 탈출, 순천에서 미군 통행증을 받아 걸어서 평양을 거쳐 신막까지 내려와 미군 트럭을 타고 개성을 거쳐 서울 서대문에 10월 28일 오후 여섯 시경 도착. 서울 충무로의 집 근처까지 걸어갔으나 경찰에 체포당해 부산의 거제리 포로수용소에 11월 11일 수용된다. 거제리 14 야전병원에서 브라우닝 대위와 임 간호사를 만나 마음의 안식을 얻는다. 거제도 포로수용소에로 얼마간 이송되었으나 다시 거제리로 돌아온다. 12월 26일, 가족들은 경기도 화성군 조암리(朝巖里)로 피난한다. 12월 28일, 피난지에서 장남 준(儁)이 태어난다.

1951~1952년 이때 미 군의관 피스위치와 가깝게 지냈으며, 그에게서 《타임》,《라이프》지 등을 받아보게 된다. 1952년 11월 28일 충남 온양의 국립구호병원에서 200여 명의 민간인 억류자의 한 명으로 석방.

1953년 부산으로 간다. 가서 박인환, 조병화, 김규동, 박연희, 김중희, 김종문, 김종삼, 박태진 등과 재회. 《자유세계》편집장이었던 박연희의 청탁으로 「조국에 돌아오신 상병(傷病) 포로동지들에게」를 썼으나 발표하지 않는다. 박태진의 주선으로 미 8군 수송관의 통역관으로 취직하지만 곧 그만두고 모교인 선린상업학교 영어 교사를 잠시

지낸다.

1954년 　　　서울로 돌아온다. 주간 《태평양》에 근무. 신당동
에서 다른 가족과 함께 살다가 피난지에서 아내
가 돌아오자 성북동에 분가를 해 나간다.

1955~1956년 　《평화신문사》 문화부 차장으로 6개월가량 근무.
1955년 6월, 마포 구수동(舊水洞)으로 이사, 번
역일을 하며 집에서 양계를 한다. 한강이 내려다
보이고 채마밭으로 둘러싸인 구수동 집은 전쟁
을 겪으면서 지친 김수영의 몸과 마음에 큰 안정
을 가져다준다. 「여름뜰」, 「여름아침」, 「눈」 등은
그런 배경 속에서 쓰였다. 안수길, 김이석, 유정,
김중희, 최정희 등과 가까이 지낸다.

1957년 　　　김종문, 이인석, 김춘수, 김경린, 김규동 등과 묶은
앤솔로지 『평화에의 증언』에 「폭포」 등 5편의 시
를 발표한다. 12월, 제1회 〈한국시인협회상〉 수상.

1958년 　　　6월 12일, 차남 우(瑀)가 태어난다.

1959년 　　　그간 발표했던 작품들을 모아 첫 시집 『달나라
의 장난』을 춘조사(春潮社)에서 출간한다(시인
장만영이 경영했던 춘조사에서 〈오늘의 시인 선집〉
제1권으로 기획한 것이다).

1960년 　　　4월 19일, 4·19혁명이 일어난다. 김수영은
「하…… 그림자가 없다」, 「우선 그놈의 사진을 떼
어서 밑씻개로 하자」, 「기도」, 「육법전서와 혁명」,
「푸른 하늘은」, 「만시지탄(晩時之歎)은 있지만」,

「나는 아리조나 카보이야」, 「거미잡이」, 「가다오 나가다오」, 「중용에 대하여」, 「허튼소리」, 「피곤한 하루의 나머지 시간」, 「그 방을 생각하며」, 「나가타 겐지로」 등을 열정적으로 쓰고 발표한다. 활화산처럼 터져나오는 혁명의 열기와 보폭을 같이하면서 규범적 의미의 시를 부정하고 시를 넘어서 자유에 이르고자 했다.

1961년   5·16군사 쿠데타 발발. 김춘수, 박경리, 이어령, 유종호 등과 함께 현암사에서 간행한 계간 문학지《한국문학》에 참여하고 동지에 시와 시작(詩作) 노트를 계속 발표한다. 이 무렵 김수영은 일본 이와나미 문고에서 나온 하이데거의 『횔덜린의 시와 본질』을 읽었던 듯하다.

1965년   6·3한일협정 반대시위에 동조하여 박두진, 조지훈, 안수길, 박남수, 박경리 등과 함께 성명서에 서명한다. 신동문과 친교.

1968년   《사상계》 1월호에 발표했던 평론 「지식인의 사회참여」를 발단으로, 《조선일보》 지상을 통하여 이어령과 뜨거운 논쟁을 3회에 걸쳐 주고받는다. 이 논쟁은 문학계에 큰 반향을 불러일으킨다. 4월, 부산에서 열린 펜클럽 주최 문학세미나에서 「시여, 침을 뱉어라」라는 제목으로 주제 발표. 서울로 돌아오는 길에 경주에 들러 청마 유치환의 시비를 찾는다.

6월 15일, 밤 11시 10분경 귀가하던 길에 구수
동 집 근처에서 버스에 부딪힌다. 서대문에 있는
적십자병원에 이송되어 응급치료를 받았으나 의
식을 회복하지 못하고 다음 날 아침 8시 50분에
숨을 거둔다. 6월 18일, 예총회관 광장에서 문인
장(文人葬)으로 장례를 치르고, 서울 도봉동에
있는 선영(先塋)에 안장된다.

1969년   6월, 사망 1주기를 맞아 문우와 친지들에 의해
묘 앞에 시비(詩碑)가 세워진다.

1974년   9월, 시선집 『거대한 뿌리』 출간(민음사).

1975년   6월, 산문선집 『시여, 침을 뱉어라』 출간(민음사).

1976년   8월, 시선집 『달의 행로를 밟을지라도』 출간(민
음사). 산문선집 『퓨리턴의 초상』 출간(민음사).

1981년   6월, 『김수영 시선』 출간(지식산업사). 9월, 『김수
영 전집 1 — 시』, 『김수영 전집 2 — 산문』 출간
(민음사). 전집 출간을 계기로 〈김수영 문학상〉을
제정하고, 김수영이 태어난 날인 11월 27일에 제
1회 〈김수영 문학상〉 시상식을 갖는다.

1988년   6월, 시선집 『사랑의 변주곡』 출간(창작과비평사).

1991년   4월, 시비를 도봉산 국립공원 안 도봉서원 앞으
로 옮긴다.

2001년   9월, 최하림이 쓴 『김수영 평전』 출간(실천문학
사). 10월 20일, 〈금관 문화훈장〉을 추서받는다.

2003년   『김수영 전집 1, 2』 개정판 출간(민음사).

2009년	『김수영 육필시고 전집』 출간(민음사).
	일본어 역 『김수영 전시집』 출간(채류사).
2012년	『김수영 사전』 출간(서정시학사).
2013년	11월, 김수영문학관 개관.
2016년	김수영 시선집 『꽃잎』 출간(민음사).
2018년	2월, 『김수영 전집 1, 2』 사후 50년 기념 결정판 출간(민음사).
	5월, 『달나라의 장난』 사후 50년 기념 초판 복간본 출간(민음사).
	8월 31일, 입학 73년 만에 연세대학교 명예 졸업장을 받는다.

세계문학전집 **400**

시여, 침을 뱉어라

1판 1쇄 펴냄 2022년 1월 28일
1판 5쇄 펴냄 2024년 3월 19일

지은이   김수영
엮은이   이영준
발행인   박근섭, 박상준
펴낸곳   (주)민음사

출판등록   1966. 5. 19. (제 16-490호)
서울특별시 강남구 도산대로1길 62(신사동) 강남출판문화센터 5층 (우편번호 06027)
대표전화 02-515-2000   팩시밀리 02-515-2007
www.minumsa.com

ISBN 978-89-374-6400-3 04800
ISBN 978-89-374-6000-5 (세트)

세계문학전집 목록

1·2 **변신 이야기** 오비디우스 · 이윤기 옮김 서울대 권장도서 100선

3 **햄릿** 셰익스피어 · 최종철 옮김 서울대 권장도서 100선 | 미국대학위원회 선정 SAT 추천도서

4 **변신 · 시골의사** 카프카 · 전영애 옮김 서울대 권장도서 100선

5 **동물농장** 오웰 · 도정일 옮김 미국대학위원회 선정 SAT 추천도서 | 《타임》 선정 현대 100대 영문소설

6 **허클베리 핀의 모험** 트웨인 · 김욱동 옮김 《뉴스위크》 선정 100대 명저

7 **암흑의 핵심** 콘래드 · 이상옥 옮김 미국대학위원회 선정 SAT 추천도서 | 《뉴스위크》 선정 10대 명저

8 **토니오 크뢰거 · 트리스탄 · 베네치아에서의 죽음** 토마스 만 · 안삼환 외 옮김 노벨 문학상 수상 작가

9 **문학이란 무엇인가** 사르트르 · 정명환 옮김

10 **한국단편문학선 1** 김동인 외 · 이남호 엮음 국립중앙도서관 선정 청소년 권장도서

11·12 **인간의 굴레에서** 서머싯 몸 · 송무 옮김

13 **이반 데니소비치, 수용소의 하루** 솔제니친 · 이영의 옮김 노벨 문학상 수상 작가

14 **너새니얼 호손 단편선** 호손 · 천승걸 옮김

15 **나의 미카엘** 오즈 · 최창모 옮김

16·17 **중국신화전설** 위앤커 · 전인초, 김선자 옮김

18 **고리오 영감** 발자크 · 박영근 옮김

19 **파리대왕** 골딩 · 유종호 옮김 노벨 문학상 수상 작가 | 《타임》 선정 현대 100대 영문소설

20 **한국단편문학선 2** 김동리 외 · 이남호 엮음

21·22 **파우스트** 괴테 · 정서웅 옮김 서울대 권장도서 100선 | 미국대학위원회 선정 SAT 추천도서

23·24 **빌헬름 마이스터의 수업시대** 괴테 · 안삼환 옮김

25 **젊은 베르테르의 슬픔** 괴테 · 박찬기 옮김 논술 및 수능에 출제된 책(1998~2005)

26 **이피게니에 · 스텔라** 괴테 · 박찬기 외 옮김

27 **다섯째 아이** 레싱 · 정덕애 옮김 노벨 문학상 수상 작가

28 **삶의 한가운데** 린저 · 박찬일 옮김

29 **농담** 쿤데라 · 방미경 옮김

30 **야성의 부름** 런던 · 권택영 옮김

31 **아메리칸** 제임스 · 최경도 옮김

32·33 **양철북** 그라스 · 장희창 옮김 노벨 문학상 수상 작가 | 서울대 권장도서 100선

34·35 **백년의 고독** 마르케스 · 조구호 옮김 노벨 문학상 수상 작가 | 서울대 권장도서 100선

36 **마담 보바리** 플로베르 · 김화영 옮김 서울대 권장도서 100선

37 **거미여인의 키스** 푸익 · 송병선 옮김

38 **달과 6펜스** 서머싯 몸 · 송무 옮김

39 **폴란드의 풍차** 지오노 · 박인철 옮김

40·41 **독일어 시간** 렌츠 · 정서웅 옮김

42 **말테의 수기** 릴케 · 문현미 옮김

43 **고도를 기다리며** 베케트 · 오증자 옮김 노벨 문학상 수상 작가 | 서울대 권장도서 100선

44 **데미안** 헤세 · 전영애 옮김 노벨 문학상 수상 작가

45 **젊은 예술가의 초상** 조이스 · 이상옥 옮김 서울대 권장도서 100선

46 **카탈로니아 찬가** 오웰 · 정영목 옮김

47 **호밀밭의 파수꾼** 샐린저 · 정영목 옮김 《타임》 선정 현대 100대 영문소설 | 미국대학위원회 선정 SAT 추천도서 | 《뉴스위크》 선정 100대 명저 | BBC 선정 꼭 읽어야 할 책

48·49 **파르마의 수도원** 스탕달 · 원윤수, 임미경 옮김

50 **수레바퀴 아래서** 헤세 · 김이섭 옮김 노벨 문학상 수상 작가 | 국립중앙도서관 선정 청소년 권장도서

51·52 내 이름은 빨강 파묵 · 이난아 옮김 노벨 문학상 수상 작가

53 오셀로 셰익스피어 · 최종철 옮김 서울대 권장도서 100선

54 조서 르 클레지오 · 김윤진 옮김 노벨 문학상 수상 작가

55 모래의 여자 아베 코보 · 김난주 옮김

56·57 부덴브로크 가의 사람들 토마스 만 · 홍성광 옮김 노벨 문학상 수상 작가

58 싯다르타 헤세 · 박병덕 옮김 노벨 문학상 수상 작가

59·60 아들과 연인 로렌스 · 정상준 옮김 《뉴스위크》 선정 100대 명저

61 설국 가와바타 야스나리 · 유숙자 옮김 노벨 문학상 수상 작가 | 서울대 권장도서 100선

62 벨킨 이야기 · 스페이드 여왕 푸슈킨 · 최선 옮김

63·64 넙치 그라스 · 김재혁 옮김 노벨 문학상 수상 작가

65 소망 없는 불행 한트케 · 윤용호 옮김 노벨 문학상 수상 작가

66 나르치스와 골드문트 헤세 · 임홍배 옮김 노벨 문학상 수상 작가

67 황야의 이리 헤세 · 김누리 옮김 노벨 문학상 수상 작가

68 페테르부르크 이야기 고골 · 조주관 옮김

69 밤으로의 긴 여로 오닐 · 민승남 옮김 노벨 문학상 수상 작가 | 미국대학위원회 선정 SAT 추천도서

70 체호프 단편선 체호프 · 박현섭 옮김

71 버스 정류장 가오싱젠 · 오수경 옮김 노벨 문학상 수상 작가

72 구운몽 김만중 · 송성욱 옮김 서울대 권장도서 100선 | 국립중앙도서관 선정 청소년 권장도서

73 대머리 여가수 이오네스코 · 오세곤 옮김

74 이솝 우화집 이솝 · 유종호 옮김 논술 및 수능에 출제된 책(1998~2005)

75 위대한 개츠비 피츠제럴드 · 김욱동 옮김 《타임》 선정 현대 100대 영문소설

76 푸른 꽃 노발리스 · 김재혁 옮김

77 1984 오웰 · 정회성 옮김 《타임》 선정 현대 100대 영문소설 | 《뉴스위크》 선정 100대 명저

78·79 영혼의 집 아옌데 · 권미선 옮김

80 첫사랑 투르게네프 · 이항재 옮김

81 내가 죽어 누워 있을 때 포크너 · 김명주 옮김 노벨 문학상 수상 작가

82 런던 스케치 레싱 · 서숙 옮김 노벨 문학상 수상 작가

83 팡세 파스칼 · 이환 옮김

84 질투 로브그리예 · 박이문, 박희원 옮김

85·86 채털리 부인의 연인 로렌스 · 이인규 옮김

87 그 후 나쓰메 소세키 · 윤상인 옮김

88 오만과 편견 오스틴 · 윤지관, 전승희 옮김 미국대학위원회 선정 SAT 추천도서

89·90 부활 톨스토이 · 연진희 옮김 논술 및 수능에 출제된 책(1998~2005)

91 방드르디, 태평양의 끝 투르니에 · 김화영 옮김

92 미겔 스트리트 나이폴 · 이상옥 옮김 노벨 문학상 수상 작가

93 페드로 파라모 룰포 · 정창 옮김

94 차라투스트라는 이렇게 말했다 니체 · 장희창 옮김 국립중앙도서관 선정 청소년 권장도서

95·96 적과 흑 스탕달 · 이동렬 옮김 국립중앙도서관 선정 청소년 권장도서

97·98 콜레라 시대의 사랑 마르케스 · 송병선 옮김 노벨 문학상 수상 작가 | BBC 선정 꼭 읽어야 할 책

99 맥베스 셰익스피어 · 최종철 옮김 서울대 권장도서 100선 | 미국대학위원회 선정 SAT 추천도서

100 춘향전 작자 미상 · 송성욱 풀어 옮김 서울대 권장도서 100선

101 페르디두르케 곰브로비치 · 윤진 옮김

102 포르노그라피아 곰브로비치 · 임미경 옮김

103 인간 실격 다자이 오사무 · 김춘미 옮김

104 네루다의 우편배달부 스카르메타 · 우석균 옮김

105·106 이탈리아 기행 괴테·박찬기 외 옮김

107 나무 위의 남작 칼비노·이현경 옮김

108 달콤 쌉싸름한 초콜릿 에스키벨·권미선 옮김

109·110 제인 에어 C. 브론테·유종호 옮김 BBC 선정 꼭 읽어야 할 책

111 크눌프 헤세·이노은 옮김 노벨 문학상 수상 작가

112 시계태엽 오렌지 버지스·박시영 옮김 《타임》 선정 현대 100대 영문소설 | 《뉴스위크》 선정 100대 명저

113·114 파리의 노트르담 위고·정기수 옮김 미국대학위원회 선정 SAT 추천도서

115 새로운 인생 단테·박우수 옮김

116·117 로드 짐 콘래드·이상옥 옮김 《뉴스위크》 선정 100대 명저

118 폭풍의 언덕 E. 브론테·김종길 옮김 미국대학위원회 선정 SAT 추천도서

119 텔크테에서의 만남 그라스·안삼환 옮김 노벨 문학상 수상 작가

120 검찰관 고골·조주관 옮김

121 안개 우나무노·조민현 옮김

122 나사의 회전 제임스·최경도 옮김 미국대학위원회 선정 SAT 추천도서

123 피츠제럴드 단편선 1 피츠제럴드·김욱동 옮김

124 목화밭의 고독 속에서 콜테스·임수현 옮김

125 돼지꿈 황석영

126 라셀라스 존슨·이인규 옮김

127 리어 왕 셰익스피어·최종철 옮김 서울대 권장도서 100선 | 《뉴스위크》 선정 100대 명저

128·129 쿠오 바디스 시엔키에비츠·최성은 옮김 노벨 문학상 수상 작가

130 자기만의 방·3기니 울프·이미애 옮김

131 시르트의 바닷가 그라크·송진석 옮김

132 이성과 감성 오스틴·윤지관 옮김

133 바덴바덴에서의 여름 치프킨·이장욱 옮김

134 새로운 인생 파묵·이난아 옮김 노벨 문학상 수상 작가

135·136 무지개 로렌스·김정매 옮김

137 인생의 베일 서머싯 몸·황소연 옮김

138 보이지 않는 도시들 칼비노·이현경 옮김

139·140·141 연초 도매상 바스·이운경 옮김 《타임》 선정 현대 100대 영문소설

142·143 플로스 강의 물방앗간 엘리엇·한애경, 이봉지 옮김 미국대학위원회 선정 SAT 추천도서

144 연인 뒤라스·김인환 옮김

145·146 이름 없는 주드 하디·정종화 옮김

147 제49호 품목의 경매 핀천·김성곤 옮김 《타임》 선정 현대 100대 영문소설

148 성역 포크너·이진준 옮김 노벨 문학상 수상 작가 | 퓰리처상 수상 작가

149 무진기행 김승옥

150·151·152 신곡(지옥편·연옥편·천국편) 단테·박상진 옮김 《뉴스위크》 선정 100대 명저

153 구덩이 플라토노프·정보라 옮김

154·155·156 카라마조프가의 형제들 도스토옙스키·김연경 옮김

157 지상의 양식 지드·김화영 옮김 노벨 문학상 수상 작가

158 밤의 군대들 메일러·권택영 옮김 퓰리처상 수상 작가

159 주홍 글자 호손·김욱동 옮김 서울대 권장도서 100선 | 미국대학위원회 선정 SAT 추천도서

160 깊은 강 엔도 슈사쿠·유숙자 옮김

161 욕망이라는 이름의 전차 윌리엄스·김소임 옮김

162 마사 퀘스트 레싱·나영균 옮김 노벨 문학상 수상 작가

163·164 운명의 딸 아옌데·권미선 옮김

165 모렐의 발명 비오이 카사레스 · 송병선 옮김

166 삼국유사 일연 · 김원중 옮김 서울대 권장도서 100선

167 풀잎은 노래한다 레싱 · 이태동 옮김 노벨 문학상 수상 작가

168 파리의 우울 보들레르 · 윤영애 옮김

169 포스트맨은 벨을 두 번 울린다 케인 · 이만식 옮김

170 썩은 잎 마르케스 · 송병선 옮김 노벨 문학상 수상 작가

171 모든 것이 산산이 부서지다 아체베 · 조규형 옮김 《타임》 선정 현대 100대 영문소설

172 한여름 밤의 꿈 셰익스피어 · 최종철 옮김 미국대학위원회 선정 SAT 추천도서

173 로미오와 줄리엣 셰익스피어 · 최종철 옮김 미국대학위원회 선정 SAT 추천도서

174·175 분노의 포도 스타인벡 · 김승욱 옮김 노벨 문학상 수상 작가 | 《타임》 선정 현대 100대 영문소설

176·177 괴테와의 대화 에커만 · 장희창 옮김

178 그물을 헤치고 머독 · 유종호 옮김 《타임》 선정 현대 100대 영문소설

179 브람스를 좋아하세요... 사강 · 김남주 옮김

180 카타리나 블룸의 잃어버린 명예 하인리히 뵐 · 김연수 옮김 노벨 문학상 수상 작가

181·182 에덴의 동쪽 스타인벡 · 정회성 옮김 노벨 문학상 수상 작가

183 순수의 시대 워튼 · 송은주 옮김 《뉴스위크》 선정 100대 명저 | 퓰리처상 수상작

184 도둑 일기 주네 · 박형섭 옮김

185 나자 브르통 · 오생근 옮김

186·187 캐치-22 헬러 · 안정효 옮김 《타임》 선정 현대 100대 영문소설

188 숄로호프 단편선 숄로호프 · 이항재 옮김 노벨 문학상 수상 작가

189 말 사르트르 · 정명환 옮김

190·191 보이지 않는 인간 엘리슨 · 조영환 옮김 《타임》 선정 현대 100대 영문소설

192 왑샷 가문 연대기 치버 · 김승욱 옮김 퓰리처상 수상 작가

193 왑샷 가문 몰락기 치버 · 김승욱 옮김 퓰리처상 수상 작가

194 필립과 다른 사람들 노터봄 · 지명숙 옮김

195·196 하드리아누스 황제의 회상록 유르스나르 · 곽광수 옮김

197·198 소피의 선택 스타이런 · 한정아 옮김 퓰리처상 수상 작가

199 피츠제럴드 단편선 2 피츠제럴드 · 한은경 옮김

200 홍길동전 허균 · 김탁환 옮김

201 요술 부지깽이 쿠버 · 양윤희 옮김

202 북호텔 다비 · 원윤수 옮김

203 톰 소여의 모험 트웨인 · 김욱동 옮김

204 금오신화 김시습 · 이지하 옮김

205·206 테스 하디 · 정종화 옮김 미국대학위원회 선정 SAT 추천도서 | BBC 선정 꼭 읽어야 할 책

207 브루스터플레이스의 여자들 네일러 · 이소영 옮김

208 더 이상 평안은 없다 아체베 · 이소영 옮김

209 그레인지 코플랜드의 세 번째 인생 워커 · 김시현 옮김 퓰리처상 수상 작가

210 어느 시골 신부의 일기 베르나노스 · 정영란 옮김

211 타라스 불바 고골 · 조주관 옮김

212·213 위대한 유산 디킨스 · 이인규 옮김 서울대 권장도서 100선 | BBC 선정 꼭 읽어야 할 책

214 면도날 서머싯 몰 · 안진환 옮김

215·216 성채 크로닌 · 이은정 옮김

217 오이디푸스 왕 소포클레스 · 강대진 옮김 서울대 권장도서 100선

218 세일즈맨의 죽음 밀러 · 강유나 옮김

219·220·221 안나 카레니나 톨스토이 · 연진희 옮김 서울대 권장도서 100선

222 오스카 와일드 작품선 와일드·정영목 옮김

223 벨아미 모파상·송덕호 옮김

224 파스쿠알 두아르테 가족 호세 셀라·정동섭 옮김 노벨 문학상 수상 작가

225 시칠리아에서의 대화 비토리니·김운찬 옮김

226·227 길 위에서 케루악·이만식 옮김 《타임》 선정 현대 100대 영문소설 | 《뉴스위크》 선정 100대 명저

228 우리 시대의 영웅 레르몬토프·오정미 옮김

229 아우라 푸엔테스·송상기 옮김

230 클링조어의 마지막 여름 헤세·황승환 옮김 노벨 문학상 수상 작가

231 리스본의 겨울 무뇨스 몰리나·나송주 옮김

232 뻐꾸기 둥지 위로 날아간 새 키지·정회성 옮김 《타임》 선정 현대 100대 영문소설

233 페널티킥 앞에 선 골키퍼의 불안 한트케·윤용호 옮김 노벨 문학상 수상 작가

234 참을 수 없는 존재의 가벼움 쿤데라·이재룡 옮김

235·236 바다여, 바다여 머독·최옥영 옮김

237 한 줌의 먼지 에벌린 워·안진환 옮김 《타임》 선정 현대 100대 영문소설

238 뜨거운 양철 지붕 위의 고양이·유리 동물원 윌리엄스·김소임 옮김 퓰리처상 수상작

239 지하로부터의 수기 도스토옙스키·김연경 옮김

240 키메라 바스·이운경 옮김

241 반쪼가리 자작 칼비노·이현경 옮김

242 벌집 호세 셀라·남진희 옮김 노벨 문학상 수상 작가

243 불멸 쿤데라·김병욱 옮김

244·245 파우스트 박사 토마스 만·임홍배, 박병덕 옮김 노벨 문학상 수상 작가

246 사랑할 때와 죽을 때 레마르크·장희창 옮김

247 누가 버지니아 울프를 두려워하랴? 올비·강유나 옮김

248 인형의 집 입센·안미란 옮김

249 위폐범들 지드·원윤수 옮김 노벨 문학상 수상 작가

250 무정 이광수·정영훈 책임 편집 서울대 권장도서 100선

251·252 의지와 운명 푸엔테스·김현철 옮김

253 폭력적인 삶 파솔리니·이승수 옮김

254 거장과 마르가리타 불가코프·정보라 옮김

255·256 경이로운 도시 멘도사·김현철 옮김

257 야곱을 둘러싼 추측들 욘존·손대영 옮김

258 왕자와 거지 트웨인·김욱동 옮김

259 존재하지 않는 기사 칼비노·이현경 옮김

260·261 눈먼 암살자 애트우드·차은정 옮김 《타임》 선정 현대 100대 영문소설

262 베니스의 상인 셰익스피어·최종철 옮김

263 말리나 바흐만·남정애 옮김

264 사볼타 사건의 진실 멘도사·권미선 옮김

265 뒤렌마트 희곡선 뒤렌마트·김혜숙 옮김

266 이방인 카뮈·김화영 옮김 노벨 문학상 수상 작가 | 미국대학위원회 선정 SAT 추천도서

267 페스트 카뮈·김화영 옮김 노벨 문학상 수상 작가 | 국립중앙도서관 선정 청소년 권장도서

268 검은 튤립 뒤마·송진석 옮김

269·270 베를린 알렉산더 광장 되블린·김재혁 옮김

271 하얀 성 파묵·이난아 옮김 노벨 문학상 수상 작가

272 푸슈킨 선집 푸슈킨·최선 옮김

273·274 유리알 유희 헤세·이영임 옮김 노벨 문학상 수상 작가

275 픽션들 보르헤스 · 송병선 옮김 서울대 권장도서 100선

276 신의 화살 아체베 · 이소영 옮김

277 빌헬름 텔 · 간계와 사랑 실러 · 홍성광 옮김

278 노인과 바다 헤밍웨이 · 김욱동 옮김 노벨 문학상 수상 작가 | 퓰리처상 수상작

279 무기여 잘 있어라 헤밍웨이 · 김욱동 옮김 미국대학위원회 선정 SAT 추천도서

280 태양은 다시 떠오른다 헤밍웨이 · 김욱동 옮김 《타임》 선정 현대 100대 영문 소설

281 알레프 보르헤스 · 송병선 옮김

282 일곱 박공의 집 호손 · 정소영 옮김

283 에마 오스틴 · 윤지관, 김영희 옮김

284·285 죄와 벌 도스토옙스키 · 김연경 옮김 미국대학위원회 선정 SAT 추천도서

286 시련 밀러 · 최영 옮김

287 모두가 나의 아들 밀러 · 최영 옮김

288·289 누구를 위하여 종은 울리나 헤밍웨이 · 김욱동 옮김 노벨 문학상 수상 작가

290 구브르 연락 없다 멘도사 · 정창 옮김

291·292·293 데카메론 보카치오 · 박상진 옮김

294 나누어진 하늘 볼프 · 전영애 옮김

295·296 제브데트 씨와 아들들 파묵 · 이난아 옮김 노벨 문학상 수상 작가

297·298 여인의 초상 제임스 · 최경도 옮김 미국대학위원회 선정 SAT 추천도서

299 압살롬, 압살롬! 포크너 · 이태동 옮김 노벨 문학상 수상 작가

300 이상 소설 전집 이상 · 권영민 책임 편집

301·302·303·304·305 레 미제라블 위고 · 정기수 옮김

306 관객모독 한트케 · 윤용호 옮김 노벨 문학상 수상 작가

307 더블린 사람들 조이스 · 이종일 옮김

308 에드거 앨런 포 단편선 앨런 포 · 전승희 옮김 미국대학위원회 선정 SAT 추천도서

309 보이체크 · 당통의 죽음 뷔히너 · 홍성광 옮김

310 노르웨이의 숲 무라카미 하루키 · 양억관 옮김

311 운명론자 자크와 그의 주인 디드로 · 김희영 옮김

312·313 헤밍웨이 단편선 헤밍웨이 · 김욱동 옮김 노벨 문학상 수상 작가

314 피라미드 골딩 · 안지현 옮김 노벨 문학상 수상 작가

315 닫힌 방 · 악마와 선한 신 사르트르 · 지영래 옮김

316 등대로 울프 · 이미애 옮김 《타임》 선정 현대 100대 영문소설 | 《뉴스위크》 선정 100대 명저

317·318 한국 희곡선 송영 외 · 양승국 엮음

319 여자의 일생 모파상 · 이동렬 옮김

320 의식 노터봄 · 김영중 옮김

321 육체의 악마 라디게 · 원윤수 옮김

322·323 감정 교육 플로베르 · 지영화 옮김

324 불타는 평원 룰포 · 정창 옮김

325 위대한 몬느 알랭푸르니에 · 박영근 옮김

326 라쇼몬 아쿠타가와 류노스케 · 서은혜 옮김

327 반바지 당나귀 보스코 · 정영란 옮김

328 정복자들 말로 · 최윤주 옮김

329·330 우리 동네 아이들 마흐푸즈 · 배혜경 옮김 노벨 문학상 수상 작가

331·332 개선문 레마르크 · 장희창 옮김

333 사바나의 개미 언덕 아체베 · 이소영 옮김

334 게걸음으로 그라스 · 장희창 옮김 노벨 문학상 수상 작가

335 코스모스 곰브로비치 · 최성은 옮김

336 좁은 문 · 전원교향곡 · 배덕자 지드 · 동성식 옮김 노벨 문학상 수상 작가

337·338 암 병동 솔제니친 · 이영의 옮김 노벨 문학상 수상 작가

339 피의 꽃잎들 응구기 와 시옹오 · 왕은철 옮김

340 운명 케르테스 · 유진일 옮김 노벨 문학상 수상 작가

341·342 벌거벗은 자와 죽은 자 메일러 · 이운경 옮김 퓰리처상 수상 작가

343 시지프 신화 카뮈 · 김화영 옮김 노벨 문학상 수상 작가

344 뇌우 차오위 · 오수경 옮김

345 모옌 중단편선 모옌 · 심규호, 유소영 옮김 노벨 문학상 수상 작가

346 일야서 한사오궁 · 심규호, 유소영 옮김

347 상속자들 골딩 · 안지현 옮김 노벨 문학상 수상 작가

348 설득 오스틴 · 전승희 옮김

349 히로시마 내 사랑 뒤라스 · 방미경 옮김

350 오 헨리 단편선 오 헨리 · 김희용 옮김

351·352 올리버 트위스트 디킨스 · 이인규 옮김

353·354·355·356 전쟁과 평화 톨스토이 · 연진희 옮김

357 다시 찾은 브라이즈헤드 에벌린 워 · 백지민 옮김

358 아무도 대령에게 편지하지 않다 마르케스 · 송병선 옮김

359 사양 다자이 오사무 · 유숙자 옮김

360 좌절 케르테스 · 한경민 옮김 노벨 문학상 수상 작가

361·362 닥터 지바고 파스테르나크 · 김연경 옮김 노벨 문학상 수상 작가

363 노생거 사원 오스틴 · 윤지관 옮김

364 개구리 모옌 · 유소영 옮김 노벨 문학상 수상 작가

365 마왕 투르니에 · 이원복 옮김 공쿠르상 수상 작가

366 맨스필드 파크 오스틴 · 김영희 옮김

367 이선 프롬 이디스 워튼 · 김욱동 옮김 퓰리처상 수상 작가

368 여름 이디스 워튼 · 김욱동 옮김 퓰리처상 수상 작가

369·370·371 나는 고백한다 자우메 카브레 · 권가람 옮김

372·373·374 태엽 감는 새 연대기 무라카미 하루키 · 김난주 옮김

375·376 대사들 제임스 · 정소영 옮김

377 족장의 가을 마르케스 · 송병선 옮김 노벨 문학상 수상 작가

378 핏빛 자오선 매카시 · 김시현 옮김

379 모두 다 예쁜 말들 매카시 · 김시현 옮김

380 국경을 넘어 매카시 · 김시현 옮김

381 평원의 도시들 매카시 · 김시현 옮김

382 만년 다자이 오사무 · 유숙자 옮김

383 반항하는 인간 카뮈 · 김화영 옮김 노벨 문학상 수상 작가

384·385·386 악령 도스토옙스키 · 김연경 옮김

387 태평양을 막는 제방 뒤라스 · 윤진 옮김

388 남아 있는 나날 가즈오 이시구로 · 송은경 옮김

389 앙리 브륄라르의 생애 스탕달 · 원윤수 옮김

390 찻집 라오서 · 오수경 옮김

391 태어나지 않은 아이를 위한 기도 케르테스 · 이상동 옮김 노벨 문학상 수상 작가

392·393 서머싯 몸 단편선 서머싯 몸 · 황소연 옮김

394 케이크와 맥주 서머싯 몸 · 황소연 옮김

395 월든 소로 · 정회성 옮김

396 모래 사나이 E. T. A. 호프만 · 신동화 옮김

397·398 검은 책 오르한 파묵 · 이난아 옮김 노벨 문학상 수상 작가

399 방랑자들 올가 토카르추크 · 최성은 옮김 노벨 문학상 수상 작가

400 시여, 침을 뱉어라 김수영 · 이영준 엮음

401·402 환락의 집 이디스 워튼 · 전승희 옮김

403 달려라 메로스 다자이 오사무 · 유숙자 옮김

404 아버지와 자식 투르게네프 · 연진희 옮김

405 청부 살인자의 성모 바예호 · 송병선 옮김

406 세피아빛 초상 아옌데 · 조영실 옮김

407·408·409·410 사기 열전 사마천 · 김원중 옮김 서울대 권장도서 100선

411 이상 시 전집 이상 · 권영민 책임 편집

412 어둠 속의 사건 발자크 · 이동렬 옮김

413 태평천하 채만식 · 권영민 책임 편집

414·415 노스트로모 콘래드 · 이미애 옮김

416·417 제르미날 졸라 · 강충권 옮김

418 명인 가와바타 야스나리 · 유숙자 옮김 노벨 문학상 수상 작가

419 핀처 마틴 골딩 · 백지민 옮김 노벨 문학상 수상 작가

420 사라진 · 샤베르 대령 발자크 · 선영아 옮김

421 빅 서 케루악 · 김재성 옮김

422 코뿔소 이오네스코 · 박형섭 옮김

423 블랙박스 오즈 · 윤성덕, 김영화 옮김

424·425 고양이 눈 애트우드 · 차은정 옮김

426·427 도둑 신부 애트우드 · 이은선 옮김

428 슈니츨러 작품선 슈니츨러 · 신동화 옮김

429·430 세계의 끝과 하드보일드 원더랜드 무라카미 하루키 · 김난주 옮김

431 멜랑콜리아 I-II 욘 포세 · 손화수 옮김 노벨 문학상 수상 작가

432 도적들 실러 · 홍성광 옮김

433 예브게니 오네긴 · 대위의 딸 푸시킨 · 최선 옮김

434·435 초대받은 여자 보부아르 · 강초롱 옮김

436·437 미들마치 엘리엇 · 이미애 옮김

438 이반 일리치의 죽음 톨스토이 · 김연경 옮김

439·440 캔터베리 이야기 제프리 초서 · 이동일, 이동춘 옮김

세계문학전집은 계속 간행됩니다.